使命と魂のリミット

使命與心的極限

HIGASHINO KEIGO
東野圭吾

劉姿君——譯

使命與心的極限

Contents

由不屈的堅持所淬煉出的奇蹟

總導讀——林依俐

如果你問我，東野圭吾是位什麼樣的作家？

我會回答你，他是位不幸的作家。

你一定會覺得奇怪，光是以《嫌疑犯X的獻身》（二〇〇五）一書，便幾乎囊括了二〇〇六年日本推理文學相關獎項，同書在日本的銷售量更是打破五十萬大關的「暢銷作家」東野圭吾，怎會有什麼不幸可言？

在說明之前，請讓我先簡單介紹一下東野圭吾這位作家。

東野圭吾一九五八年生於大阪，大學畢業後進入汽車零件製作公司擔任工程師。由於希望在工作以外，也能在私生活之中有個較爲不同的目標，所以開始著手撰寫推理小說，投稿日本推理文學代表性的公開徵選長篇小說獎「江戶川亂步獎」。

這並不是東野第一次寫推理小說。早在他十六歲的時候，由於看了小峰元的作品《阿基米德借刀殺人》（一九七三，第十九屆江戶川亂步獎作品）大受感動，之後又讀了松本清張的《點與線》（一九五八）、《零的焦點》（一九五九）等作品。一頭推理熱的他便曾試著撰寫長篇推理小說，而且第一作還是以重大社會問題爲主題。然而，由於完成於大學時期的第二作被周遭朋友嫌棄，「寫小說」這件事便從他的生活之中消失了好一陣子。

而獲得亂步獎的夢想讓東野重拾筆桿。在歷經兩次落選後，他的第三次挑戰——以發生在女子高中校園裡的連續殺人事件爲主軸展開的青春推理《放學後》（一九八五）——成功奪下了第三十一屆江戶川亂步獎。之後他很快地辭了工作，前往東京致力於寫作。自從一九八五年《放學後》出版以後，東野圭吾幾乎是每年都會有一到三部甚至更多的新作問世。他不但是個著作等身的多產作家，其筆下的內容也橫跨了推理、幽默、科幻、歷史、社會諷刺等，文字表現平實，手法卻絲毫不拘泥於形式，多變多樣。

看到這裡，如果你對於近年的日本推理有一定程度的了解，或許你會聯想到宮部美幸——多采的文風、平實的敘述、充滿令人訝異的意外性，但兩者之間又有著決定性的不同。

那就是——相對於宮部美幸出道約二十年來，陸續囊括高達十項的日本各式文學獎，筆下著作本本暢銷；東野圭吾卻是一直與日本的各式文學獎項擦肩而過，且眞正開始被稱爲「暢銷作家」，也是出道後過了十多年的事。

實際上在《嫌疑犯X的獻身》同時獲得直木獎與本格推理大獎，並且達成日本推理小說三大排行榜——「這本推理小說了不起！」、「本格推理小說ＢＥＳＴ10」、「週刊文春推理小說ＢＥＳＴ10」——前所未有的三冠王之前，東野出道二十年來所寫下的六十本小說（包含短篇集）裡，除了在一九九九年以《祕密》（一九九八）一書獲得第五十二屆日本推理作家協會獎之外，其他作品雖然一再入圍直木獎、吉川英治文學新人獎等獎項，卻總是鎩羽而歸。

在銷售方面，他也不是那種只要出書就大賣的暢銷作家。在打著「江戶川亂步獎」招牌的出道作《放學後》創下十萬冊的銷售紀錄之後（江戶川亂步獎作品通常都能賣到十萬冊），整整歷經了十年，東野才終於以《名偵探的守則》（一九九六）打破這個紀錄，而眞正能跟「暢銷」兩字確實結緣，則是在《祕密》之後的事了。

或許是出道作《放學後》帶給文壇「青春校園推理能手」的印象過於深刻，東野圭吾本人雖然一直想剝下這個標籤，過程卻不太順利。書評家們往往不是很關心他在寫作上的新挑戰。這也難怪，在東野出道後兩年，也就是一九八七年，以綾辻行人等年輕作家爲首，提倡復古新說推理小說的「新本格派」盛大興起。從文風與題材選擇看來，東野圭吾作品用字簡單，謎題不求華麗炫目，內容既不夠社會派又不像新本格，自然不會是書評家們熱心關注的對象。

就這樣出道十餘年，雖然作品一再入圍文學獎項，卻總是未能拿到大獎；多少有機會再版，卻總是無法銷售長紅；傾注全力的自信之作，卻連在雜誌的書評欄都占不到個像樣的位置。

所以我才會說，東野圭吾是個不幸的作家。說眞話這何止是不幸，實在是坎坷，簡直像是不當的拷問。

在獲得江戶川亂步獎後，抱著成爲「靠寫作吃飯」之職業作家的決心，東野圭吾辭去了在大阪的穩定工作來到了東京。這個決定使得他沒有退路，不管遭遇什麼樣的挫折，都只能選擇前進。於是只要有機會寫，東野圭吾幾乎什麼都寫。

二〇〇五年初，個人有幸得以見到東野圭吾本人並進行訪談時，曾經談到關於他剛出道不久時，在推理小說的範疇內不斷挑戰各式題材時期之心境。他是這麼回答的：

「那時的我只是非常單純地覺得自己必須持續寫下去，必須持續出書而已。只要能夠持續出書，就算作品乏人問津，至少還有些版稅收入可以過活；只要能夠持續地發表作品，至少就不會被出版界忘記。出道後的三、五年裡，我幾乎都是以這種態度在撰寫作品。」

不過，畢竟是背負著亂步獎的招牌出道，畢竟是身處日本泡沫經濟蓬勃、推理小說新風潮再起的八〇年代後半至九〇年代，邀稿的出版社當然都希望東野圭吾能夠以「推理」爲主題書寫。配合這樣的要求，以及企圖擺脫貼在自己身上那「青春校園推理」標籤的渴望，東野嘗試了許多新的切入點，使出渾身解數試著吸引讀者與文壇的注意。於是，古典、趣味、科學、日常、幻想，在他筆下似乎沒有什麼題材不能入推理，似乎沒有題材不能成爲故事的要素。或許一開始只是爲了貫徹作家生活而進行的掙扎，但隨著作品數量日漸累積，曾幾何時也讓東野圭吾在日本文壇之中，確實具備了「作風多變多樣」這難以被輕易取代的獨特性。

是的，東野圭吾是位不幸的作家，但也因此我們才得以見到，那些誕生於坎坷的作家路上，歷經幾多挫折仍不屈的堅持所淬煉而成，在簡素之中卻有著數不清面貌的故事。以讀者的角度而言，能與這樣的作家共處同一個時代，還眞是宛如奇蹟一般的幸運。

在推理的範疇裡，東野圭吾從不吝惜挑戰現狀。從初期以詭計爲中心的作品，漸漸發展出許多具有獨創性，甚至是實驗性的方向。其中又以貫徹「解明動機」要素（WHYDUNIT）的《惡意》（一九九六）、貫徹「找尋凶手」要素（WHODUNIT）的《誰殺了她》（一九九六）、貫徹「分析手法」要素（HOWDUNIT）的《偵探伽利略》（一九九八）三作，可說是東野在踏襲傳統推理小說元素之下，卻又充分呈現了屬於現代風貌的鮮麗代表作。

出身於理工科系的背景，也讓東野在相較之下，比其他作家更擅長消化並駕馭以科技爲主軸的題材。像是利用運動科學的《鳥人計畫》（一九八九）、涉及腦科學的《宿命》（一九九〇）和《變身》（一九九一）、生物複製技術的《分身》（一九九三）、虛擬實境的《平行世界戀愛故事》（一九九五），還有之後以湯川學爲主角展開的「伽利略系列」裡，東野都確實地將自己熟悉的理工題材，在分解組合後以最簡明的方式呈現在讀者眼前。

另一方面，如同「處女作是作家的一切」這句俗語所述，高中第一次寫推理小說便企圖切入當時社會問題的東野圭吾，由《以前，我死去的家》（一九九四）中牽涉兒童虐待的副主題爲開端，對於社會人心的描寫，似乎也成了他作家生涯的重要課題。例如，以核能發電廠爲舞台的《天空之蜂》（一九九五）、試探日本升學教育問題的《湖邊凶殺案》（二〇〇二）、直指犯罪被害人及加害人家屬問題的《信》（二〇〇三）和《徬徨之刃》（二〇〇四），都在在顯露出東野對於刻畫社會問題與人性的執著。

東野圭吾這種立足於推理，進而衍生至科技與人性主題上的寫作傾向，在發表於二〇〇五年的《嫌疑犯X的獻身》中，可說是達到了奇蹟似的調和，也因爲這部作品，在二〇〇六年贏得各種獎項，讓東野圭吾正式名列「家喻戶曉的暢銷作家」之列。加上這幾年來，東野作品紛紛電視電影化，他的不幸時代成爲過去，並站上前人未達之高峰。二十年來的作家生涯開花結果，創造了日本推理文壇近年來難得一見的奇蹟。

好了，別再看導讀了。快點翻開書頁，用你自己的眼睛與頭腦，去感受確認東野作品中理性與感性並存，而又如此引人入勝的獨特魅力吧！那將會勝於我在這裡所寫的千言萬語。

本文作者介紹

林依俐，一九七六年生。嗜好動漫畫與文學的雜學者。曾於日本動畫公司GONZO任職，返國後創辦《挑戰者月刊》並擔任總編輯，現任全力出版社總編輯，另外也負責線上共享閱讀平台ComiComi（http://www.comibook.com/）的企畫與製作總指揮。

使命與心的極限

1

麻醉步驟順利完成，手術台上的患者已固定姿勢，開刀部位也已消毒完畢。

「手術開始，拜託大家了。」主刀醫師元宮誠一說道。他的聲音和平常一樣清晰響亮。

冰室夕紀站在元宮的對面，向他點頭致意，悄悄做了一個深呼吸，告訴自己不要緊張。當然，光是想些有的沒的，以至於無法集中精神做該做的事，那就沒有意義了。

手術的內容是冠狀動脈繞道術，而且是無幫浦輔助冠狀動脈繞道術「Off Pump CABG」，意即不使用人工心肺，在心臟跳動的狀況下進行手術，一般稱爲ＯＰＣＡＢ。

夕紀肩負的重任是取下患者左臂的橈動脈。在這種情況下，這條動脈稱爲移植物（graft），用來作爲繞道血管。胸腔內壁雖然也有動脈可供使用，不過當元宮問夕紀該用哪一條時，夕紀回答橈動脈。橈動脈較粗，更重要的是，這名患者有糖尿病，若使用內乳動脈，術後有可能引發縱膈腔炎。指導醫師對她的回答點點頭。

當然，夕紀事先已告知患者，將從左臂取下動脈。

「會留下傷疤，這樣沒關係嗎？」

面對她的問題，七十七歲的老人燦然一笑。

「這把年紀手臂上多個傷疤算什麼！再說，胸口也會有疤啊！」

那是當然的——她回答。

「既然如此，就選醫生覺得最好的辦法。我相信醫生。」

據說老人有個和夕紀同齡的孫女，從一開始，老人便對年輕女住院醫師相當和善。絕大多數患者一見到夕紀，就會露出懷疑的表情，甚至表明想換男醫師。然而，這老人可說是例外。

夕紀順利取下那截血管，由元宮執行固定吻合處及血管吻合。他是夕紀的指導醫師之一，技巧純熟高超。夕紀凝神細看，想偷學一些技巧，但元宮的動作快得令她目不暇給。

止血之後，插入導管，將胸骨復位，縫合筋膜、皮下組織、表皮，手術完成。腋下照例汗濕一片，後頸痠痛也是常態。夕紀正式參與心臟外科手術兩個星期了，還是不太習慣。

將患者移到加護病房，展開術後觀察。其實，從這裡開始才是最漫長的歷程，必須一面監看患者的血壓、尿液、心電圖等等，一面調整呼吸器和用藥。當然也會有病情生變，得進行第二次手術的狀況。

夕紀直盯著心電圖顯示器，察覺自己的意識逐漸模糊。

——糟糕，我得打起精神來。

她想保持清醒，思考卻斷斷續續，腦袋麻木了起來。

突然間，她感覺膝蓋無力，頓了一下，又猛地抬起頭。剛才她好像打瞌睡了，眼前的元宮正在發笑。

「公主，體力到極限了吧。」

兩片薄唇之間露出雪白的牙齒，這張笑臉迷倒許多護理師。元宮三十五歲，目前單身，熱愛網球運動，一年到頭膚色曬得黝黑。

夕紀搖搖頭，「我不要緊。」

「妳昨天也參加了緊急手術，沒怎麼睡吧？去休息一下。」
「我沒關係。」
「我有關係。」元宮的笑容消失，眼神變得嚴厲。「不能用的醫生不是醫生。一想到有人靠不住，我就渾身不對勁。」
「不要緊，我靠得住的。」
「靠不靠得住由我決定，所以才要妳去休息。休息夠了再回來，這樣我才好辦事。」
夕紀咬咬唇。看到她的反應，元宮又恢復了笑容，微微點頭。
遺憾的是，他的話是對的。既然夕紀在術後觀察時打瞌睡，便無可反駁。
「那麼，給我一個小時就夠了。」說著，她站起來。
離開加護病房時，夕紀遇上護理師眞瀨望。她的個子嬌小、臉孔圓潤，看起來是個親切和善的人，平日在走廊等地方碰面時，必定會微笑以對，現在也一樣。
夕紀停下腳步，向對方表示自己要去值班室小睡片刻，拜託對方如果有什麼狀況就叫醒她。
「醫生，眞是辛苦了！這陣子妳不是一直參與開刀嗎？之前有三名住院醫生，現在只剩下妳。」
眞瀨望二十一歲。可能是因自己輩分最低而對夕紀產生了親切感，平日對夕紀很好，整理傳票等事務性工作也幾乎都會替她處理。
「這樣就倒下怎麼行呢！」夕紀苦笑。

夕紀在值班室躺下，理應來襲的睡魔卻遲遲不來。她想著一定要睡一下，反倒造成壓力，這也是無可奈何。

去年自帝都大學醫學系畢業，她就在同一所大學醫院研習。截至目前爲止，已在內科、外科、急救等部門受訓過，目前待在心臟血管外科。

這個部門是夕紀的終極目標。

她完全沒有「總算來到這裡」的感動，而是強烈感受到「我怎麼還在這種地方」。即使研習順利結束，也不見得能當上心臟血管外科醫師。畢業後必須經歷最短七年的磨練，還必須積極參加學會。明明做的只是助手程度的工作，卻感覺體力已到達極限，這樣是實現不了夢想的。

「我要當醫生。當上醫生以後，我要拯救像爸爸那樣的人。」

那年秋天的晚上，就讀中學三年級的夕紀向母親百合惠如此宣稱。百合惠大吃一驚的表情，夕紀至今仍記得一清二楚。

在那之前，她的父親冰室健介過世了。父親的胸腔長了一個巨大的大動脈瘤，然而，摘除手術進行得並不順利。據說，健介早就知道手術風險很大，也做好了心理準備。

夕紀來到心臟血管外科之後，看過好幾名大動脈瘤患者。一想到他們罹患了和父親相同的病，她便感到心酸。雖然想救治他們的心情與治療其他病症一樣，但這些患者接受手術時，夕紀多了幾分緊張。

幸好到目前爲止，所有的手術都成功了。看到家屬放心的表情，更重要的是，看到患者恢復健康，夕紀打從心底鬆了一口氣。

然而，另一種截然不同的意念同時占據了她的心。救治像爸爸那樣的人——這句話確實是發自內心。不過，她還有一個更大的動機，絕不能被其他人發現。指導醫師不用說，連母親她也瞞著。

夕紀驀地醒來，一時不知自己身在何處，等到想起這裡是值班室以後，她已在毯子裡發了一會呆。伸手摸到鬧鐘一看，她不禁睜大眼，早上六點半了。本來打算小睡片刻，卻一覺到天亮。

她趕緊跳下床，匆匆洗把臉，便趕往加護病房。沒人叫醒她，病人應該沒出狀況，但元宮的話讓她放不下心——因睡眠不足而疲憊至極的住院醫師靠不住，改向其他醫師求援也不是不可能。若是如此，這個臉就丟大了。

然而，加護病房裡不見元宮的身影，夕紀詢問在場的護理師，對方說他四點左右回去了，病人沒有異狀。

「元宮醫生交代，如果有什麼狀況，就去把值班室的公主叫醒。」護理師笑道。

夕紀困窘地笑了，放下心中大石。看來，元宮總算把她當成有用的人。

昨天動手術的患者情況很穩定。夕紀到醫院內的商店買了甜麵包和罐裝咖啡，一邊檢閱抽血報告等資料，一邊解決早餐。

之後，夕紀前往巡房。目前她負責的患者共有八人，均超過六十歲。人的心臟大多在這個年紀開始出毛病。

中塚芳惠即將年滿七十九歲，三天前住院，腹部有一個大動脈瘤，約有雞蛋大小。雖然依診斷結果而異，但腹部大動脈瘤的手術成功率很高，一般都會立刻進行手術。

一看到夕紀，中塚芳惠便不安地眨眨眼。

「手術的日子決定了嗎？」

她第一個問的總是這個問題，想必非常在意。

「現下還在和主治醫師討論，要視中塚女士的身體狀況來決定。」

夕紀量了體溫，溫度有點高，告知中塚芳惠之後，她的臉色便暗了下來。

「還是因爲肝臟嗎？」

「可能性很高，之後會再驗一次血。您的家人今天有來嗎？」

「我女兒和女婿應該會來。」

「那麼，等他們到了之後，麻煩通知護理師一聲，山內醫生想跟你們談談以後的事情。」

中塚芳惠默默點頭，一副心驚膽跳的樣子，不知醫生到底要說什麼。夕紀再次擠出笑容，說了聲「我回頭再來」，便離開了病床。

正確地說，中塚芳惠出毛病的不是肝臟，而是膽管。她的膽管發炎，大動脈瘤便是在檢查過程中發現。而且，她罹患的不是單純的膽管炎，恐怕有癌細胞侵襲，這方面也必須盡快處理。

癌與大動脈瘤，要先進行哪一項手術，這是最難取決的問題。外科的主治醫師每天都進行討論，但尚未得到結論。

將一切情形告知中塚芳惠的女兒和女婿後，他們詢問可否同時進行兩項手術。患者家屬打算畢其功於一役的心情不難理解，但身爲醫師，只能表示絕不可行。單單其中一項手術，便會造成高齡的中塚芳惠莫大的身體負擔，更何況在技術上原本就不可能。

無論先執行哪一項手術，都必須等到她恢復體力才能再進行另一項，這必須花費相當長的時間。問題在於，體內的病灶在這段期間的變化。癌症會惡化，大動脈瘤也會繼續膨脹，兩者都有時間限制。

夕紀回到辦公桌前，整理中塚芳惠的檢查醫囑（chronic stable）時，主治醫師山內肇出現了。他也是夕紀的指導醫師，體型肥胖，臉色紅潤，看起來很年輕，其實已超過四十歲。

「冰室醫生，妳的眼睛有眼屎喔。」

山內這麼一說，夕紀連忙伸手去摸，接著才想到這是不可能的，她一睡醒就洗過臉了。

「聽說妳昨天也睡値班室啊。不卸妝就睡覺，小心皮膚會變差。」

夕紀瞪他一眼，但不會生氣。山內是出了名對住院醫師照顧周到，而且他也知道夕紀從來不化妝。

「再怎麼說，患者年紀都這麼大了，不知道癌症會有什麼變化。」山內喃喃說完，才想到什麼似地看著夕紀。「對了，教授找妳，要妳去他的辦公室一趟。」

「西園教授找我……」

「我去告了一個小狀，所以他可能會念妳一下，妳可別恨我啊！」山內朝她豎起手掌，做了一個道歉的手勢。

夕紀偷偷做了一個深呼吸，從位子上起身，沿著走廊步向同一樓層的教授辦公室。她無意識地握拳，掌心滲出汗水。

在門前又做了一次深呼吸，她敲了敲門。

哪位？裡面傳來西園的聲音，他的男中音十幾年來都沒變，至少夕紀聽來是如此。

「我是住院醫師冰室。」

她回答了，裡面卻沒有回應。正在驚訝時，門突然打開，露出了西園陽平的笑臉。他花白的頭髮向後梳攏。

「抱歉，明知妳在忙，還把妳找來。進來吧！」

夕紀說聲「打擾了」，踏進辦公室。她第一次走進這裡。

辦公桌上的電腦螢幕顯示出3D影像，旁邊的白板上並排掛著四張胸腔X光照片。

「聽說妳連續兩天進手術房？」西園坐下問道。

是的——夕紀站著回答。

「前天的緊急手術是山內醫師執刀，有沒有什麼印象深刻的地方？妳不是站在他的對面嗎？」

意思是，站在主刀醫師的正面。

「是的。我只顧著做自己的事，花了很多時間止血。」

「嗯，聽說是突發性出血，妳還把臉轉開了一下。」

夕紀沒答腔。她沒有印象，但無法確定自己有沒有這麼做。

「一開始通常會這樣，但千萬別忘記，出血是最後的警訊。沒看到出血部位，患者就會沒命。記住，視線絕對不可以從出血部位移開，知道嗎？」

「是，對不起。」一邊道歉，夕紀才明白山內說的「告狀」是指這件事。

西園往椅背上一靠，椅子發出軋嘰聲。

「好了，說教就到此爲止。如何？習慣心臟血管外科了嗎？」

「大家都對我很好。不過，我一直給大家添麻煩，還有很多要學習的地方。」

西園失聲笑了。

「妳不必這麼拘謹。先坐吧，不然我不好說話。」

室內還有另一張椅子，夕紀說了聲「失禮了」，便拉開椅子坐下，雙手放在膝上。

西園回頭望向X光片。

「這是前天住院的那位患者的。妳覺得呢？」

「是那位VIP病房的患者嗎？」夕紀說：「看起來是血管瘤，而且相當大了。」

「直徑七公分。」西園似乎很滿意她的回答。「三個月前，第一次看診的時候才五公分。」

「患者有自覺症狀嗎？」

「據說有時候發不出聲音，嘶啞破嗓。」

「沾黏呢？」

「什麼？」

「動脈有沾黏嗎？」

西園凝視著夕紀，緩緩搖頭。

「不知道，也許有。影像可以看出血管的狀態，但哪些部分連在一起，不開胸沒辦法知道。這是患者的資料。」西園把病歷拿給她。

夕紀道謝一聲，接了過來，查看幾個數據。

「血壓很高。」

「動脈硬化很嚴重，平常不注重健康保養吧。六十五歲的年紀，完全沒戒菸戒酒。食量大，運動方面只有坐高爾夫球車陪陪客人打球，血管當然受不了，沒太多併發症已是奇蹟。」

「手術安排在什麼時候？」

「要看檢查結果，快的話，下個星期就進行。關於這一點，我有個提議。」西園坐直身子。「我想請妳當第二助手。」

「我嗎？」

「不願意？」

「哪裡，我願意。我會努力的。」夕紀頷首。

西園看著她點點頭，換了語調說「對了」。

「最近有沒有和妳母親聯絡？」

夕紀沒想到他會這麼乾脆就提起百合惠，頓時說不出話。

「沒保持聯絡嗎？」他又問了一遍。
「呃，偶爾會打電話……」
「是嗎？」西園嘴角上揚，偏著頭。「跟我聽到的完全不一樣。」
夕紀回望著他。從這句話聽來，他果然和百合惠經常碰面。
「家母向教授抱怨過什麼嗎？」夕紀問。
西園苦笑。
「沒這回事。不過，言談之間聽得出來，因為妳母親向我問起妳很多事情。如果妳常和她聯絡，應該不會這樣吧。」
夕紀垂下頭，腦海浮現百合惠和西園在某家餐廳用餐的情景。不知為何，兩人是十幾年前的模樣。
「妳今天還有什麼事？」西園問。
教授為什麼會這麼問？夕紀一邊覺得奇怪，一邊梳理行程。
「有患者要出院，所以我想寫摘要。再來就是一些事務性的工作。」
「沒有手術嗎？」
「目前沒有。」
「嗯，山內今天都在，等一下元宮應該也會來。」西園露出思考的表情，抬頭望著天花板，然後說聲「好」，並點點頭。「今天妳五點下班，然後準備一下，七點到赤坂。」
「赤坂？」

西園拉開辦公桌抽屜，拿出一張名片，遞給夕紀。

「到這家店。妳母親那邊，我來聯絡。」

名片上印著餐廳的名稱和地圖。

「教授，謝謝您的好意。不過，我想見母親的時候會自己去找她，您不必這麼費心……」

「妳現在不是想見就見得到吧？」西園說：「住院醫師沒有星期六、星期日，連五分鐘腳程的宿舍都沒空回去。就算回去了，一樣會被first call叫回來。這些我都知道。如果現在不這麼做，不等研習結束，妳母親恐怕聽不到妳的聲音。」

「我明白了。那麼，我今晚會打電話給母親。」

「冰室。」西園雙手在胸前交抱，盯著夕紀。「這是指示，教授的指示，也可說是對住院醫師的指導。」

夕紀垂下目光，雙手拿著那張名片。

「我會先交代山內和元宮。」

「可是，唯獨我有特別待遇，還是不……」

「之前我也曾強迫住院醫師休假、和家人碰碰面，不是只有妳，別搞錯了。」

碰了一個大釘子，夕紀無話可說，只好小聲回答「我知道了」。

離開辦公室，夕紀嘆了一大口氣。進去的時間雖短，卻覺得好累。

回到病房所在的區域，夕紀在處理手術資料時，有人從後面拍她的肩膀，是元宮。

「剛才聽教授說了，妳今天五點下班吧！加護病房那邊應該沒問題。」

「對不起……」

「幹麼道歉？西園教授很注重住院醫師精神方面的照顧，我研修的時候教授也很關心。」

「元宮醫師，」夕紀有些猶豫，但還是決定提出心底的疑問：「您爲什麼選擇帝都大學醫院呢？」

「我嗎？好難的問題。坦白講，我沒想太多，算是衡量自己的實力、社會的評價等因素的結果吧。妳呢？」

「我……我也一樣。」

「妳的志願是心臟血管外科吧？」

「是的。」

「既然如此，選我們大學就沒錯，這樣就能在他的底下學習了。」

「西園教授？」

「對。」元宮點頭。「即使只能偷學他的技術也十分幸福。不僅是技術，身爲一個醫師，他也具備卓越的人格。」

「您非常尊敬教授吧。」

「尊敬啊……嗯，應該是吧。妳知道他爲什麼當心臟外科醫師嗎？」

「不知道。」

「他天生心臟就有病，聽說小時候動過多次手術。他相信自己能夠活到現在，完全是拜醫學之賜。」

「原來如此……」夕紀從來不知道。

「其實，他的體質應該承受不了這麼勞累的工作，但憑著對醫學報恩的信念和自制力，並勤勞鍛鍊身體，才能在心臟外科最前線活躍幾十年。妳不覺得很了不起嗎？」

夕紀一邊點頭，心情相當複雜。她知道西園是優秀的醫師，但正因如此，才更無法釋懷。這樣的名醫怎會……

怎會救不活我的父親？她忍不住這麼想。

2

在那之前，夕紀從沒看過父親示弱的樣子。健介是那種個性冷靜、喜怒不形於色的人，但從他緊抿的嘴，總能感受到一股無言的自信，和他在一起，可以倚靠他，受到他周全的保護。

實際上，他從事的就是保護別人的工作——保全公司的主任。夕紀上小學時，健介曾有一次帶她到公司，那是一個擺滿通訊器材和顯示器的地方。父親向她解釋，建築物或民宅所有者與保全公司簽約，那些工具便是用來管理這些客戶回傳的資料。穿著制服的父親看起來比平常更值得依靠。

健介在進入保全公司之前，好像是警察，不過夕紀並沒有那段記憶。健介辭掉警職的原因，據說是工作太辛苦，母親百合惠是這麼告訴她的。但夕紀不認爲保全公司的工作輕鬆，因爲健介總是很晚回家，假日一定鼾聲大作，睡到下午。

那天，就讀中學的夕紀放學回家，健介的鞋子已擺在玄關，之前他從未這麼早回來。

冰室家是二房二廳的公寓一戶。百合惠和健介隔著茶几，在客廳交談。

「我早就有不好的預感，」健介皺著眉，拿起茶杯：「所以才不想做什麼健康檢查。」

「說這什麼話！就是因爲你之前一直不肯檢查，才會變成這樣。」百合惠對他投以責備的眼神。

健介一副被說中痛處的表情，啜飲著茶。

「怎麼了？」夕紀看看父親，又看看母親。

健介沒回答，百合惠也不作聲，注視著丈夫的側臉，然後才轉向夕紀。

「今天的健康檢查，醫生發現爸爸的身體有問題。」

夕紀一驚，「咦，哪裡有問題？」

「沒什麼大不了啦！」健介沒轉頭，背對著女兒回答：「不痛不癢的，生活上也沒有不方便。老實說，不知情日子也照過。」

「可是，醫生不是要你做更詳細的檢查嗎？」百合惠應道。

「醫生當然會這麼說，都發現病因了，要是沒有做任何指示，搞不好會被追究責任。」

「發現什麼？」夕紀問。「難不成……是癌？」

健介嘴裡的茶水差點噴出來，笑著回頭。

「不是啦。」

「不然是什麼？」

「聽說是動脈瘤。」百合惠回答。

「那是什麼？」

這個詞語是什麼意思、怎麼寫，當時的夕紀並不了解，頂多知道動脈是血管。

百合惠告訴她，「瘤」就是身體長出一塊東西。健介的血管裡長了一個瘤。

「沒想到竟然長了那種東西，我完全沒發現。」健介撫著胸口。看來，動脈瘤是長在胸部。

「爸，痛不痛？」

「不痛啊。今天跟平常一樣，看不出我有什麼不對勁吧？」

的確看不出來，夕紀點點頭。

「這把年紀去做健康檢查，至少都會發現一、兩個毛病吧。」健介似乎還在為接受健康檢查一事後悔。

「治得好嗎？」夕紀問。

「當然，治是治得好啦。」健介的回應有點含糊。

「可能得動手術。」

聽到母親的話，夕紀不由得睜大眼。「眞的嗎？」

「現在還不知道，不過，我想應該沒問題吧。」

向來足以讓夕紀安心的那種自信，從健介的臉上消失了，甚至浮現似乎在懼怕什麼的神色。她第一次看到父親露出這種表情。

第二天，健介接受了精密檢查。夕紀知道這件事，所以放學一回到家，就問起結果。

暫時不動手術——父親這麼回答。

「好像還不急。也就是說，要觀察一下情況。」健介含糊帶過。

那天的晚餐，是以蔬菜爲主的和風料理。夕紀的主菜是烤牛肉，健介的卻是豆腐。據說，高血壓與動脈硬化是動脈瘤形成的原因。

「還以爲動脈硬化跟我無關，原來我也老了啊。」健介洩氣地說著，把豆腐送進嘴裡。飯後得吃藥，似乎是降血壓的藥。

夕紀一直到小學高年級，才意識到自己父親的年紀，比同學們的父親來得大。教學觀摩通常是百合惠出席，她和別人的母親相比一點都不顯老，甚至看起來更年輕。夕紀也不止一、兩次聽朋友稱讚她的母親年輕又漂亮。

至於健介的年齡，是和朋友熱烈談論結婚的話題時，夕紀才第一次意識到。她們談的是夫妻的年齡差距。夕紀說「我爸媽相差十五歲」，朋友們都很驚訝。

然而，夕紀從來沒有把這件事和自己的將來放在一起思考。健介身體健康、活力充沛，她一直相信即使好幾年以後自己長大成人，這一點也不會改變。

看到父親拱肩縮背吃藥的模樣，夕紀第一次心生警惕，明白父親被稱爲老人的那一天就在不久的將來。正因如此，她在心中不時祈禱這一天晚一點到來。

關於動脈瘤的病情，父母並沒有談得很多。夕紀隱約覺得他們不想讓女兒聽見，暗自推測情況可能不樂觀。

父母經常提起「西園醫生」這個名字。從談話內容聽得出他是健介的主治醫師，似乎是個經驗豐富、醫術卓越的醫生。雖然沒見過面，畢竟是拯救健介性命的人，於是夕紀也把希望寄託在醫生身上。

夕紀見到這位醫生，純粹出於偶然。某天放學後，她和同學們逛車站前的文具店，其中一個同學告訴她「夕紀，妳媽在那裡」。

文具店對面有一家咖啡店，店裡的自動門開啓時，剛好看得到店內的情況。

夕紀過了馬路，站在咖啡店門前。自動門一開，百合惠的確在店內。她面向這邊坐著，好像和別人在一起。

不久，百合惠也發現了她，先是驚訝地睜大眼，然後輕輕招手。

坐在百合惠對面的人回過頭，那方是一名五官分明、看來很認眞的男子。

他就是西園陽平。夕紀深信他是拯救父親性命的人，恭敬行禮，說了聲「拜託醫生治好爸爸」。

別擔心，不會有事的——西園醫師這麼回答，笑的時候露出的牙齒很漂亮。

兩人爲什麼在那種地方碰面？夕紀沒問，因爲她不覺得奇怪。她認爲他們一定在談論健介的病情。

當晚，夕紀提起遇見西園的事，健介毫不吃驚，顯然百合惠已告訴他。醫生長得很帥吧——健介笑著這麼說。

之後，平安無事的生活又持續了一陣子。夕紀逐漸不再擔心父親的病情，健介卻發生了一點狀況。當時，他們在吃早餐。

健介突然放下筷子，按住喉嚨下方。

百合惠問他怎麼了。

「嗯……好像有點噎到了。」健介皺起眉，偏著頭。「本來是後天才要進行檢查，不過，我先去一趟醫院好了。」

「還好嗎？」夕紀望著父親。

健介微笑：「沒什麼，別擔心。」

可是，他沒有繼續吃飯。

他向公司請假，到了醫院，就直接住院了。一個星期後動手術的消息，是當天很晚回家的百合惠告訴夕紀的。

「手術」這個名詞聽起來如此沉重、充滿壓迫感。雖然不知道具體上會做什麼，但光是想到手術刀將劃開父親的肉身，夕紀便覺得呼吸困難。

那天晚上，她遲遲無法入睡，想起床喝點東西，卻看到客廳有光透出來。門開了一條縫，看得見百合惠的身影。她坐在沙發上，動也不動，雙手端正地在膝上交握，陷入沉思。

夕紀心想，媽媽在祈禱手術成功。

那時候，她也無法想像有其他可能性。

健介住院的第二天是星期六，所以一放學，夕紀便直接前往醫院。

健介住的是六人房。他盤腿坐在靠窗的病床上翻閱週刊，一看到夕紀，便笑著打招呼。

「爸爸看起來精神很好。」

「很好啊！簡直像沒病一樣，無聊得不得了。」

「一定要躺在床上嗎？」

「畢竟我好歹也算是病人。他們說，要是到處亂跑，破裂就糟了。」

「破裂？」夕紀一驚，急忙追問。

健介指指胸口。

「他們說血管的瘤長得很大。不過，應該不會那麼容易破吧。」

「要是破了會怎樣？」

「不知道。」他歪著頭思索，「恐怕不太好，所以才要動手術吧。」

事實上，豈止不太好，很多病例都以喪命收場，健介並未坦白相告，想必是不希望女兒擔心。

夕紀看到父親健康的模樣，心中的不安減少了幾分。她星期日也到醫院探望，週末過後則是天天報到。健介沒有任何異狀，每次看到女兒便直喊無聊。

到了手術前一天的星期四，健介難得露出認眞的表情，對女兒這麼說：

「夕紀，妳將來想做什麼？」

夕紀和百合惠談過高中升學的事，但父親主動問起，就她記憶所及，這是第一次。

她老實回答「還不知道」。

「是嗎？慢慢想，以後就會找到方向。」

「會嗎？」

「妳可不能活得渾渾噩噩。只要好好讀書，盡力替別人著想，很多事情妳自然而然就會懂。每個人都有自己才能完成的使命，每個人都懷抱著使命出生，爸爸是這麼認爲。」

「好酷。」

「可不是嘛！既然要活，就要活得很酷啊！」說著，健介瞇起眼笑了。

爲什麼他會說這番話，夕紀並不明白。過了好幾年，她依然不明白。或許父親沒有深意，當時的對話卻深深烙印在她的記憶裡。

星期五動手術，夕紀照常上學。出門時曾和百合惠提到手術，但氣氛並不嚴肅，百合惠的表情一如往常，也像平時一樣做早飯給她吃。

即使如此，接近中午，夕紀開始坐立難安。她知道手術將在十一點左右進行，光是想像父親躺在手術台上的模樣，手心就出汗了。

從學校回到家已過下午四點。百合惠不在，但說過等手術順利結束就會聯絡夕紀。由於這場手術可能進行到晚上，百合惠事先交代夕紀自己吃晚飯。夕紀打開冰箱，裡面放著幾道菜，每一道都是她愛吃的。

提早吃完晚餐後，夕紀看電視、翻雜誌來打發時間。然而，不管電視或雜誌，她都無法專心看，不時瞥向時鐘。

晚上十點過後，電話終於響起，是百合惠打來的，但並不是通知手術已結束。她說，手術好像會更久。

「爲什麼會更久？本來不是早該結束了嗎？」

「是啊……反正，結束會跟妳講，別擔心，在家裡等。」

「我當然擔心啊，我也要去醫院。」

「妳來也幫不上忙，不會有事的，聽話。」

「結束就要告訴我喔！」

「知道啦。」

掛上電話，一陣強烈的不安包圍夕紀，腦海浮現父親的面孔。一想到父親也許正在生死邊緣徘徊，她不禁全身發抖。

夕紀無法冷靜思考，於是關掉電視，在床上縮成一團。胃部又沉又悶，反胃感接二連三襲來。

下一次電話響起，是半夜一點過後。夕紀接起，打來的不是百合惠，而是一個親戚阿姨。

「夕紀，醫院的人要妳趕快過來。阿姨現在去接妳，在阿姨到之前，妳可以準備好嗎？」

「手術結束了？」

「嗯，結束是結束了……」

「怎麼回事？爲什麼要我現在過去？」

「這個啊，等妳來了之後再請他們告訴妳。」

「我馬上過去，阿姨不用來接我沒關係。」

夕紀掛上電話，立刻奔出家門，搭上計程車，趕往醫院。心跳劇烈得甚至讓她胸口發疼。

匆忙趕到醫院，卻不知該往哪裡走。夕紀想先到父親昨天住的病房，突然有人叫喚她的名字，是聯絡她的親戚阿姨。

一看到阿姨，夕紀便開始發抖。阿姨雙眼通紅，顯然前一刻還在哭。

「夕紀……跟我來。」

「阿姨，怎麼了？我爸的手術怎麼了？」

阿姨沒回答，只是低著頭，推著夕紀的背往前走。

夕紀沒再問下去。她怕得到的，會是非常悲哀的答案，一個即使隱約察覺、也不願面對的答案。她默默走著，感覺有些暈眩，腳步也不穩了。

阿姨帶她去的，是她從未去過的樓層。長長的走廊盡頭，有一個房間的門是打開的。阿姨說就是那裡。

「我爸……在那裡？」

夕紀這麼問，阿姨沒回答。她沒看阿姨，不曉得阿姨臉上是什麼表情，但她的確聽到嗚咽聲。

夕紀怯怯地往那個房間走去，阿姨並未跟過來。

走到房間附近時，有人出來了，是穿著白衣的西園。他低著頭，一臉疲憊，腳步沉重。

他注意到夕紀，停下腳步，睜大眼睛。每一次呼吸，胸口便上下起伏。

醫生什麼都沒說，也許是在想該怎麼說。夕紀的視線從他身上移開，再度邁開腳步，她不想聽醫生說話。

一進房間，眼前出現一塊白布。

那裡有一張床，有人躺在上面，白布蓋在臉上。另一個人在床前，坐在鐵椅上，頭垂得低低的，是百合惠。

腦袋一片空白，夕紀叫喊著，但自己聽不見。她衝到床邊，以顫抖的手掀開白布。白布下，是健介安詳的臉，雙眼是閉上的，彷彿在睡夢中。要活就要活得很酷——父親的話在耳畔響起。

騙人，這不是眞的！她不停叫喊著。

就這樣，夕紀失去了最愛的父親。

3

窗簾軌上掛著一件淡粉紅色護理師服，應該洗過了，但衣角還留著一塊小小的污漬。如果連這種小地方都要在意，大概當不了護理師吧——穰治自行做了這種解讀。

望在餐桌上豎起一面A4大小的鏡子，忙著化妝。今天值夜班，她任職於帝都大學醫院，那裡的夜班值勤時間從半夜十二點二十分開始。

望在圓臉上抹粉底，一邊抱怨工作。她對於休假太少感到不滿。不僅不能請年假，連排好的休假也經常被迫銷假加班。穰治認爲這樣可以賺不少錢，沒什麼不好，但才二十一歲的望，寧願少賺一點錢也要玩樂的時間。

穰治單手枕著頭，躺在床上抽菸，菸灰就抖落在枕邊的名頓（Minton）茶盤。第一次來這裡時，他問有沒有菸灰缸，望想了一會才拿出這個。從此，高級瓷器降格爲穰治專用的菸灰缸，但對此望什麼都沒說，有時還會洗乾淨，與備用的香菸擺在一起。

穰治認爲，如果和這樣的女孩結婚，自己也有機會得到幸福。當然，正因可能性是零，才會有這種空想。

望的話題不知不覺已轉到患者身上。她說，很多曾一腳踏進棺材的患者，撿回一命之後就變得異常任性。

即使來這裡，穰治多半也是當她的聽眾。除此之外，就是吃東西，上床。當然，他沒有不滿，若是望別有所求，也是徒增困擾。雖說是聽她講話，其實只要附和一下就好，絕大多數的情況他都左耳進右耳出，唯有在幾個特定的關鍵字出現時，才會認眞聽。

這些關鍵字的其中之一，突然從望的嘴裡冒出來，穰治不禁直起上半身。

「島原總一郎住院了?」他對著穿小背心的身影問：「妳剛才是這麼說的吧?」

鏡子裡的望，吃驚地看著穰治。她只有一隻眼睛上了睫毛膏。

「嗯，前天住進來的。他原本沒打算住院，可是檢查結果顯示，非得馬上住院不可。」

「妳之前說是大動脈瘤吧，很嚴重嗎?」

「嗯——」

望專心地替另一隻眼睛塗睫毛膏，穰治有點不耐煩地追問：

「怎麼樣?是情況不好才住院嗎?」

總算塗好睫毛膏，望轉過身，眼睛眨巴眨巴地問：「怎麼樣?」

「很可愛啊！我是在問妳……」

「聽說有這麼大。」她在拇指和食指之間拉出七公分的距離。「比雞蛋還大一圈吧。能動手術的，最多只有這麼大。」

「之前沒那麼大吧？」

「對，之前好像是五公分。那時候醫師就建議最好住院，可是他本人說不要緊，似乎非常害怕開刀。不過，這次他大概認命了吧。」

「要動手術嗎？」

「對啊，就是爲了動手術才住院。討厭啦！眉毛都畫不好！」

穰治下了床，穿上內褲，在望的身旁坐下。

「手術的日期決定了嗎？」

「咦，什麼？」望看著鏡子問，心思全在眉毛上。

「手術啦！島原總一郎不是要動手術嗎？什麼時候？」

「還沒決定呀，還要檢查什麼的。」望停下手，盯著穰治，皺起剛畫好的眉毛。「穰治，你爲什麼想知道這些？島原總一郎跟你又沒有關係。」

穰治有些狼狽。的確，他太追根究柢了。

「是沒關係啦，不過妳不會很想知道嗎？那種名人的事情。」

「還名人咧，又不是大明星。」望苦笑著，又開始化妝。

「傻瓜，企業領導人的健康亮紅燈，可是很有價值的情報，搞不好會影響股價。」

「穰治，你在玩股票？」

「沒有啊，不過想要這種情報的人很多。」

望又中斷了化妝，注視著他。這次眼裡有些指責的神色。

「不可以跟別人講這些事。因爲是你，我才說的。其實，我們是不可以把患者的資料洩漏出去的。」

身爲一個護理師，望還算是新人。聽到她這麼認眞的口氣，不難想見她在醫院裡一天到晚被這麼叮嚀。

爲了讓她放心，穰治刻意露出苦笑。

「開玩笑的，這種事我才不會跟別人講，只是好奇而已。我又不認識玩股票的人。」

「眞的？那我可以相信你嘍？」

「這還用問？相信我吧！」

望再度面向鏡子，嘟囔著臉上的妝不知化到哪裡了。

「那個手術不會有危險嗎？我之前在書上看過，大動脈瘤手術的死亡率滿高的。」

望拿出口紅，歪著頭挑選顏色。

「那是以前吧，現在不會了，而且我們的醫生很高明。嗯……你覺得這個顏色配嗎？」

「不錯啊。哦，醫生很高明。這麼一提，聽說島原總一郎會去帝都大學醫院，也是因爲有這方面的權威。」

「不止是權威，算是一代名醫了吧。不知道有多少高難度的手術都成功了，一個姓西園的醫生，我是不太清楚啦。」

「這個名字我之前也聽過。如果是這個醫生動刀，就萬無一失嗎？」

「大概吧。島原總一郎那種身分，應該會指名找西園醫生。」

「島原一定是住單人房吧。」

「那當然啦！他占用了我們最好的病房，昨天還叫人把電腦啊、印表機什麼的都搬進去。才剛住院，一天到晚就有人探病，給我們找事做。」

「望也要照顧島原？」

「有空就得去。我老是覺得他的眼神色瞇瞇，不過還沒眞的動手就是了。」

「六十五歲的老頭還這麼有元氣啊。」

一聽到穰治這麼說，望停下塗口紅的動作，驚訝地看著他。

「你怎麼知道他六十五歲？」

「妳之前說的啊！就是妳告訴我，島原總一郎去你們那裡看病的時候。」

「那是聯誼的時候提到的吧，你連這種事都記得？」

穰治聳聳肩回答：「我的記性很好。」

三個月前，同事找穰治參加聯誼，平常他都會回絕，但這次聽到女方的職業，便改變了心意。對方是帝都大學醫院的護理師。

穰治懷抱著某種目的參加那次聯誼。一如想像，那是一場無聊的聚會，不過他仍有收穫。因爲有一名在心臟血管外科工作的護理師，那就是眞瀨望。

「說到帝都大學醫院，最近島原總一郎不是才去過嗎？」穰治主動搭話。

望立刻有所回應。

「對呀，你好清楚。」

「我在網路上看到報導，他心臟有問題，去帝都大學醫院檢查，所以沒有出席記者會。我以爲是假的，只是他不想參加記者會的藉口。」

望搖搖頭。

「他眞的生病了，而且是滿……呃，嚴重的病。」她壓低聲音，似乎怕同席的護理師聽見，想必是因爲醫護人員無論在什麼場合下，都不能洩漏患者的病情。

等聯誼的氣氛熱絡起來，開始有人頻頻換座位時，穰治也沒離開望的身邊。他有意無意地示好，同時問出與島原總一郎有關的消息。大動脈瘤這個病名也是當時聽說的，只不過穰治並無相關的知識。

最後，穰治在這場聯誼中只和望交談，也成功要到她的手機號碼和電子郵件。

如果穰治的目的是尋找交往對象，大概壓根不會找望講話。事實上，發現他看上望的同事便這麼消遣他：

「原來直井喜歡下盤穩重型，她上面一點料都沒有耶！」

穰治笑著說「要你管」就帶過了。望不受男性青睞，他反倒十分慶幸，否則要和別人競爭可就麻煩了。

爲了贏得望的芳心，穰治盡了一切努力。這不是他第一次和異性交往，但他對望的態度，比對之前交往過的任何女性都熱情、誠懇，不僅下工夫，也不吝花錢。

「第一次有男人對我這麼好。」望經常這麼說。穰治認爲她說的是實話。剛認識她的時候，她的打扮很不得體，化妝技術也不高明。她說護校的課業沉重，沒時間玩樂，看來的確是事實。

努力沒白費，認識兩個星期之後，穰治開始出入望位於千住的公寓。

由於和望交往，穰治一步步了解帝都大學醫院的內部狀況，他也暗中調查大動脈瘤這種疾病，研究治療的方法。於是，他的腦海衍生某個計畫。起初，他以爲那是不可能實現的夢想，但漸漸地，夢想越來越具體，到了現在，他甚至認爲非實踐不可。

問題是執行的時間，機會只有一次，他絕對不能錯過。

因此，聽到島原總一郎緊急住院的消息，他無法不追問。這件事不在他的預期之中。

穰治很著急，必須立刻採取行動。

「我說……望。」他懶洋洋地開口。

「什麼事？」

穰治把手擱在她裸露的肩上。

「有點事想拜託妳。」

4

名片上的地址不好找，因爲那地方不在餐飲店林立的大路上，怎麼看都是住宅區。這種地方眞的有餐廳嗎？夕紀正在懷疑，就看到比一般住宅裝飾得還精緻的門廊。往裡面一瞧，玄關大門掛著刻有店名的門牌。好隱密的一家店，夕紀這麼想著，不禁猜測西園和百合惠或許就是在這裡幽會。

一推開門，一名身穿黑色套裝的女子微笑著出現。

「恭候光臨，我帶您到包廂。」那口吻簡直就像認識夕紀一樣。

她帶夕紀來到一個獨立包廂，打開門，朝裡頭說「您的客人到了」。

夕紀做了一次深呼吸，才走進去。

房間中央擺著一張正方形餐桌，百合惠與西園隔著桌角相鄰而坐。百合惠穿著淡紫色襯衫，脖子上戴的白金項鍊閃閃發光，西園則是一襲深綠色西裝。

「辛苦了！我們先開動了。」西園舉起細長的玻璃杯，裡面的液體看來是雪莉酒。百合惠面前也有同樣的玻璃杯。

對不起，讓您久等了——夕紀說完，在百合惠對面的位置坐下。

「妳好像很忙，不過氣色不錯，那我就放心了。」百合惠露出笑容說道。

「我很好啊。媽呢？」

「嗯，很好。」百合惠點頭。

許久不見的母親，在夕紀看來似乎瘦了一點，但並不是憔悴，而是更結實了，至少完全沒有老態。相反地，夕紀認為母親這幾年顯得更年輕了。唯一的可能是，日常生活改變了母親。現在不管怎麼看，母親都是幹練的職業婦女。

剛才那名套裝女子前來詢問夕紀是否要用餐前酒。她拒絕了。

「妳們母女久久見一次面，來一杯如何？」西園說。

夕紀沒看他，搖搖頭。

「醫院可能會找我。」

「今晚的first call不是妳，我吩咐過了。」

「可是……還是不要好了。回宿舍以後，我想看點書。」

西園嘆了一口氣。

「現在的確是妳的重要時期。那麼，就我一個人喝吧。」

「是啊，你們兩位請喝吧，就像平常一樣。」話一出口，她就後悔了，看得出百合惠的表情一僵。

餐點上桌了。前菜裝飾得如甜點般美麗，從外表看不出以什麼材料製成，套裝女子為他們說明，夕紀還是聽不太懂，但一吃果然美味，滿嘴是至今未曾嘗過的好滋味。

原來西園平常都讓百合惠吃這些——她突然領悟。這是從什麼時候開始的？為女兒烹調家常菜，百合惠卻和西園在外面享用這種平常吃不到的料理嗎？

健介喜歡重口味的菜色，尤其是滷成咖啡色的馬鈴薯燉肉。夕紀想起父親以這道菜下酒看棒球轉播的模樣。她默默將眼前的料理往嘴裡送，一邊想著，父親大概一輩子都不知道世上有這種滋味吧。

西園向百合惠講述夕紀在醫院工作的情況，這是他們對話的進行模式。期間，百合惠也問她有沒有好好吃飯、洗衣打掃怎麼處理等等，夕紀隨便應付。儘管有些孩子氣，但她就是不願意讓他們認爲吃這頓飯是有意義的。

用餐時光在這種情況下接近尾聲。西園中途點了紅酒，但夕紀沒有喝，百合惠也只喝一杯，所以主菜吃完，還剩下大半瓶酒。

甜點上桌之後，西園離席。他的桌位上沒有甜點，大概是事先吩咐過吧。席間只剩下母女倆。

「妳工作的情形我都是從醫生那裡聽說的，好像很辛苦，應付得來嗎？」百合惠問道。

「要是輸在這裡，就不知道之前爲什麼那麼拚命了。」

是啊，百合惠應道。

「媽，妳是不是有重要的事想跟我說，才託教授安排這次的聚餐？」

百合惠睜大雙眼，喝一口杯裡的水，舔了舔嘴唇。

夕紀心想「被我料中了」，湧起一股莫名焦躁的情緒，有點後悔主動挑起這個話題。

「也不能算是向夕紀報告啦……是想和妳商量。」

「什麼事？」夕紀的心跳加速了，實在不想聽。

「媽媽覺得……」百合惠垂下目光，接著又抬眼注視夕紀，繼續說：「差不多該決定將來的方向了。」

「將來？」

「就是……」她又喝了一次水才開口：「我在考慮要不要再婚。」

脈搏在耳後劇烈跳動。夕紀嚥下一口唾液，甚至覺得連吞嚥聲都在耳內轟然作響。

5

穰治把車子停在醫院的牆邊。這是他不久前才買的二手國產車。雖然曾決定再也不開車，但沒車畢竟不方便。不過，他不像以前那樣悉心裝飾車內，也不為音響或衛星導航系統多花錢，買來之後甚至沒洗過。如今，他很清楚車子純粹只是移動的工具。

坐在前座的望，倩然一笑。

「今晚謝謝你請客，義大利麵眞好吃。」

「可惜不能喝酒。」穰治說道。

望上夜班若遇到他休假，那天在上班前會與他一起用餐，這已逐漸成為兩人的習慣。飯後，他會開車送望到醫院。

「護理師總不能滿身酒味嘛！況且，穰治要開車。」

也對，穰治點點頭。其實，他也不想喝酒。

「那我走嘍。」望伸出左手，準備開車門。

穰治輕輕握住她的右手。「剛才那件事呢？」

望為難地皺起眉頭。

「一定要今晚嗎？」

「那妳什麼時候方便？」

望低著頭沉思，啃咬左手拇指。這是她真正傷腦筋時的習慣。不過，她本人說，在醫院裡絕不會做出這個動作。

「穰治為什麼想看那種東西？」

「就像剛才講的，我想知道什麼機器有什麼用途，這不看現場不會知道吧？要不是被調到醫療器材研發小組，我也不會拜託妳。」

「可是，這樣的話，依規定向醫院提出採訪申請不就好了嗎？」望提出合情合理的意見。

穰治擺出厭煩的表情。

「如果是正式採訪，醫院方面多少也會做做樣子吧？給我們看的東西，可能跟平常不一樣。況且，申請採訪的手續相當麻煩，要先徵求上級的同意，這麼一來就會被其他同事知道。然後，等我一提出申請，這些人一定都想跟我去。我才不想讓他們占這種便宜。」

「換句話說，你想偷跑。」

「沒錯，工程師的心眼都很小。」穰治故意露出賊笑。

「可是，機器的配置什麼的，手術進行時與現在的情況應該不太一樣，這樣沒關係嗎？」

「看過大概就知道了。總之，拜託妳了。」

「可是，搞不好正在動手術啊。上夜班的時候，經常有車禍傷患被送進來，要是其中一個手術房在使用，其他房間也就不能進去了。」
「要是那樣，我就死心。」
「有時候還會有緊急手術……」
「不會太久，只是看看而已。」穰治雙手合十。
望一臉爲難，嘆了一口氣。
「要是被發現就慘了，而且今晚偏偏跟一個特別囉嗦的前輩一起值班。」
「我看一下，馬上就走。不然，望也可以不用陪我。妳只要帶我到手術室，我自己進去。」
「話是這麼說……」望皺起眉頭，朝穰治看了一眼，很不情願地低聲說：「眞的只有一下子喔。」
「我知道，欠妳一份人情。」
「看那個會有什麼幫助？」望困惑地打開車門。
她下了車，朝夜間出入口走去。走到門口附近，她忽然停下腳步。
「警衛認得我，要是我們一起進去，他會覺得奇怪。我先進去，你過五分鐘再進來。先在候診室等，我換好衣服馬上過去。只是，我可能會被前輩叫去，要是你等了超過十分鐘我還沒出現，代表今晚不行，這樣好不好？」
好，穰治點點頭。他不想強迫望。
路旁停著一輛輕型卡車，他躲在車後觀察出入口，一身牛仔裝的望走過去。出入口的玻璃門打開之後，她行了一個禮。大概是在向熟識的警衛打招呼吧。

穰治點起一根菸，看了看時間，十一點半。

他從上衣口袋拿出一架小型數位相機，檢查過電池和記憶體，再放回口袋。

他對望很過意不去。望會答應如此強人所難的要求，一定是因爲眞心愛著他，而且恐怕已在考慮將來，也許認爲電機廠商的工程師是很好的結婚對象。

利用望的感情，穰治也不好受。只是，他沒有別的辦法。身爲一介平民，要做大事，即使眼前出現的機會如蛛絲般微乎其微，他也只能緊緊抓住。而望正是那根蜘蛛絲。

他考慮過是否要將一切告訴望，尋求她的協助。考慮到她對自己深厚的感情，應該不會拒絕。但再三思考的結果，還是認爲不可行。正因她愛穰治，拒絕幫忙的可能性反而更高。最重要的是，穰治不想連累她。萬一失敗，她也會被貼上罪犯的標籤。另一方面，假使計畫一切順利，最後的結果也會讓她痛苦一輩子。

必須百分之百獨力完成——穰治再次告訴自己。事後他會從望的眼前消失。必須把一切安排妥當，即使將來警方循線查到他，也要讓警方相信望純粹是被利用。

看看時間，望進去六分鐘了，穰治在地面上摁熄菸，把菸蒂收進口袋。

夜間專用出入口的燈光昏暗。一進門的左手邊有窗口，內有人影。若只是平常的出入，警衛不會把人叫住。雖然沒向望提過，其實之前他已出入過好幾次。當然，是爲了查探夜間醫院內部的情況。

從出入口進入，穿過昏暗的走廊。醫院的平面圖他幾乎已完全記在腦中。前往候診室的路上，有一道通往地下室的樓梯，地下室有員工餐廳，再往裡面應該是機械室。

他在候診室的椅子上坐下。四下無人，可能是今晚沒有急診病患，整棟建築物靜得出奇。

幾分鐘之後，他聽到腳步聲，換好制服的望從陰暗的走廊深處出現。她看起來比穿便服時成熟許多，神色也嚴肅起來。

「沒問題嗎？」穰治問道。

「不算沒問題，不過現在應該還可以。目前沒有手術，手術部也沒人。跟我來。」

望小聲說完，便轉身快步走。穰治跟在她的身後。

進了電梯，望按下三樓的按鍵，然後做了一次深呼吸。

「有時間嗎？」

穰治一問，她偏著頭思索。

「五分鐘左右。我得趕快回護理站。」

「我一個人也可以——」

「不行。」望嚴厲地打斷他。「萬一被發現，有我在還能蒙混過去。只有你一個人，什麼藉口都沒用，搞不好還會被報警處理。」

穰治點點頭，再度認清自己拜託她的是一件多麼異想天開的事。

在三樓步出電梯，首先由望到走廊探看情況。然後，她輕輕招手。正前方有一扇大門，上面貼著一張牌子，寫著「手術部搬運口」。

望從那牌子前面經過，在一扇普通的門前停下來。

「先在這邊等一下。要是有人過來，你就回到電梯那邊。」
「知道了。」
她開了門走進去。穰治觀察四周，剛才他們經過的走廊盡頭有一個護理站，燈是亮著的，卻沒聽見說話聲。
門再度打開，望探出頭。「好了，進來。」
穰治迅速溜進門後。一進門就是脫鞋的地方，旁邊有個放鞋的架子。
「在那裡脫鞋。」
「這裡就是手術室？」
「怎麼可能啊！快點。」
望打開一扇標示著「更衣室」的門，進去之後，拿著裝有藍色衣服的塑膠袋走出來，上面有張紙寫著「參觀用」。
「穿上這個。袋裡還有口罩和帽子，都要戴上。小心，絕對不可以讓頭髮露出來。」她一邊說，一邊穿上同樣的衣服，戴上口罩。
「一定要這麼麻煩嗎？我只是看一下而已。」
正在戴帽子的望，抬眼狠狠瞪著他。
「這麼一下子，穰治身上的細菌就有可能到處飛！再過去那些地方，連一根頭髮都不能掉。要是掉了，就會被追查出來。你要是不願意穿，我不會帶你進去。」
穰治無法反駁。望的眼神完全是護理師的眼神。

等他穿好衣服，望便往更衣室後面走去，那裡也有一扇門，她在門前的架子上取出兩雙橡膠拖鞋。

「穿上這個。」

穰治默默換上拖鞋，決定不再忤逆她。

望也穿上拖鞋，站在前面。那扇門靜靜地開了。

「原來是自動門。」穰治說道。

「要是每個人都摸來摸去，細菌會黏在門和門把上。」

「原來如此。」他心想，得記住這一點。

「接下來是手術清潔區，絕對不可以用手碰任何地方。」

「知道了。」

穰治踩著橡膠拖鞋踏進去。明明不是去動手術，卻非常緊張。一方面是怕被發現，另一方面是由於望再三警告，他開始認識到這是個極爲神聖的地方。

門後有一條寬敞的走廊，隔著走廊有一排手術室。一片寂靜中，只有空調微微作響。

「哪間手術室都行嗎？」

「最好是心臟血管外科的手術室。」

「在這邊。」望往走廊深處前進。

「會根據手術的內容換房間嗎？」

「當然。放置的器具不一樣，清潔程度也略有不同。心臟外科是最高等級的。」

望在最靠裡面的一扇門前停下來。

「就是這裡？」

她默默點頭，視線落在腳邊，接著腳尖踩進牆上挖空的方洞。她往下一踩，眼前的門無聲地滑開，看來設有腳踏開關。原來，這裡的門全設計成不必用手即可開關，想必是爲了防止細菌感染吧。

望先入內，再轉頭以眼神示意，於是他也走了進來。

首先映入眼簾的是，架設在天花板的無影手術燈，正下方是手術台。整個手術台上覆蓋著軟墊，上面還有不同形狀的小靠墊。圈形墊應該是用來枕後腦杓的吧。

放在手術台上、靠近頭部位置的裝置是麻醉器，穰治認得出來，因爲他事先做了一些功課。麻醉器旁邊有一個抽屜很多的層架，應該和麻醉有關。麻醉器前面有顯示器，但不知是用來觀察什麼。

麻醉器附近的牆上有管線設備，上面有四個插座，形狀和顏色都有些許不同。穰治調查過，綠色插座提供氧氣，藍色是麻醉用的笑氣，黃色是空氣，黑色則是吸引用的插座。手術進行時，各個插座會視其功能連接在不同管子上。

穰治緩緩移動視線。電刀、手術器械台、踢桶、吸引器……這些是每種手術都需要的工具，所以在穰治事前準備的範圍內。

他的目光一頓，因爲人工心肺裝置進入視野。現在並未接上電源，但進行人工心肺裝置的手術時，應該會插在不斷電的電源插座上。那個電源就在牆上。

穰治拿出偷帶進來的數位相機，迅速按下快門。他一開始動作，身邊的望便以責備的眼神看著他。但他假裝沒注意到，又按了好幾次快門。望什麼都沒說，不過口罩底下，她一定咬著唇。

看到他收起相機，望指指門，似乎在說該走了。

離開時，望也踩了腳踏開關。一離開手術室，她便輕輕搖頭。

「沒聽你說要帶相機進來。」

「我沒說嗎？」

「別裝了！做這麼多防菌工作是爲了什麼？平常用髒手拿的相機，上面都是細菌，會在房間裡四處飛散啊！」

「抱歉，我沒想那麼多。」

她大大地嘆了一口氣。

「先走再說。你看夠了吧。」

「嗯，夠了。」

兩人依進來的路線折返。回到更衣室，脫掉拖鞋和參觀用的衣服，也拿下帽子和口罩。望把這些衣物一起丟進旁邊的箱子。

走出更衣室，穰治穿好鞋子，望先開門探看外面的狀況，喃喃地說「糟了……」。

「怎麼了？」

「別出聲。」她走出去，然後迅速把門關上。

穰治把耳朵貼近門邊，聽見一個女人的聲音。

「眞瀨小姐，原來妳在那裡？在做什麼？」

「啊，對不起。我掉了東西，所以來找找。」

「掉了東西？」

「耳環。我在想，會不會是前幾天動緊急手術，送患者過來時，掉在手術部……」

「耳環？找到了嗎？」

「沒有……」

「那當然了，手術部每天都會進行檢查。妳本來就不該戴什麼耳環，醫院可不是讓妳玩樂的地方。」

「對不起。」

穰治不用看都能想像望低頭道歉的模樣。對方顯然是護理師前輩。此刻望一定在想，無論如何都不能讓前輩開門吧。穰治感覺腋窩發汗。

護理師前輩又叨念一陣，說話聲總算停止。不久，門開了，望說「現在可以出來了」，臉色很難看。

穰治趕緊走到外面。走廊上不見其他人影，他直接走向電梯。這一折騰，他心跳加速，很想抽根菸。

在電梯前站定，他面向望，吐出一口氣。

「前輩有沒有懷疑妳？」

「嗯，應該沒事。」望微微一笑，但臉色還有點發青。

電梯來了。電梯門緩緩打開，但裡面不是空的，有一名穿白袍的年輕女子，看起來像醫生。而且，那名女子一看見望，便開口「哦」了一聲。穰治倒抽一口氣，直覺這女人認識望。

「望，今天值夜班嗎？」果不其然，年輕女醫生笑著向望搭話。

不可以把臉轉過去——穰治當下如此判斷，能做的也就這麼多了。他的腳步不由得跟著望停下來。如果若無其事地走進電梯，女醫生也許不會特別注意他。即使是深夜，探病的訪客在走廊上來去的情況也不少，可是，一旦停下來，對方想必會認爲他和望有關聯。穰治很後悔，但來不及了。

「是的，準備開始値班。醫生還要工作啊？」

「嗯，我想確認一些資料，所以又回來了。」女醫生的視線轉向穰治，表情略帶疑惑。

「啊……這位是來探望家人的客人，他走錯樓了，我正要帶路。」

「是嗎？辛苦了。」女醫生朝穰治點頭致意，他也點點頭。

女醫生離開之後，穰治和望走進電梯。

「好險。那是心臟血管外科的醫生，要是她發現我們偷偷跑進手術室，不管什麼藉口都不管用了。」望的眼珠骨碌碌地轉動。

「心臟？她還那麼年輕……」

穰治看過相關資料，要當上心臟血管外科醫師，必須累積好幾年的實務經驗。

「她是住院醫師啦，來我們這裡才沒多久。」

「住院醫師……原來如此。」

「明明沒化妝，還是很漂亮吧！」

「是啊。」穰治點頭同意，其實他並未看清楚女醫生的長相。

「不過，她對男人沒興趣，滿腦子都是工作。」可能是從緊張中解放出來，望又變得像平常一樣多話。

電梯抵達一樓。望準備回三樓，站在電梯裡，按著「開」的按鈕。

「望，謝謝妳，幫了我大忙。」

「幫得上忙就好。」

「眞的很感謝妳。」這句話沒有半點虛假。他在望的唇上印了一吻。

6

走廊上靜悄悄的。太好了，夕紀總算鬆了一口氣。住院病人發生異狀時，走廊上的氣氛就會不一樣。一直以來的住院醫師生活，讓夕紀學會分辨這種差異。而且，若有什麼問題，眞瀨望的表情應該會更緊張。

不過，對於同行那名男子，她的解釋很不自然。來探望家人的訪客走錯樓層，這種事平常不可能發生。更何況，電梯門打開的瞬間，他們是面對面站著，感覺像在交談。

夕紀心想，他會不會是望的朋友？但她並未追究。果眞如此，也不是什麼大事，她認爲與自己無關。

夕紀到加護病房查看了一下，似乎沒什麼問題，也沒瞧見元宮或山內的身影。看來，眞的沒有緊急手術。如果有，就算她是和教授用餐，應該也會被叫回來。

即使如此，夕紀還是不想馬上離開，於是開始處理昨天動手術的患者用藥相關事務。剛過十二點就能下班，這種機會實在難能可貴，但今晚她不想在那間小宿舍久待。她很清楚現在回去也無法馬上睡著，一定會望著滿布污漬的天花板，爲一些再怎麼想都無能爲力的事情煩惱，失去客觀的判斷力，徒然地讓情緒激昂亢奮。

對，再怎麼想都無能爲力。

她與百合惠的對話在腦海重現。母親那有點靦腆，又有點尷尬的話聲猶在耳邊，「在想是不是要再婚——」。

當然，夕紀受到不小的震憾。她倉皇失措，幾乎想奪門而出。然而，下一瞬間說出來的話，平靜得連自己都感到意外。

「是嗎？不錯啊，那不是很好嗎？」

百合惠也露出大感意外的表情。

「就這樣？」

「不然該說什麼？啊，要說『恭喜』才對。」

連她自己都覺得話裡帶刺。

不過，百合惠並未不悅地皺眉，反倒有些臉紅，應該不僅僅是喝了紅酒的關係。

「妳沒有什麼想問的嗎？」百合惠說道。

夕紀搖搖頭。「沒什麼好問的啊，對象我也早就知道了。」

百合惠似乎倒抽一口氣，微微點頭。

「這不是很好嗎？我沒意見，媽自己決定就好。這是妳的人生，妳的重新出發。」

「說的……也是，重新出發。」

「爲重新出發乾杯？」夕紀舉起水杯，但她在心裡悄聲說：這可不是我的重新出發——

回顧剛才的對話，夕紀陷入自我厭惡中，後悔自己怎麼會與母親這麼應答。既然心有不滿，直接說清楚就好了。說不出口，是因爲若被問到理由，她也講不出一個所以然。

我懷疑你們——夕紀不能這麼說，就算他們早已從她的態度看出來。

夕紀不由得把躺在加護病房病床上的患者，和父親的面孔重疊在一起。健介在動手術之前，臉色比這名患者還好。換作平常，根本沒人會認爲他是病人。

可是，父親卻死了。說要活得很酷的父親，在第二天夜裡就不動了，也不呼吸，全身被乾冰包圍著。

「這算什麼？怎麼回事？既然是這樣，不如不要動那什麼手術！」伯父憤怒的聲音在夕紀的耳內復甦。

父親過世的當天晚上，親戚趕來時，百合惠把情況解釋了一遍，伯父立刻大發雷霆。

「可是，如果不動手術，有破裂的可能……」

「什麼叫『有可能』，這種事誰知道啊！也有可能不會破裂啊！」

「不是的，醫生說總有一天會破裂。」

「可是，手術失敗不就什麼都沒了嗎？」

「因爲健介的病況，好像是很難的手術……這些院方事先就解釋過了。」

「因爲很難，手術失敗就要我們認命嗎？這未免太奇怪了，哪有這種道理！百合惠，這種理由妳竟然能夠接受？手術前三天我還見過他，他生龍活虎的，跟我約好出院一起去釣魚。這種人三天以後會死？豈有此理！」伯父說得口沫橫飛。

健介的大動脈瘤似乎長在極爲棘手的地方，也就是重要血管分支的部位，而且開胸之後，才發現大部分都有沾黏。

正如親戚所說，當時就讀中學的夕紀也懷疑是醫生的疏失。無論手術有多難，能夠克服困難完成手術的才叫醫生，不是嗎？所以，他們才能收那麼多錢、受到那多麼人的尊敬與感謝，不是嗎？

有些親戚建議最好控告醫院，百合惠卻不表明態度，甚至認爲健介本人也會接受這樣的結果。

母親的這種態度，也讓夕紀感到不滿。

失去父親的傷痛，並未輕易消失，但夕紀很快明白，哭不是辦法，因爲百合惠必須出去工作，結果在飯店的美容院找到了替客人穿和服的工作。夕紀從來不知道母親有這項專長，她也是這時候才知道，母親婚前曾在百貨公司的和服賣場工作。

這份工作雖然沒有豐厚的收入，不過健介保了幾個壽險，只要節省一點，母女倆的日子應該還過得去。放學回家，空無一人讓夕紀感到十分寂寞，但一想到母親正在爲她們努力，感恩的心情便大於一切。以往很少做的家事，她也開始主動幫忙。

與母親的新生活，促使夕紀變得懂事而堅強。每天埋頭苦幹地過日子，總算能夠趕跑在心底萌芽的怯懦。

於是，幾個月轉眼過去了。儘管對健介的死因無法釋懷，親戚也不再說什麼。即將破裂的大動脈瘤，在手術中破裂——事情就當成這樣落幕了。

如果這種情形持續下去，沒再發生任何事，或許夕紀會逐漸打消內心的懷疑，可惜並非如此。

事情發生在某天晚上。夕紀正在準備晚餐，家裡的電話響起，是百合惠打來的，說會晚歸，要夕紀先吃，她會在外面吃過再回家。

夕紀本來在做什錦炊飯，因爲那是百合惠愛吃的，但掛了電話之後，就提不起勁了。她把食材擱在一邊，直接倒在沙發上，沒多久便打起盹。等到她醒來時，時鐘顯示已將近十點，百合惠還沒回來。

夕紀覺得很餓，卻不想做炊飯。她披上外套，拿了錢包便出門。便利商店就在走路五分鐘的地方。

她買了晚餐回到住處附近，看到路旁停著一輛車，認出那是一輛賓士。車內人影晃動，車門開了，她看到下車的人，不由得停下腳步。那正是百合惠。

她往駕駛座望去，可能是因爲車門打開，車內燈亮了，辨識得出駕駛的面孔。

夕紀差點驚叫出聲。微光中映出的人，不就是西園醫生嗎？震驚之餘，她躲到旁邊的一輛輕型車後面。

車門關上後，百合惠似乎仍笑盈盈地說著什麼，而且車子發動後，她還留在原地，目送車子遠去。在夕紀看來，那是依依不捨的模樣。

直到看不見車子，百合惠才走向公寓。夕紀從後面追上去，叫了一聲「媽」。

百合惠像一具發條鬆脫的人偶，頓時定住不動，接著僵硬地慢慢轉身。

「夕紀……妳怎麼會跑出來？」

「我去便利商店。」她舉起手上的袋子。「媽，剛才那個人……」她面朝賓士離去的方向，「不就是幫爸爸看病的西園醫生嗎？」

百合惠的嘴角抽動了一下，先是露出淺笑，然後才開口：「是啊。」語氣很平穩。

「妳怎會跟他一起回來？」

「也沒什麼。我們先回家吧，天氣有點涼了。」百合惠說著，不等女兒回答，便向前走去。

夕紀默默跟在快步前行的母親身後，感覺母親的背影似乎在排斥著什麼。以前走在母親身後，從來沒有這種感覺。

回家後，百合惠到廚房喝水，放下玻璃杯，長嘆一口氣。夕紀一直在餐桌旁注視著她。

百合惠從廚房出來，露出複雜的表情。

「其實，」她微微低著頭說：「媽現在的工作是西園醫生介紹的。因爲醫院經常在那家飯店舉辦醫學方面的會議，西園醫生在那裡有人脈。」

「原來是這樣啊。」這當然是夕紀第一次聽說。

「今天，醫生有事到飯店一趟，順便來看望我。我覺得應該跟他道個謝，才會比較晚回來。」

「那麼，妳是跟西園醫生一起吃晚飯？」

百合惠簡短地「嗯」了一聲。

哦，夕紀也應了一聲。她拿起便利商店的袋子，走進廚房，把便當放進微波爐，按下加熱開關。

「媽，西園醫生爲什麼要幫妳介紹工作？」夕紀望著在微波爐裡轉的便當，問道。「是爲手術失敗贖罪嗎？」

百合惠眨了好幾次眼，表情有點僵硬，半晌才回答：「也許吧。」

同樣的事情沒再發生。百合惠偶爾晚歸，但顯然都是爲了工作，即使是這種情況，回家的時間也很少超過晚上九點。

然而，夕紀無法確定百合惠沒與西園醫生見面。她是星期一休假，因爲是平常日，夕紀當然得上學。這段期間百合惠在做什麼，夕紀就不得而知了。

某天，夕紀經歷了一場決定性的會面。

那天也是星期一，她放學回到家，發現西園就在家裡。

他端正地坐在客廳，背脊挺直，笑著向她打招呼。

「醫生剛好有事到附近，順便過來看看。」百合惠的話聽起來很像藉口。

是嗎？夕紀說著，點點頭。

「那麼，我告辭了。」西園站起來。「看到令千金精神不錯，我就放心多了。」

「謝謝醫生這麼費心。」百合惠向他道謝。

「要是有什麼事，儘管告訴我，別客氣。只要我能力所及，不管什麼事都會幫忙。」西園頷首應道。

百合惠沒說話，微微低下頭，眼裡透露出信任的神色。

看到這一幕，夕紀直覺這個人在母親心中可能是個特別的人……

夕紀想都沒想過，百合惠會喜歡上其他異性。雖然母親在生物學上是女人，夕紀卻毫無來由地深信，母親不會再和別人建立男女關係。

仔細一想，其實那是很有可能的，何況百合惠還年輕。儘管在夕紀眼裡，怎麼看母親都是中年婦女，但以她的年紀，再談戀愛也不足爲奇。

正因與健介的回憶還歷歷在目，夕紀更不想相信母親對其他男性有好感，更別提對象是那個沒救活父親的醫生。

從那天起，西園便經常造訪冰室家，他總是在星期一出現。從第二次起，不光西園本人，連百合惠也沒再說「剛好來附近」的藉口。

只是，他從來不久坐。在夕紀回家後半個小時便離開，這已成爲半儀式性的慣例。於是，有一次夕紀對百合惠說：

「我可以晚一點回來，這樣西園醫生就不必急著走。」

然而，百合惠搖搖頭說沒這回事。

「西園醫生是在等夕紀啊！他說，如果沒親眼看到妳過得好不好，特地來拜訪就沒意義了。所以，妳要像現在這樣，盡量早點回來。」

「噢……」

夕紀覺得是一種困擾，但沒說出口。

不知他們是否會在星期一以外的日子碰面？她盡量不去想這件事，因爲只要一開始想，就忍不住猜測他們的關係。

她從百合惠那裡得知西園單身，似乎結過婚，但妻子過世了。不過，不知道西園有沒有小孩。

就這樣，日子一天天過去。不久，健介逝世屆滿一年，週年忌的法事結束，大家一起用餐，伯父又提起了對院方的質疑，但幾乎沒人附和，甚至有種「過去的事何必再提」的氣氛。

「早知道那時候我就該出頭，實在沒想到百合惠竟然就這麼算了。」伯父邊抱怨邊自斟自飲。

聽到這幾句話，夕紀驀地想起一件事。母親沒對院方提出強烈的抗議，莫非是因爲當時已對西園醫生產生好感？面對心儀的對象，無論對方做錯什麼，想必都不忍加以責備。

然而，緊接著一幕情景在夕紀腦海浮現。剛檢查出健介的病時，百合惠和西園曾在住家附近的咖啡廳碰面。

這代表什麼？

那時候，夕紀單純地以爲他們在討論健介的病情，但果眞如此，應該會在醫院，爲什麼在咖啡廳呢？

不祥的預感在夕紀的腦中膨脹。這種想像實在太醜陋、太殘忍了，即使告訴自己不要再想，棲息在她內心的疑惑，仍不受控制地繼續擴大。

假使……

百合惠與西園的關係，在健介動手術之前便開始了呢？不用說，這是外遇。如果維持現狀，兩人絕對無法結合。

可是，百合惠的丈夫病倒了，而爲他開刀的是西園陽平。手術難度極高，這是眾所公認的事實。

倘若手術成功，健介便會康復，過不了多久就會出院，恢復正常生活吧。換句話說，健介與百合惠的夫妻關係將維持下去。

西園醫生會希望如此嗎？他希望百合惠繼續當別人的妻子嗎？

健介的生死掌握在西園醫生手中。那場手術即使失敗，也只要一句「很困難」就能交代，事後怎麼解釋都行。如果是這樣，他還會全力以赴嗎？

這個猜測無法與任何人討論，一切都是想像的產物。然而，這個猜測如同黑色的殘渣，在夕紀心底滯留、沉澱，任憑時光流逝也沒消失，反倒使她的心情更沉重。

「我將來要當醫生。」

中學三年級那年秋天說的那句話，是夕紀得出的結論。只有這個方法才能抹去她內心不斷膨脹的懷疑。

7

穰治把列印成A４大小的照片排放在餐桌上，點了一根菸。那是他在手術室裡拍的照片。整理過的醫療器材型錄就在手邊，他逐頁翻閱。

吸引器、電刀、手術用顯微鏡、麻醉器，以及人工心肺裝置——他想詳細了解每一項設備，其中最重要的就是人工心肺裝置。

他凝視著裝設在同一組線路中的液晶顯示器，以放大鏡確認細部設計。不久，他在型錄裡找到相同機種。那是心臟手術用的血液顯示裝置，可針對手術中的患者連續測量，並記錄血液的氧氣濃度、溫度、酸鹼值等十多種項目。

穰治檢查這項裝置的規格，如電源、電池的有無、連接方式等等，並抄寫在筆記本上。其他設備也必須進行相同的確認作業。光是今天一個晚上，終究無法完成。

時間不夠。他拿起擱在菸灰缸裡燃了一大截的香菸，吸了兩、三口便按熄，然後又點起新的一根。

時間不夠……

島原總一郎住院了，表示這次一定會動手術，會是在什麼時候呢？根據望的消息來源，目前尚未決定。照理說，應該快了。那個大忙人不可能爲了身體檢查乖乖在醫院待上好幾個星期。

大概一個星期吧，穰治這麼想。這樣的時間應該合理。

他必須加緊腳步。雖然已準備到某種程度，但距離萬全還差得遠，有很多事情需要調查，敵人卻不會等他，錯過這次機會，恐怕永遠都不可能達成目的。

穰治叼著菸，把椅子轉了個方向，電腦就在旁邊。他打開文書處理軟體，思索一陣，敲打起鍵盤。

敬告帝都大學醫院相關人士……

8

在值班室一躺下來，夕紀不由得大嘆一口氣。

今天比平常還累，白天的手術一直進行到將近晚上七點，術後觀察照護又費了不少工夫。雖然進行的是大動脈瘤切除手術，但患者的腎臟原本就有毛病，術後必須聯絡腎臟內科，讓血液透析過濾器在加護病房維持運轉。

心臟血管外科的患者大多年歲已高，因此患有其他疾病的機率也很高。夕紀認爲，要救他們的性命，就像讓天秤維持平衡一樣，只要有一邊加重分毫，立刻會失衡。

正當她想著這些事，意識逐漸朦朧時，ＰＨＳ響了。一接起來，是通知她患者中塚芳惠發高燒。

雖然腦袋昏昏沉沉，但沒時間讓她拖延。她用冷水洗把臉，披上白袍。

值班的日子，夕紀從來沒好好睡過。那麼，沒值班就能在宿舍裡安心休息嗎？沒這回事。

夕紀甚至認爲值班的壓力比較小，就算回到宿舍，也不能關掉手機電源。患者出狀況時，接受first call是住院醫師的工作，即使人在被窩裡，仍擔心手機隨時會響，心情不曾放鬆。絕大多數的夜晚，醫院都會發生一些狀況。

夕紀甚至慶幸今天值班。中塚芳惠是她負責的患者之一，如果待在宿舍，一定又會被手機驚醒。她有點怕那種聲音。

中塚芳惠的體溫上升到將近四十度，夕紀知道她這陣子持續輕微發燒，卻一直找不到原因，同房的患者中並沒有人感冒。

芳惠的意識模糊，和她說話，她的反應也很遲鈍。

檢閱病歷，芳惠的腹部有大動脈瘤，另一方面，她也是膽管癌患者。夕紀先確認這幾天是否有新的用藥處方，但顯然沒有。

心音和肺有無雜音也是重要的確認事項。她聽到患者的肺部有些微斷斷續續的雜音。那麼，是呼吸器官感染嗎……

芳惠突然發出呻吟，眉間的皺紋加深，雙眼緊閉，嘴巴反而半開，發出喘息。宛如妒恨的鬼女面具，平常溫和安詳的表情不見蹤影，簡直判若兩人。

夕紀感覺不太尋常。這不是退燒就能解決的問題，必須進行最根本的處理。是什麼樣的處理？夕紀動用所有貧脊的知識，卻理不出頭緒。

「醫生，請給指示！」站在她身邊的護理師菅沼庸子說道。對方是有十年資歷的老手。

「現在由不得妳不知所措！」

這種說法傷了夕紀的自尊，但對方說的沒錯，夕紀做了一次深呼吸。

她提出當下能想到的指示，並著手準備。首先是抽血培養。

一做完該做的處置，夕紀便打電話給負責膽管癌的主治醫師。這位醫師姓福島，夕紀將所有掌握到的資訊全部在通話中傳達，福島表示會馬上趕來醫院。儘管對方語氣沒有不悅，但掛了電話之後，夕紀依然被一陣無力感包圍，深怕福島認為住院醫師沒用。當然，現在不是不安的時候，她又立刻打電話給山內。中塚芳惠的大動脈瘤是由他負責診治。

「哦，是膽管炎造成的敗血症吧。」山內在電話彼端說道，語氣聽起來相當悠哉。

「請給指示。」

「福島醫師會過去吧？我想多半會動緊急手術，妳去把檢查資料備齊。」

掛了這通電話，大約過了三個小時，山內的話成眞，福島研判有必要切除發炎嚴重的部位。之所以需要三個小時，是因爲在取得家屬同意這方面遇到麻煩。中塚芳惠有個女兒，但她與丈夫、孩子都不在家，幸好她的小姑在她家照料寵物。小姑表示，他們一家人當晚住在迪士尼樂園附近的飯店，偏偏不清楚是哪家飯店，於是夕紀和護理師們分頭打電話到好幾家飯店詢問。

最後，福島在電話中向中塚芳惠的女兒說明狀況，並確認對方同意進行手術，整個聯絡過程花了一個多小時。

「她女兒急哭了，很後悔去迪士尼樂園。」福島掛了電話之後這麼說，像是覺得做了什麼不該做的事一樣。

這場手術夕紀也要幫忙。先切除了發炎部位，但還有其他部位受到癌細胞侵蝕，不過福島醫師研判，首要之務是去除高燒的原因。

手術歷時兩個多鐘頭。在中塚芳惠被送至加護病房途中，夕紀認出走廊上的一對男女，她和他們見過好幾次面。他們是芳惠的女兒夫婦，只見女兒一臉擔心。

夕紀正在加護病房觀察術後情況，菅沼庸子來了，表示女兒夫婦想見中塚芳惠。

「可是她現在睡著了，而且還會睡好幾個小時。」

「我跟他們解釋過了，他們說沒關係。也對啦，大概是想先看到人，圖個心安吧。」菅沼庸子的語氣，顯然在調侃那對自我滿足的夫婦。

幾分鐘後，菅沼庸子領著一對男女走進來。兩人都摩擦著雙手，大概才在入口處消毒過。兩人並肩站在中塚芳惠身邊，夕紀走近他們。

「主治醫師應該說明過，得再繼續觀察一陣子，應該會退燒。」夕紀輪流看著這對夫妻說道。

「福島醫生說，暫時沒辦法進行膽管癌的手術，眞的是這樣嗎？」妻子發問。

「這方面只能相信福島醫生的判斷。不過，這次手術中塚女士確實消耗很多體力。手術是需要體力的。」夕紀謹愼回答。關於膽管癌方面，她不能多說。

「那動脈瘤呢？」換成丈夫發問。

夕紀看向男子。他戴眼鏡、小個子，約三十五歲左右。

「大動脈瘤手術會造成患者莫大的負擔。依目前的情況，中塚女士恐怕無法承受。」這件事她也在電話裡和山內討論過。

「那麼，兩邊的手術暫時都不會進行嗎？」丈夫進一步問。

「是的。最重要的是，先脫離目前的險況。」

「可是，退燒以後也不能馬上動手術吧？兩邊都不能？」

「就現在的狀況，我想是的。」

「這樣的話，大概要多久才能動手術？」

「這個嘛……」夕紀舔了舔嘴唇。「得看中塚女士復原的情形，而且必須和外科討論過才能決定，現在實在沒辦法告訴您確切的時間。」

「要等一個月嗎？」

都表示沒辦法給明確的時間了，這個做丈夫的還是追問不休。

「視接下來的狀況，或許會更久。」

「更久……如果會更久，動脈瘤可能長得比現在大吧？不會破嗎？」

「當然，如果置之不理，的確會有這樣的顧慮。可是，現下實在沒辦法動手術，只能等中塚女士養好體力。不過，依現在的大小來看，不會立刻破裂，兩位不需要擔心。」

「是嗎……」

聽了夕紀的話，做丈夫的一邊點頭，一邊露出沉痛的表情低下臉，似乎有些焦躁。

目送夫妻倆離去，夕紀決定先回值班室。雖然天快亮了，頂多只能睡一個小時，但若不稍微躺一下，之後會很難熬。就算整晚不眠不休地工作，也得不到任何體貼寬容，這就是住院醫師的處境。

前往值班室的途中，走廊一隅傳來交談聲，夕紀聽出是剛才那對夫妻，便稍微放慢腳步。

「福島醫生說，在媽可以動手術之前，先讓她回家吧。聽那個意思，快的話，好像下個星期就要她出院了。」

「可能性很高。這家醫院不讓患者住院療養，意思是說，如果暫時不動手術，就一定得出院吧。」

夕紀聽到那名丈夫的沉吟。

「一住院就發燒，結果沒動手術就出院，到底是爲了什麼住院啊。」

「那也沒辦法啊！雖然感覺很對不起你啦。」

「計畫都打亂了。怎麼辦？還是得接回家裡照顧嗎？」

「總不能放媽一個人吧！」

做丈夫的又沉吟起來，嘖了一聲。

夕紀聽懂了他們的爭論。中塚芳惠獨居，若以目前的狀況暫時出院，當然要有人照顧，而女兒的丈夫便是不願意這麼做。

「賭賭看好了，拜託醫生動手術怎麼樣？」

做丈夫的亂出主意。夕紀皺起眉頭。

「動哪個手術？癌？還是動脈瘤？」妻子提高嗓門。

「都可以。反正都住院了，總要叫他們做點什麼吧。」做丈夫的負氣說道。

夕紀故意發出響亮的腳步聲。

從走廊一轉出去，只見那對夫妻表情僵硬地站在那裡。做丈夫的一看到夕紀便低下頭，夕紀朝他們點個頭，按下電梯按鈕。

尷尬的沉默包圍著三人。不久，電梯來了，門在夕紀面前打開。

正要進電梯時，她停下來，回頭看著那對夫妻。

「我想應該不至於下星期就請中塚女士出院，因爲還有很多檢查要做，最重要的是讓她脫離現狀。畢竟，中塚女士才動過一場大手術。」

患者的女兒睜大雙眼，或許她忘了母親幾個小時前才動過手術。

先告辭了——說完，夕紀便走進電梯。感覺眞不舒服，她也許不該說那些話。

第二天早上，其實只是兩、三個小時以後，夕紀向元宮提起昨晚發生的事。他雖然露出厭倦的表情，卻也嘆了一口氣，說沒辦法。

「家家有本難念的經。只要患者能醫好，別的都好商量——能眞心說出這種話的家庭是少數。手術方面也一樣。不是每個人都祈禱手術成功，有家屬認爲如果只醫好一半，事後非得有人照顧不可，不如乾脆失敗算了。」

「您是說，那對夫妻希望中塚女士死於手術嗎？」

「我沒這麼說。不過，他們爲術後的情況擔心是事實。這也是當然的，把老人家接回去照顧，可不是一件小事。」

「我以爲家人就是要無條件照顧彼此。」

「所以我才說啊，家家有本難念的經，醫生不該管這麼多。」

看夕紀默不作聲，顯然無法釋懷，元宮露出苦笑。

「公主的正義感不能接受是嗎？去轉換一下心情如何？妳還沒吃早餐吧？」

夕紀正想說沒關係，又把話吞了回去。元宮極討厭別人因自尊心而逞強，所以她說「那我一個小時以後回來」，便離開了。

踏出醫院大門，走向對街的咖啡店，夕紀打算在那裡吃早餐。她一邊等紅燈，一邊反芻元宮剛才講的話。

不是每個人都祈禱手術成功……

對夕紀來說，這是個無法置身事外的問題。父親死亡的情景再度浮現腦海，那時候，母親是衷心希望手術成功嗎……

旁邊傳來小狗撒嬌般的聲音，夕紀回過神。只見一隻咖啡色的臘腸狗被繫在腳踏車停車場的柵欄上，大概是患者帶來的吧。

小狗在柵欄上磨蹭脖子。夕紀覺得奇怪，仔細一看，項圈上夾著一個白色的東西，像是紙條。這就是狗不舒服的原因。

夕紀走近小狗。她很愛狗，先摸摸小狗的頭，再順便幫牠取下項圈上的紙條。這應該不是飼主夾的吧。

紙條摺成小小一張，上面似乎有文字，她隨手打開。

9

抬眼望向那棟灰色建築物，玻璃窗反射的陽光便射進眼裡，七尾行成皺起眉頭，把剛摘下的太陽眼鏡重新戴上。

「又要戴喔？」身旁的坂本說。

「最近眼睛疲勞得很，春天的陽光太刺眼了。」

「是宿醉吧？你身上有點酒臭。」

「不會吧。」七尾以右手遮嘴，呼了一口氣。

「昨天也去新宿？」

「我哪會去那種地方啊，在附近的廉價酒吧喝喝就算了。大概是便宜貨喝太多。」

「拜託節制一點，不然上頭叫人的時候小心動不了。」

「想也知道，怎麼可能會叫到我啊！就算叫到我，也都是這種雜事。」他的下巴朝建築物揚了揚。大門口掛著帝都大學醫院的招牌。

「是不是雜事，現在還不知道吧。」

「一定雜事啦！萬一知道不是，就會把我踢出去。不過，你大概會被留下來。」

坂本一臉厭煩地嘆了一口氣。

「反正，先把太陽眼鏡拿下來吧。醫生自尊心都很強，要是惹毛他們，以後就麻煩了。」

「進去再拿下。」七尾再度邁開腳步。

走進玄關，再往前就是服務中心的櫃檯，一名年輕女子坐在後面。看坂本朝櫃檯走去，七尾環視四周。

很久沒上大醫院了。雖然是平日，候診處幾乎沒有空位，付費櫃檯前也大排長龍。他再度體認到生病的人果然很多。

他望著位於樓層正中央那座莫名其妙的藝術品時，坂本走回來。

「櫃檯小姐要我們去事務局。在隔壁棟，走迴廊可以直達。」

「找我們過來，也不會出來接一下。」

「你看過有人歡天喜地出來迎接警察嗎？把太陽眼鏡拿掉啦。」坂本率先轉身，受不了前輩老是不正經。

七尾噘起下唇，摘下太陽眼鏡，放進西裝內袋。

穿過零售店與自動販賣機並陳的走廊，他們看到一扇標示著「事務室」的門。一進門，裡面有幾張並排的辦公桌，數名男女坐在椅子上。

一名男職員起身，走向七尾他們。「請問有什麼事？」

「我們是警視廳的人。」坂本說道。

男子的臉色一變，說了聲「請稍等」，便消失在後方。

七尾環顧室內，其他人似乎怕他搭話，紛紛低下頭。

剛才離開的男子回來了。「這邊請。」

他們被帶到後面的會客室。隔著茶几，與一名剛邁入老年的男子，及另外三名男子相對。

彼此簡短地做了自我介紹。老人姓笠木，是這家醫院的事務局長，另外三人是該轄區的中央署刑警，姓兒玉的警部補（*1）似乎是領頭。

「警視廳的刑警也特地來一趟，這麼說，惡作劇的可能性很低？」笠木看著兒玉問道。

「現在還無法斷定。」兒玉搖搖頭，向七尾他們瞄了一眼。

「不過，爲了預防萬一，我們署長判斷，最好先和警視廳聯絡，再決定今後的方針。」

「哦，原來如此。」笠木的黑眼珠晃了一下，似乎洩漏他內心的感受。

「那麼，可以借看一下那封恐嚇信嗎？」坂本說道。

兒玉把放在一旁的影本拿給他。「實物拿去鑑識了。」

「影本就行。」坂本伸手接過，七尾也探頭過來。

實物似乎摺過，有好幾條縱向摺痕，上面有一段文字，像是直接寫在這些摺痕上。看似由印表機列印出的那段文字並不長：

敬告帝都大學醫院相關人士：

你們無視於醫院內部再三發生的醫療疏失，完全沒將事實公諸於世，這種行爲形同輕視患者的生命與人權，更是輕視人們對醫療的信任。立即公開所有疏失並向社會大眾道歉，否則我們將親手破壞醫院。若因破壞而出現被害者，你們將要負起全責。

警告者

「內容相當偏激。」坂本說，「有沒有什麼線索？」

事務局長搖搖頭。

「我們完全不明白信上指的是什麼。上面寫的醫療疏失、刻意隱瞞等等，全是捏造的，只能說是故意找醫院麻煩。」

聽到這幾句話，七尾哼了一聲。

笠木不悅地看著他，「怎麼？」

七尾搓了搓人中部位。

「就算醫院方面不認爲是醫療疏失，還是有人相信出過這種事吧。」

「什麼意思？」

「你應該也明白，醫院和患者雙方，有時候在認知上是不同的。」

「你指的是，患者自以爲某些治療結果是醫院的疏失，這一類的例子嗎？」

「是不是『自以爲』我就不清楚了。好比患者不幸身亡，家屬和院方對於死因的看法有所出入，這種情況不是也可能發生嗎？」

事務局長交抱雙手，注視著七尾。那種視線，以「瞪」來形容更爲貼切。

*1 日本警察制度的階級，由下而上依序爲巡查、巡查長、巡查部長、警部補、警部、警視、警視正、警視長、警視監、警視總監。

「的確，患者不幸過世時，是會發生院方被追究責任的情況。」
「我指的就是這種情況。」
「可是，」笠木板著臉，「遇到這種情況，家屬應該會先向院方反應。這在其他醫院經常演變成醫療糾紛，但我們目前並沒有這類問題。」
「你是指，沒有家屬抗議嗎？」
「沒有。」
「既然如此，就不該出現寫這種信的人吧？」
「所以我才說，怎麼想都是故意找醫院麻煩，是很惡劣的惡作劇。」笠木將視線從七尾身上移開，對管區的刑警們露出投訴的神情，看來是在尋求支持。
「這是誰發現的？」坂本問道。
「我們的醫師，不過是住院醫師。」
「大名是……？」
「她姓冰室。冰雪的冰，室蘭的室。」
「方便見個面嗎？」
「這幾位刑警也這麼說，但她正好在手術室……」笠木看看手表。「差不多該結束了，請稍等一下。」
笠木暫時離開。七尾拿出香菸，因爲他看到茶几上擺著菸灰缸。香菸點燃沒多久，笠木便回來了。

「手術結束了，不過冰室爲了觀察術後狀況，還在加護病房裡。可以請各位再等等嗎？我交代她一有空就過來。」

「你說的住院醫師，就是所謂的interm嗎？」

笠木對七尾的話搖頭。

「現在不這麼說了，很久以前就已廢止。」

「可是，他們就跟見習生一樣吧？」

笠木很不高興，皺起眉頭。

「住院醫師都通過國家檢定資格，是名符其實的醫師。」

「是嗎？可是，算是新人吧？這種人也可以動手術嗎？」

「當然是跟指導醫師一起。不過，就像我剛才說的，他們是通過國家考試的醫師，在技術上沒有任何問題，只是實務經驗比較少。」

「話是這麼說，有這種缺乏經驗的醫師在場，接受手術的患者本人，或是患者的家屬，難道都不會不安嗎？萬一手術不順利，他們也可能會猜測這是造成不幸的原因。」

笠木不耐煩地將嘴角一撇。

「我們不會把攸關手術成敗的重要部分交給住院醫師，都是讓他們做輔助性的工作。」

「即使事實如此也一樣。當患者身亡時，家屬會怎麼想？一定是因爲醫療團隊裡有菜鳥，手術才會失敗——他們難道不會有這種想法嗎？我現在指的不是事實怎麼樣，而是家屬會如何質疑。換句話說，像這種東西，」七尾拿起茶几上的恐嚇信影本，「也許是出於一場誤會。」

「如果是這種情況，應該會先向醫院抗議吧？可是，這種投訴我們目前一件都沒收到。」

「『目前沒有』是什麼意思？是指這家醫院成立以來一次都沒有嗎？」明知不可能，七尾還是這麼問。

「如果追溯到很久以前，也不見得沒發生過。」笠木應道，似乎對於刑警糾纏不休的逼問感到無比厭煩。

「現在沒有？」

「至少我沒收到這方面的消息。」

「會不會是忘了？有時候，院方會當成一些微不足道的事情處理掉，遺族卻念念不忘。」

「這種事……」

正當笠木詞窮時，敲門聲響起，及時爲他解圍。笠木回答「請進」，門開了，出現一名身穿白袍的年輕女子，約二十五歲。可能是頭髮向後紮起的關係，她的眼角有些上揚。

「不好意思，這麼忙的時候要妳過來。」笠木對她說道。

「這位是住院醫師冰室，目前在心臟血管外科研修。」笠木向刑警們介紹。

七尾和其他刑警紛紛起身，行了一禮。他們沒想到來者是女性，有些手足無措。

「沒想到是女醫生。」管區刑警兒玉說，彷彿爲一群人的心情代言。

冰室住院醫師對這一點沒有任何回應，表情嚴肅地在刑警們的正面坐下，望向茶几上的恐嚇信影本。她當然知道自己被找來的原因。

「那麼……」坂本拿起影本，「據說是妳發現這封信，沒錯吧？」

「沒錯。」她回答，聲音低沉而冷靜。

「可以請妳說明一下當時的狀況嗎？」

她點點頭，開始敘述——值完班準備去吃早餐，才剛走出醫院，便發現一隻狗被繫在腳踏車停車場，項圈上夾著一張紙。

「由於內容不太尋常，我認為不能置之不理，與指導醫師商量後，決定向事務局報備，便把信送過來。」

「妳發現這張紙的時候，附近有人嗎？」坂本問道。

「我想應該有。那時候已是診療時間，患者陸續來到醫院。」

「把紙條從狗項圈拿下來時，有沒有人在看妳，或是停下腳步？」

她沉默了一下，搖搖頭。

「不知道，我沒注意。」她的語氣堅定，大概是認為這時候說話不能模稜兩可。

「這張紙，妳是徒手拿的吧？」坂本加以確認。

「是的。」

「呃，關於這件事，」兒玉插嘴，「稍後我們可能需要採醫生的指紋，方便嗎？」

「可以。」冰室住院醫師以平板的語調乾脆地回答，看著坂本，像在等候下一個問題。

這種大美人也會想當醫生啊——聽著他們的對答，七尾暗想。可能是沒化妝的關係，她的氣色不太好，身材略微瘦削，甚至給人不太健康的印象。但是，她與刑警們對視的目光強而有力，顯示內心有著堅強的意志。

同時，七尾心裡想著另一件全然無關的事。

我在別的地方見過她——

10

喝了一口即溶咖啡，元宮嘆一口氣。

「最近比較少了，不過這類惡作劇十分常見。我認識的一個外科醫生，收過寄到家裡的恐嚇信，上面沒署名，不過他知道是誰幹的，是一個動了癌症切除手術之後，情況惡化死亡的患者的家屬。那名患者的癌症已接近末期，不管動不動手術，存活率都很低，院方明明事先講清楚了，可是等到人眞的死了，家屬還是怪起醫生。不過，這也是無可奈何。」

「那封信，會是患者死於這家醫院的家屬寫的嗎？」夕紀小聲問道。辦公室裡只有他們，恐嚇信的事還沒告訴護理師。

「不見得是家人，不過一定是關係密切的人，像是戀人、好友，或是恩人。大概是認爲重要的人被這家醫院殺了。」

元宮的語氣和平常一樣冷靜，視線落在他負責的患者病歷上，顯然比起已逝的患者，他更在意活著的患者病情。夕紀當然同意這種想法。到這裡研修之後，好幾名患者被殯葬業者送出去，其中不少人與她接觸過。然而，夕紀沒有多餘的心力難過或沮喪消沉，因爲新的病人接二連三地出現。她深切體認到，醫生的義務就是盡可能救助更多人。正因有救不了的病人，才更希望全力治療有救的病人。

夕紀實在無法把那封恐嚇信視爲單純的惡作劇，或許是發現恐嚇信的衝擊太大，但她很在意其中的用詞。自稱「警告者」的犯人，用了「破壞」這個字眼。若不公開一切疏失並道歉，就要破壞醫院……

如果是惡作劇的恐嚇信，會用這樣的字眼嗎？夕紀忍不住揣測。不僅是醫院，在恐嚇位於建築物裡的組織時，常用的字眼是「放火」。我要放火燒你家、放火燒學校、放火燒公司……如果是這種用詞，也許夕紀就不會這麼在意。

爲什麼要用「破壞」這個詞？不是放火，不是爆炸，刻意選這種字眼，她不得不認爲別有含意。犯人是不是有什麼具體的計畫？根據那個計畫，「破壞」才是最恰當的動詞嗎？

當然，她明白再怎麼想都無濟於事，只能期待警方克盡職責。院方必須面對往後如何處理的問題，但住院醫師沒有插手的餘地。

門開了，西園走進來。他應該剛與其他教授召開緊急會議。

西園一臉凝重地在椅子上坐下。

「後來妳有沒有跟誰提過？」他問夕紀，約莫是指恐嚇信。

「沒有。」

「山內呢？他還在學校那邊嗎？」

「不，他剛才還在這裡，現下在加護病房。」

「跟他說了嗎？」

「還沒。」

「是嗎？那待會我來跟他說。你們以後也不要提起，拜託了。」
夕紀回答「知道了」，元宮默默點頭。
西園的指尖在桌面敲了幾下。
「眞是的，就是有人亂來。」
「會議上怎麼說？」元宮問。
「大多數都認爲是惡作劇，我也這麼認爲。最近並無過世患者的家屬來投訴。」
「刑警的意思是，不僅是最近的，也必須考慮以前的例子。」夕紀表示意見。
「話是沒錯，但問題來了，爲什麼到現在才提？不管怎樣，在做這種事之前，不是應該會先向醫院投訴嗎？」
「這我就不知道了……」夕紀低下頭。
有時候就是無能爲力啊——其實，她想這麼說。即使對醫院或醫師存疑，沒有證據就無能爲力。即使有所憑據，也沒有對抗醫院這堵高牆的能力。
就像當時的我一樣——夕紀想起父親的葬禮。
「一定是惡作劇。」元宮說：「如果是認眞的，不會塞在小狗的項圈裡。塞在那裡，什麼時候會掉也不曉得，即使沒掉，飼主也可能不看內容就丟掉。一般都是寄到醫院。」
「也許怕會留下郵戳。」夕紀說道。
元宮擺擺手。
「繞點遠路，去一個無地緣關係的地方投遞就行了。連這點力氣都不願意花，表示對方根本不是認眞的。」

「其他教授也持相同的意見。夾在小狗項圈上的手法，給人一種漫無計畫、臨時起意的印象。不過，就算是惡作劇，確實有人對醫院懷有惡意或敵意。而且，這個人可能常進出醫院，我們必須提高警覺。」

「要怎麼提高警覺？」元宮問道。

「只能先加強警衛了。」

「會議上只決定了這些事項嗎？」

西園交抱著雙手，低聲沉吟。

「問題在於，要不要告知患者。萬一這不是惡作劇，一旦出事，會被質疑當初爲何要隱瞞。然而，是否應該告訴患者，實在很難判斷。」

「告訴患者，等於是公開。」

「一點也沒錯。不僅是住院患者，也必須告訴來醫院的人，否則會被認爲不誠實。只是，你們也明白，這種做法很不實際。」

「由於我們發現這種內容的恐嚇信，所以請各位做好心理準備再來本院？這樣的確很不實際。」元宮大大搖頭。

「在住院患者方面，即使向他們說明狀況，他們應該也不知如何是好吧。不過，或許會有人想出院。」

「能立刻出院的人，不必等到這種事發生也早就出院了吧。」

「正是。有時候大驚小怪，反而會讓患者不安，加重病情，這才可怕。院長和事務局長認爲不應該通知患者。」

元宮苦笑，抓抓後腦杓。

「笠木先生可能會說『什麼公開！不予考慮！』。他在維護醫院的形象方面很敏感。」

「笠木先生應該是擔心聞風而至的媒體。他說，要是恐嚇信的內容被公開，社會大眾會開始揣測醫院是不是眞的隱瞞了醫療疏失。這未免太過神經質了，不過也不是完全不可能。」

「那麼，目前是決定不要告訴患者？」夕紀加以確認。這一點很重要，因爲她不太懂得如何在有所隱瞞的情況下與患者接觸。

「現階段是的。」西園緩緩轉向她。「如果是惡作劇就沒有問題，萬一不是惡作劇，犯人也不會立刻採取行動，應該還會再送來同樣的恐嚇信。」

「如果沒送來呢？」

「一定會送來。」元宮插嘴。「依照恐嚇信的字面上來看，犯人的目的不是破壞醫院，而是要求醫院公開一些資訊，如果醫院沒有任何回應，一定會再次提出警告。到時候，可就不能當成惡作劇，一笑置之。」

「在患者的應對方面，也必須視第二次的恐嚇內容調整吧。最重要的是，不能連累患者。」

「我倒覺得不會有第二次恐嚇，這肯定是惡作劇。」元宮輕輕搖頭。「對了，您要我們別提這件事，目前有什麼層級的人員知道？」

「所有教授當然都知道了。每一科的人員，只有在教授判斷有需要時才告知。不過，醫院外部的人不用提，連內部人員都要極力保密，這一點大家一致同意。因爲這類傳聞散播得很快，而且容易被加油添醋，很難處理。」

「我們科要怎麼做？」

「剛才有提到，我想先告訴山內，他也是冰室的指導醫師，事件的後續處理和冰室有關，他不知道恐怕會有所不便。」

「也是，警察可能會再來問話。」說著，元宮看向夕紀。「住院醫師本來就夠忙了，妳可要辛苦了。」

夕紀沒說話，微微一笑。她內心的確不是沒有麻煩上身的想法，但也認爲若非自己發現恐嚇信，恐怕自始至終都不會知道這件事。在某種層面上，院方不會把住院醫師當成自己人，遇到這種情況，難免會產生一股莫名的疏離感。一思及此，她不禁慶幸發現恐嚇信的人是自己。

西園站起來。

「你們兩個我大可放心，不過還是要提醒，絕對不要洩漏出去。另外，若是發現可疑人物，要向事務局通報。」說完，西園露出苦笑。「只是，判斷怎樣的人是可疑人物，也是一個難題。」

西園朝門口走去，似乎又想起什麼，停下腳步，回頭看著夕紀。

「冰室，妳可以來一下嗎？」

「什麼事？」

「一點小事，邊走邊說吧。」西園步向走廊。

夕紀連忙離開辦公室，追上西園，走在他的身邊。

「島原先生的手術要稍微往後延。」

「是嗎？」

「血糖太高了。那位大老爺，有偷吃過量美食的嫌疑。」

「因爲來探病的人很多。」

「妳也替我說說他，雖然他不見得會聽住院醫師的話。」

「術前檢驗數値有問題的，只有血糖嗎？」

「數據上是如此。不過說實話，事務局也希望手術延期。」

「事務局？」

西園迅速掃視一下四周。

「好像是擔心那封恐嚇信。就算是惡作劇，他們仍怕島原先生事後會質疑，爲什麼接到恐嚇信還開刀。事務局希望手術最好延到整件事確定是惡作劇之後。」

夕紀點點頭。這的確是事務局的人會有的顧慮。

「手術安排在什麼時候？」

「目前考慮下週五，這樣就延了整整一週。只能祈禱在那之前能確定一切是一場惡作劇。」

「好的，我知道了。您要交代的就是這些事嗎？」

「工作上的事就是這些。」西園站定，再次掃視四周，表情變得稍微柔和。「後來，妳和妳母親通過電話了嗎？」

「後來」指的是那次聚餐之後吧。

夕紀搖搖頭，「沒有。」

「是嗎？那天沒什麼時間，我以爲妳們事後詳細談過。」

「我沒時間，因爲醫院很忙。」

西園嘆了一口氣。

「是嗎……其實，我也想跟妳好好聊一聊。不過，短期內顯然抽不出空，等妳的研修結束吧。我想，妳應有很多話要跟我說。」

夕紀不作聲，她不知道該怎麼回答。

「就這樣，妳可以回去了。」

「我能問一個問題嗎？是關於那封恐嚇信的。」

「什麼問題？」

「那段文字……關於醫療疏失的內容，有沒有教授知情？」

「沒有啊，在剛才的會議上沒人提到。怎麼了？」

「沒什麼，失陪了。」

夕紀行個禮，轉身離去。她一邊走，一邊在內心提出質疑：你也是嗎？當你被問到往昔的醫療疏失時，真能問心無愧地說「沒有」嗎？回溯到遙遠的過去，難道不會發現讓你心虛的事嗎？

或者，那不是疏失？不是疏失，而是蓄意？

她的腦海再度浮現負面的想像。

11

約會地點是在一家咖啡店，離表參道的十字路口步行約需幾分鐘。望已占好窗邊的桌位。

穰治一到，望便看著手表。

「遲到五分鐘。」

「抱歉，老闆突然要我加班。」他豎起一隻手，擺出道歉手勢。

望約會幾乎從不遲到，穰治不知這算不算是護理師的職業病。她自己守時，也希望穰治守時，不過，還不到囉嗦的程度。

穰治向服務生點了啤酒之後，燃起一支菸。

「今天過得怎樣？」他若無其事地問。

「怎樣？老樣子啊。」望把茶杯端到嘴邊。

「很忙嗎？」

「嗯，不過，算是比平常輕鬆一點吧。沒有手術，也沒有患者的病情突然惡化。」

「平安無事的一天啊。有沒有發生什麼有趣的意外之類的？」

望瞇起眼苦笑，兩頰出現了酒窩。

「那可是醫院耶，才不會發生什麼有趣的事。反正不是為了動緊急手術手忙腳亂，就是突然有重傷病患被抬進來。不過，這種事一天到晚都有，沒什麼意外的感覺。」

「換句話說，」穰治凝視著她，「今天一整天什麼事都沒發生，也算是一種意外了。」

「啊，或許可以這麼說。」望頗有同感地點點頭。

啤酒送上桌，穰治喝了一口，判斷望應該沒說謊。看來，帝都大學醫院今天並未發生任何騷動。

當然，想必是望這些護理師沒得到消息，至少醫院的高層人士一定聚集討論過了。

回顧今天早上，穰治覺得恐嚇信被那女醫生發現眞是失算。他把那張紙塞在臘腸狗的項圈，躲在暗處監看。按照計畫，應該是由飼主發現。

但實際上取下那張紙的是個女醫生。就是望帶他潛入手術室的那天晚上，在電梯前遇到的那個年輕女醫生。

她當場打開那張紙，驚慌失措地轉身跑進醫院。

既然她是住院醫師，大概會去找指導醫師之類的人商量吧。接手這件事的人會怎麼處理？通常都會向醫院的負責人報告才對。

接下來，他就無法預測了。照理，院方應該會報警，但若是怕傳出去有礙名聲，或認定這是一場惡作劇，很可能會暫且觀望事態發展。他想問望有沒有在醫院裡看到警察，卻編不出藉口。

無論如何，院方目前似乎不打算公開恐嚇信的內容。穰治猜想，他們約莫在設法分辨那到底是不是惡作劇。

正當他思考著這些事時，望突然想起什麼似地抬起頭。

「對了，上次那個有用嗎？」

「上次哪個？」

一聽穰治這麼問，望便不滿地嘟起嘴。

「就是手術室呀！人家千辛萬苦帶你進去，還讓你拍照！」

「哦，那件事啊，抱歉。當然有用，很有用，眞的很感謝妳。」

「嗯，那就好。」

「妳偷偷帶我進手術室，有沒有被發現？」

「倒是還好，沒被念到這件事。」

「沒被念到這件事？那被念了其他事嗎？」

「對啊。那時候不是差點被發現嗎？我一急，就騙說在找耳環，後來這件事一直被那個大嬸拿來說嘴。」

「這樣啊，是我對不起妳了。」穰治誠心說道。

「又不是穰治的錯。那個大嬸就是討厭我，就算沒有這件事，她還是會找別的藉口刁難我。護理師的世界都是女人，什麼花樣都有。」

望的話題，最後都會扯到抱怨工作上，穰治默默傾聽，當成是自己的差事。

望把玩著茶匙，嘆了好大一口氣。

「啊——啊，這種事得做到什麼時候？我以爲護理師是個更酷、更能幫助別人的職業。」

「妳是在幫助別人啊，在保護生命。」

望焦躁地搖搖頭。

「是在保護生命，但感覺保護醫院的面子更多。還有，得花很多心思維持人際關係中微妙的平衡。我跟你說過菅沼大姊和松田阿姨的事了吧？」

「聽過好幾次了。」耳朵都快起繭了——穰治把這句話呑了下去。「她們的關係極差，兩邊都想拉攏別的護理師，對不對？然後，因爲妳沒加入任何一邊，她們就刁難妳。」

「也不是刁難啦，就是得小心翼翼，很麻煩。不過，聽說每家醫院都是這樣。在其他醫院工作的朋友說，大家都遇到同樣的情況。」

「那就沒辦法了。要是嫌麻煩，不如選邊站？」

「要是可以，我就不用這麼辛苦了。那樣保證會被另一邊的人攻擊。」望露出厭倦的表情，雙手在桌上撐住臉頰。「我覺得自己不適合現在的工作，要看患者的臉色我還能了解，可是竟然還得看其他護理師的臉色，實在太可笑了。」

穰治什麼也沒說，兀自喝著啤酒。若是回應「不然妳想怎樣」，她會繼續講下去，他是打死也不會說的。不過，不用他說，望也會提起那句老話。

「不過，不工作就沒辦法生活，眞的，想到將來就好悶。穰治，你覺得我該怎麼辦？」

來了！不能說「我哪知道」，穰治假裝用心思索。

「妳還年輕，不必這麼急著下結論吧。再忍耐一陣子，一定會有好事。」

「什麼嘛！說得好像跟你沒關係。」望瞪著他。

「我的意思是，不管在哪裡工作，都會有類似的煩惱。」穰治把啤酒喝完，看了看時間。

「差不多該走了吧，我餓了。」

「真是的，你一點都不了解我的心情！」望一臉失望，拿起身邊的包包。

望的心情，穰治再了解不過。望是藉著抱怨工作來確認他有沒有結婚的打算。

「對了，島原老頭還好嗎？」他邊拿起帳單邊問。「還會用色瞇瞇的眼神看妳嗎？」

「島原總一郎？很好啊。不過，手術似乎延期了，手術室的護理師說的。」

朝收銀台走去的穰治，忽然轉身俯視著望。「延期？什麼時候？」

「下星期四或五……」

「星期四？星期五？哪一天？」穰治抓住望的肩膀。

望感到莫名其妙，皺眉訝異地抬頭看他。

「穰治，你怎麼了？」

「啊，沒事……」穰治放開手，擠出笑容。「我怕他會對望亂來。那種色老頭，我巴不得他趕快出院。」

這是很牽強的理由，望卻笑了。

「放心吧，他沒對我亂來。不過，我好高興！沒想到穰治這麼擔心我。手術的日期，下次遇到那個護理師，我再問她。」

穰治點點頭，走向收銀台，望伸手勾住他的手臂。在櫃檯付錢時，望也小鳥依人似地站在他的身旁，完全不曉得他心懷鬼胎，還夢想著幸福的未來，相信他們總有一天會結婚。
她夢想幻滅的日子，也延後了一個星期。這件事，只有穰治知道。

12

夕紀在辦公室整理患者術前資料時，菅沼庸子開門走了進來。
「冰室醫師，事務局要妳過去一趟。」
每個字都帶刺。這個護理師對夕紀的態度總是有些高高在上。
「事務局？會是什麼事……」
夕紀喃喃自語，但聽在菅沼庸子耳裡顯然並非如此。
「我哪知道，我只負責傳話。他們好像把護理師當跑腿的，人家到事務局可是有重要的事。」
看來，她的心情似乎不太好。夕紀默默起身，準備離開時，菅沼庸子叫了聲「冰室醫師」，又走過來。
「今天早上妳和元宮醫師在那裡竊竊私語，你們在說什麼？」
她是指夕紀找元宮商量恐嚇信時的事吧。那時候，元宮原本在和菅沼庸子說話，夕紀叫住他，把他帶到另一個地方看恐嚇信。此舉肯定讓菅沼庸子心裡不痛快，全心臟血管外科的人都知道她對元宮有意思。
夕紀覺得很麻煩，但又不能不解釋。當然，她不能說真話。

「我找元宮醫師商量這次出院患者的事情，因爲我有些細節不明白。」

「哦，」菅沼庸子不滿地撇了撇嘴角，「這種小事也要找元宮醫師商量，不太妥當吧。告訴妳，我可是在和醫師談重要的事。」

「啊，對不起，以後我會注意。」

「我就說嘛，每次住院醫師一來，就會搞出一堆麻煩。」

菅沼庸子嘆了一大口氣，先行離開。夕紀目送她的背影，聳了聳肩。從某方面來看，住院醫師的地位比誰都低，連對護理師也得小心翼翼，生怕得罪她們。

話說回來，事務局會有什麼事……

恐怕是和那封恐嚇信有關，但該說的夕紀都說了，除此之外，還會有什麼事？

事務室裡還有幾個人，笠木也在內。他一看到夕紀，便招手叫她到角落。

「抱歉，這麼忙還找妳過來。其實，那個刑警白天又來了。記得是姓七尾，警視廳的刑警。」他悄聲道。

「請問找我有什麼事？能說的我都說了。」

「我也這麼告訴對方，但對方就是要見妳，還說少問了一些問題。警察就是這樣，同樣的事情要問好幾次。」他的口吻像是以前和刑警打過交道。「雖然麻煩，不過，妳可以和他見個面嗎？如果時間拖太久，我會去敲門。」

「知道了。不要緊的，只是回答問題而已。」

「嗯，回答問題就好，知道嗎？」笠木特別強調這一點，似乎怕夕紀多嘴。無論哪家醫院，總會有一、兩件不欲人知的事。但笠木多慮了，這種極機密的情報，當然不會傳入住院醫師的耳裡。

夕紀打開會客室的門，坐在沙發上的男子便站起來。白天她也見過這個人，年約四十歲，臉孔略黑，身材精瘦，感覺像正在減重的拳擊手。

「抱歉，百忙中還來打擾。有些事情，無論如何都想跟妳確認一下。」

「什麼事？」夕紀站著問，因爲她不想拉長談話時間。

「請先坐下吧。」

「不用，我站著就好。」

「是嗎？」不知爲何，七尾似乎很遺憾地垂下視線，然後又重新看著夕紀。「關於今天早上的事情，我想再詳細請教，但在那之前，我可以問一個私人問題嗎？」

「私人問題？什麼問題？」夕紀皺起眉頭，沒來由地懷疑：這與自己身爲女性有關嗎？

七尾舔舔嘴唇後，開口：「不好意思，請問妳是不是冰室警部補的千金？」

一時之間，夕紀沒聽懂他在問什麼。

「警部補？不是啊。」

七尾有些意外地歪著頭。

「不是……令尊不是冰室健介先生嗎？」

「我父親的確名叫健介……」

七尾似乎放了心，表情開朗起來。

「果然沒錯。妳可能不記得冰室先生擔任警部補時期的事了。」
「啊……」
夕紀總算想起，父親當過警察。不過，她幾乎沒有印象。
七尾似乎察覺她的想法，朝她一笑。
「想起來了嗎？」
「那是很久以前的事了。」
「是啊，冰室先生辭掉警察的工作，已是二十幾年前的事。那時候，我是個初出茅廬的小毛頭。」
「您認識家父？」
「在我派駐的警署裡，第一位帶領我的前輩就是冰室先生。雖然我們一起工作才一年，但這段期間，他教導了我身為一個警察應有的工作態度。」
「哦……」夕紀凝視著刑警。
在這之前，她從未見過健介早年的舊識，完全不知道父親是怎樣的警察，從事怎樣的工作，也不曾對此感興趣。她只知道父親是工作太忙，身體吃不消才辭職。
「坐吧。」七尾再次指著沙發。
她在沙發上坐下，想多聽一些關於父親的事情。
「我嚇了一跳，做夢也沒想到會在這個地方遇見冰室警部補的千金。」七尾似乎由衷感到高興。

「您怎麼知道我是冰室健介的女兒？」
對於夕紀的問題，七尾得意地笑了，彷彿早就在等她問這個問題。
「年過四十以後，我對自己的記憶力越來越沒把握，不過，這下稍微感到安慰了。其實，我最先想到的是妳。」
「我？我們見過面嗎？」夕紀望著對方那張絕對稱不上好面相的臉，怎麼想都沒印象。
七尾在面前輕輕擺手。
「難怪妳不記得，那時候妳還小，而且應該根本沒看到我的長相。我記得那是在葬禮上。」
「家父的……」
「是的。那天，警方有好幾個人出席，因爲不少人受過冰室警部補的照顧，我也是其中之一。」
「原來如此，這方面我完全不知情，家母也沒提過。」
「令堂沒提過啊……是嗎？嗯，也許吧。」七尾一副心知肚明的語氣。
「這話是什麼意思……」
「這個嘛……」七尾有些遲疑，露出因抽菸而略微變色的牙齒。「冰室先生當警察是在很久以前，令堂可能認爲沒必要特地告訴妳吧。更何況，驟然失去家裡的支柱，令堂考慮的多半都是將來的事，沒有餘裕回想過去吧。」
七尾顯然在規避什麼。夕紀思忖著他在隱瞞什麼時，他卻又發問：

「妳為什麼想當醫生？」

夕紀筆直注視著他。

「警察的女兒以當醫生為目標很奇怪嗎？」

「哪裡的話，」七尾連忙搖頭，「只是，妳在心臟外科，讓我有點好奇。」

夕紀不由得心生提防，「有什麼不對嗎？」

「不是的，可能是我想太多。因為我想起令尊的病。」

「您知道家父罹患的病？」

「當然，是大動脈瘤吧？」

夕紀吐出一口氣。

「是的，您記得真清楚。」

「這是當然的，恩人過世了，畢竟會想知道病名，而且那和癌症不一樣。當時我對那種病沒有任何知識，去查了不少資料。話是這麼說，現在也只記得是血管上長了瘤而已。」

夕紀垂下視線。很多人都曾提起父親病逝的事，但多半僅止於一時的關心，她以為現在不會有人記得病名，豈料眼前就有一個十幾年後仍牢記在心的人，她感到無比欣喜。

「我是不是冒犯妳了？還是讓妳想起傷心的往事？」七尾不安地問。

夕紀抬起臉，搖搖頭。

「您還記得這麼久以前的往事，我很感激。正式的病名是胸部大動脈瘤，正如您說的，那是一種血管長瘤的病。」

「所以，妳會以心臟外科醫師爲目標是……」七尾露出探詢的眼神。

「您猜得沒錯。畢竟家父是那樣往生的，我無論如何都沒辦法忘記……」

七尾相當感動地深吸一口氣，微微搖頭。

「那是奪走令尊性命的病，所以妳不想再讓其他人死於這種病嗎？」

夕紀低著頭，喃喃地說：「沒有您說的那麼了不起……」

她總不能說，其實是因爲懷疑父親死於醫療疏失或遭到謀殺。

「眞令人佩服。看到現在的妳，冰室警部補在天上也會很高興吧。妳已成爲一位心臟外科醫生。」

「不，很遺憾，並不是，我只是住院醫師，還在各科受訓的階段，現在只是剛好在心臟血管外科，不久又要轉到別科。」

聽到她的說明，七尾佩服的表情不變。

「這樣啊！請好好加油，我會支持妳的。從葬禮以後，一直對冰室夫人未盡道義，令堂還好嗎？」

「很好，她目前在工作。」

夕紀說母親在飯店工作。

「眞是太好了。女兒這麼優秀，令堂一定很放心吧。我想找時間問候一下，麻煩代我向令堂轉達。」

「好的，您是七尾先生吧？」事實上，夕紀也不知道下次和百合惠聯絡是什麼時候，但依然這麼回答。

「不好意思，聊私事占用了時間。不過，我沒想到此事會和冰室警部補的千金有關。」七尾從上衣口袋拿出記事本，準備進行原定的工作。

「七尾先生，請問……」聽到夕紀的叫喚，打開記事本的七尾抬起頭來。夕紀注視著他的眼睛問：「家父爲什麼要辭掉警察的工作？」

七尾隱約倒抽一口氣，可能沒料到夕紀會這麼問吧。他臉色一沉，隨即恢復笑容。

「妳是怎麼聽說的？」

「我只聽說是因爲工作很忙。不過，還有其他原因嗎？」

「哦，那的確是很辛苦的工作，在體力上的負擔也很大……」七尾吞吞吐吐地回答。

「還有別的原因，對不對？談公事之前，您可以告訴我嗎？」夕紀望著他的記事本說道。

七尾抓抓頭，「傷腦筋……」

「這麼難以啓齒嗎？」

「不，」七尾露出認眞的眼神，搖搖頭：「絕不是什麼見不得人的事。只是，當時大概不想讓妳知道吧。再怎麼說，這都攸關一條人命。」

「有人去世了？」

七尾點點頭，似乎決心告訴她。

「那時候，我和冰室先生一起値外勤，開著警車在街上巡邏。由於管區內有買賣強力膠的問題，我們不時接獲線報，有疑似買方或藥頭活動的跡象，而我們盯上某個少年幫派。」

刑警彷彿憶起當時的情景，目光偶爾飄向遠方，繼續說：

「幾個人蹲在小巷裡，鬼鬼祟祟的。我和冰室先生互看一眼，冰室先生默默點頭，以眼神示意我停車。我一停好，冰室先生立刻下車。可是，那群少年察覺到聲響，開始逃竄。他們的機車就停在附近，於是騎車逃逸。」

夕紀能夠想像當時的情狀。同樣的情景，現在也經常在電視上看到。

原來這二十幾年來都沒變，她心想。

「我們追趕其中一輛機車。天色很暗，看不清楚，不過對方像是高中生。他高速飆車，爲了逃過警車追捕，拚命往前衝。我們警告多次，要他停車，但他並未減速。」

情況如何發展，夕紀也聽出來了。她有不好的預感。

「然後呢？」她請七尾說下去。

「對方連紅綠燈都不看，直接衝過馬路，卻和一旁開出來的卡車相撞……」七尾嘆了一口氣。「我們馬上送他到醫院，不久他就斷氣了。後來得知他是中學生，而且剛升上二年級。那群少年不是在巷子裡吸食強力膠，而是在分贓。他們從超市偷東西，連機車也是偷來的。」

一如預料中的情節，夕紀不由得皺起眉頭。

「家父必須爲此負責？」

「當時的確有些問題。警察追捕未成年嫌犯時，必須非常小心。雖然不至於受到處分，但冰室先生不久就被調職了。他隨即辭去警察的工作。」

「爲了負責嗎？」

「不，我想不是。」七尾肯定地說：「我問過冰室先生，是不是認爲當時判斷有誤。」
「家父怎麼說？」
「他明確地否認。」七尾回答。「他認爲自己的使命是保護市民安全，如果對那些看到警車就逃的人置之不理，等於背棄使命，而背棄使命，便失去生存的意義。」
「使命……」
「人生而負有使命，這是冰室警部補的口頭禪。」說著，七尾落寞一笑。
這句話似乎在哪裡聽過——夕紀心想。
七尾看看手表，似乎頗在意時間。
「可以開始了嗎？雖然聊冰室警部補的事比較開心……」
「不好意思……不過，謝謝您告訴我這些。」
「令堂之沒告訴妳，大概是不希望妳只記得有人因父親而死，怕妳內心會受傷。」
「我也這麼認爲，所以不會怪罪家母。」
「那就好。」七尾的視線再度落在記事本上。「其實，今天本來應該由另一位坂本刑警過來，但我發現是妳，硬是要來。所以，要是不好好做點事，會很難交代。」
夕紀微微一笑。與其接受陌生刑警的問話，不如由多少與自己有關聯的人來問，心情會輕鬆一些。
「關於那隻臘腸狗，妳是今天早上第一次看到吧？」
「是的。」

「不過，聽說常有人會把狗綁在那裡。」

「我想應該是患者，因爲寵物不能帶進醫院。」

「妳平常看到狗被綁在那裡，都會像今天早上這樣伸手去摸嗎？」

夕紀搖搖頭，心想這個問題眞怪。

「那時候剛好看到有紙條卡在狗的項圈上，我覺得很可憐，才走過去。平常我只會站在遠處看。」

七尾點點頭，雙手交抱胸前。

「果然……這麼一來，究竟該怎麼解釋？」

「有什麼不對勁嗎？」

聽到她發問，七尾猶豫片刻才開口。

「我實在想不通。先別管是不是惡作劇，我看不出犯人爲什麼要以這種方式留下恐嚇信。塞在小狗的項圈裡，是一種非常不可靠的方法，出點小差錯那封信就會掉落。」

「我們醫師也提過這一點。不過，他推測犯人不是認眞的，才會選擇這種方式。」

七尾不以爲然。

「如果不是認眞的，更應該選擇安全而確實的方法。這次的做法非常危險，要是狗在犯人塞恐嚇信時吠叫，馬上會引起周遭的注意。沒人能保證狗會乖乖聽話，犯人卻選擇這種方式，爲什麼？這對犯人有什麼好處？」

夕紀思索刑警這番話，認爲他說的很對。即使是臘腸狗也會吠叫，那隻狗雖然乖巧，但純屬巧合。

「最安全的方法是郵寄，因爲郵戳幾乎無法成爲線索。特地來到醫院，就是一種冒險，假使有什麼理由無法投遞，犯人只要偷偷放進信箱，或是夾在醫院員工車上的雨刷，方法很多。所以，我第一個想到的是小狗的飼主。如果妳沒先發現，那麼，發現恐嚇信的應該是飼主。於是我想，犯人是不是基於什麼原因，希望那個飼主發現恐嚇信？」

夕紀點點頭，刑警的想法符合邏輯。

「我們打電話給附近的動物醫院，地毯式搜索臘腸狗的飼主，雖然費了一點工夫，還是找到了。飼主是一名六十三歲的女性，花了三十分鐘走到醫院，順便帶狗散步，並不是定期看診。我們瞞著恐嚇信的事，問了她不少問題。但無論怎麼想，都不太可能與這名婦女有關，她是昨天晚上才興起到醫院的念頭，犯人不可能預先知道。」

「您的意思是，犯人是那名婦女身邊的人……」

聽到夕紀這麼說，七尾頗爲意外地張大雙眼，然後笑了。

「很犀利，不愧是冰室警部補的千金。不過，應該不是。那名婦女獨居，而且並未向任何人提起今天要來醫院。」

一般人想得到的，刑警自然都考慮到了，夕紀暗忖。

「接下來就是妳了。」七尾說：「實際上發現的人是妳，搞不好這正是犯人的目的。換句話說，犯人知道妳會去摸綁在那裡的狗，才把恐嚇信塞在狗的項圈。雖然不知道理由，但或許犯人的目的就是讓妳發現——因爲這麼想，我才問了剛才那個問題。」

夕紀心想，這個刑警的頭腦眞靈光，如果是一般人，一定會把夕紀發現恐嚇信當成純粹的偶然，他卻反過來思考。

「可是，我發現眞的是巧合，應該沒人能推算得準。」

「似乎是。這麼一來，該怎麼解釋呢？」

七尾抬頭望著天花板，又看著夕紀苦笑。「不好意思，我決定回去再煩惱。」

「七尾先生，您不考慮惡作劇的可能性嗎？」

「很難說。現階段是惡作劇的可能性很大，不過在找到確切的證據之前，不能有先入爲主的觀點——這是妳父親教我的鐵則。」七尾看看手表，站了起來。「謝謝妳百忙中抽出時間。」

他往門口走去，又在開門前回過頭。

「關於這家醫院的醫療疏失，妳曾有耳聞嗎？」

夕紀感到很意外，不由得看著刑警。

「如果有，您認爲我會說嗎？」

七尾笑著點點頭，搓搓人中。

「我只是問問。不問這個問題，之後上司可能會嘮叨。」

「難爲您了。不過請放心，如果聽到什麼，我會通知七尾先生。」

「眞的嗎？」

「我也不想在隱瞞醫療疏失的醫院裡受訓啊。」

七尾露出了解的表情，點點頭，說聲「那麼，告辭了」，便離開了。
夕紀晚他一步走出會客室，笠木匆匆靠過來，追根究柢地探詢刑警問了她什麼，她又如何回答。她說沒什麼大問題，只是再次確認而已，之後便離開事務室。
今天沒什麼剩下的工作要做，夕紀想著，偶爾也早點回去吧。

13

第二天早上七點多，夕紀醒了。這是睽違已久的熟睡，她自我分析，可能是昨晚躺上床以後想起父親的關係。
七尾刑警的話，從各個方面來看都很新鮮。她至今從未聽過健介擔任警察時期的事，也不關心。
值勤時害死一名少年，這個事實的確讓她震撼不已。但按照七尾的說法，她覺得那不能算是健介的錯。
人生而負有使命——
夕紀想起什麼時候聽過這句話了，那是健介動手術的前一天，在病房裡對她說的。
「妳可不能活得渾渾噩噩。只要好好讀書，盡力替別人著想，很多事情妳自然而然就會懂。每個人都有自己才能完成的使命，每個人都懷抱著使命出生，爸爸是這麼認爲。」
夕紀相信父親是有信念的，追捕騎車逃逸的少年時，也是因爲懷著信念才毫不遲疑。雖然造成無可挽回的結果，但父親想必不後悔。

她想起父親的背影。沒有一句廢話，以行動讓妻小安心，這便是源自他警察時代的信念。

夕紀準備完畢，徒步走向醫院。一來到醫院前面，就看到很多上門就診的患者。夕紀望向腳踏車停車場，今天早上沒有小狗被綁在那裡，她不由得鬆一口氣，踏入玄關。

正當她在加護病房檢查患者胸部X光片和驗血資料時，有人叫了聲「冰室」。一抬頭，西園就站在她的面前。他已換上白袍。

「巡房了沒？」

「等一下才要去。」

「好，妳先跟我來。」

「去哪裡？」

「妳來了就知道。」

西園走進電梯，按下六樓的按鈕，於是夕紀知道目的地了。一般住院患者的病房只到五樓。

一出電梯，夕紀察覺氣氛完全不同。空間非常寬敞舒適，地板顏色也不一樣。

西園來到走廊最深處，在邊間敲了敲門。

門開了，出現一名約三十五歲的男子。他穿著深灰色西裝，繫著咖啡色領帶，體型瘦削，感覺不出肌肉，而且膚色白皙，尖削的下巴留著青綠色鬍碴。

夕紀知道他姓岡部，有時候會在這間病房碰到他，但從未交談過。

夕紀跟著西園走進病房。在這個比普通單人房大兩倍有餘的房間裡，靠窗擺著一張尺寸特別大的病床。島原總一郎身穿黑色運動衫，盤腿坐在床上。

「眞難得，西園醫師這麼早就來。」體型有如不倒翁的島原，以洪亮的嗓音說道。他的外型與岡部形成對比，紅潤的臉上泛著油光。那張臉轉向夕紀說：「住院醫師也一起來了啊！」

自夕紀被引見以來，島原從未以姓名稱呼過她。這號人物恐怕對所有年輕人，尤其是女性，都採取這種態度吧。

「感覺如何？」西園問道。

「就像你看到的，生龍活虎，完全看不出哪裡不對勁。」

「眞是太好了。」

「可是，其實我等於是抱著一顆炸彈吧？眞奇怪。不過，身上有這種東西，總是教人不放心。醫生，趕快幫我拿下來吧！」

「關於這件事，島原先生，我想調整一下手術日期。」

「調整？提早嗎？」

「不，要稍微往後延，因爲驗血的結果不太理想。簡單來說，就是血糖有問題。」

島原的眼神變得冷峻起來。

「延多久？」

「一個星期左右。」

島原一聽到西園這麼說，臉變得更紅了。西園彷彿沒注意到他的變化，以平淡的語氣仔細說明驗血結果。這段期間，島原板著一張臉，一副不想理會這種細節的模樣。

「只要配合飲食與用藥，應該幾天後就會恢復正常數值，之後便能進行手術。」

西園做了結論，但島原露出銳利的眼神，並未望著主治醫師，而是轉向屬下岡部。

「汽車展是下個月的哪一天？」

「從二十日起，一連三天。安排社長在第一天致辭。」

「只剩下一個多月啊。」島原嘖了一聲，看著西園說：「如果下週末動手術，我什麼時候可以出院？」

西園搖搖頭。

「這沒有定論，要看術後的狀況。有些人很快就能出院，有些人要住院一個多月。」

「這樣很麻煩。」島原皺起臉，「我希望在下個月二十日之前能自由活動。其實，我現在就想到處跑了。醫生，能不能想辦法在這個星期內搞定？」

「沒辦法。在術前檢查結果不理想的情況下，沒辦法開刀。決定開刀之前，必須把病人最差的狀況也考慮在內。」

「聽說那些術前檢查沒有明確的標準，每家醫院都不一樣。你們醫院的標準會不會太高？」

島原顯然是去打聽來的，也許是派部下去調查。現在回想起來，夕紀幫他抽血時，他總是抱怨著「有必要檢查得這麼詳細嗎」。

「我們認爲必須在病人的同意下才能進行。如果病人無法遵照我們的方針，我們也能代爲介紹其他醫院。」西園平靜地說道。

「不是啦，我沒有反對的意思。」島原著急了，露出討好的笑容。「如果是西園醫師的指示，我當然會遵守。我就是佩服醫生的醫術，才來這家醫院。只是，我很爲難，畢竟工作堆積如山啊！所以，我才請醫生想想辦法。」

「我們明白島原先生的意思，也想配合您的要求，才會提出這樣的建議。」

「好，下星期五嗎？我知道了。可以麻煩西園醫師執刀吧？」

「當然是由我執刀。目前預計會有兩名助手，其中一人就是冰室。」

突然被點名，夕紀一時不知如何反應，愣了一下，急忙行一禮。

「找住院醫師當助手？」島原的臉色又是一沉。

主治醫師向患者說明由夕紀擔任助手時，有一半以上的患者會出現這樣的反應。明知這是難免的，夕紀的自尊心還是會受到傷害。

「雖然是住院醫師，但工作認眞，所以才選擇她。請相信我。」西園篤定地說道。

島原勉爲其難地點點頭。

「既然醫生都這麼說了，應該沒問題吧。住院醫師，那就麻煩妳了。」他看著夕紀，舉起一手打招呼。

離開病房後，西園露出苦笑。

「要是他知道手術延後的原因是收到恐嚇信，一定會大發雷霆吧。」

「剛才還提到車展什麼的。」

「多半是有新車發表會。我認爲社長沒有出席的必要，不過，他大概想趁機表現一下吧。

這陣子，有馬汽車的風評不太好。」

日本代表性的汽車公司社長，同時也是財經界舉足輕重的人物，與政治家過從甚密，又身爲相撲橫綱審議委員會的一員——夕紀對島原的認識只到這種程度。

「社會地位越高的人，越難伺候。」

「倒也不見得。在我看來，他稍微鬆了一口氣，其實心裡很害怕吧。我說他會大發雷霆，意思是他會假裝那麼做。」

夕紀不明白西園的用意，沒有作聲，於是他繼續說：

「沒有人不怕動手術。島原先生故意表現得不耐煩，是想強調自己是個大人物吧，因爲部下也在場。他埋怨幹麼不快點動手術、眞是急死人了之類的，就是希望部下把這些情況轉述給公司的人知道。」

「眞是無謂的舉動。」

「成功的人不會做無謂的事。他自有心機，連動手術也能成爲建立形象的工具，所以才能當上一流企業的領導人。」

「我會記住的。」

「妳大概還需要一段時間，才會接觸到這種等級的大人物吧。」

搭電梯抵達辦公室所在的樓層後，西園走向自己的辦公室。

「教授……」夕紀叫住他。

西園轉身，像是在問她有什麼事。

「剛才您說不符術前檢查的標準，就不能動手術……」

「有什麼問題嗎？」

夕紀嚥了一口唾沫才開口：

「往昔的術前檢查沒辦法做得像現在這麼詳盡，比如立體影像等等，十幾年前還沒有。」

「所以呢？」西園的眼神變得有些嚴厲。

「我想也會有這種情況……把檢查不出來的部分假設爲最糟糕的情況，然後認定手術的危險性極高。遇到這種情況，教授總是迴避嗎？」

這是針對健介的手術所提的問題，西園應該聽得出來。夕紀感覺心跳加快，體溫似乎也稍微上升，但她仍繼續注視著西園的眼睛。

「每一次我都會盡全力。」西園平靜地說：「不開刀也是選擇之一，當然，有時候並沒有這麼做。」

「結果呢？您從不認爲自己做了錯誤的選擇嗎？」

西園直視著夕紀。

「我動過的手術不計其數。動過多少台手術，便代表我做了多少次選擇，結果通常都在預期範圍內。如果『預期』這種說法不容易懂，妳可以理解成有所心理準備。」

意思是，患者死亡也在預期範圍內嗎？夕紀正想開口確認，背後傳來一陣腳步聲。

「西園教授……」是元宮。

夕紀回頭，看到元宮一臉嚴肅地跑來。

「院方請您盡快與教授會聯絡。」
「發生什麼事？」
「就是……」元宮瞄了夕紀一眼，又轉向西園。「聽說又發現新的恐嚇信。」

14

日前已發出警告，卻不見任何有誠意的回應。若你們認為我方的要求僅是惡作劇，就大錯特錯了。

在此再次提出要求：透過媒體公開過去的醫療疏失，並向社會大眾道歉。

給你們兩天的時間考慮，在下個星期日之前依照指示行動，否則我方將會破壞醫院。這不是威脅。

警告者

第二封恐嚇信是在一般門診的候診室發現的。發現者是一名前來治療腰痛的五十五歲女性。

患者到帝都大學醫院看病時，若是初診，必須先填寫診療申請書，並在掛號時提交。申請書放在候診室角落的櫃檯，患者會在那邊填寫自己的症狀等資料。

根據發現的婦女表示，恐嚇信就放在診療申請書的盒子裡。

「一開始，我根本不知道這是什麼。盒子上明明寫著『診療申請書』，裡面卻沒看到我要的申請書，原來是最上面放著一張完全無關的紙。我正想不知道這是什麼，仔細一看，發現上面有字。以爲是什麼注意事項，竟然是那種內容……我簡直是嚇壞了，連忙拿給櫃檯的人員。」

在候診室一旁的咖啡店進行詢問的七尾，聽著這名腰痛的發現者比手畫腳、興高采烈地敘述。看她的模樣，一點都不像深受腰痛所苦，點的冰紅茶也幾乎沒減少。有生以來第一次接受刑警問話，似乎讓她異常亢奮。

「排在妳前面寫申請書的，是怎樣的人？」

「咦，在我之前？呃，是什麼人？好像是個老年人。啊，不是，應該是年輕人，又好像是長髮的女人……我沒把握，你別當眞啊。」

放一百二十個心吧，我才不會——七尾忍住了這句話。

「妳發現那張紙的時候，四周有沒有可疑人物？比如一直盯著妳，或是在妳旁邊走來走去之類的。」

這個問題她也想了許久。

「我沒心情注意周遭啊。看到那種內容，我嚇都嚇死了，只想趕快通知醫院的人。」

這倒是，七尾點點頭。看來，從這名女士身上得不到有用的情報。

「眞對不起，妳明明來看病，卻耽誤妳的時間。往後可能還會向妳請教，到時候請多多幫忙。」

然而，她似乎不想結束與刑警之間的對話。

「欸，那是什麼意思？這家醫院發生過什麼醫療疏失嗎？」她悄聲問七尾，一副想湊熱鬧、聊八卦的模樣，眼裡閃現好奇的光芒。

「這個我們就不清楚了。」七尾站起來。

「可是，那樣寫不是很奇怪嗎？一定是出過什麼事，有人心裡不滿，才會寫那種東西吧？」

「我眞的什麼都不知道。醫院的事，麻煩去問醫院的人。」

「那麼，之前的警告是什麼意思？」

「那是……」

「看上面寫的，應該是之前寄過同樣的東西給醫院，不是嗎？那是眞的嗎？」

她的聲音越來越大，店內還有不知情的患者。

「太太，」七尾壓低音量，「這是一個敏感的問題，我們警方認爲要謹慎處理，所以必須嚴守調查機密。換句話說，那封恐嚇信是您發現的，這一點我們也絕不能洩漏，否則不知道會給您帶來多大的危險。」

「咦！我嗎？」她按住胸口，浮現不安的神色。

「所以，關於這件事，希望您不要隨便告訴別人。您也不想被一些莫名其妙的人糾纏吧？」

「是啊，那當然了。」

「那就麻煩您了。」七尾拿起桌上的帳單，快步離開咖啡店。

坂本在店外等候。

「接下來要去醫院的事務局一趟。」

「指紋拿到了嗎？」他指的是診療申請書櫃檯上的指紋。

「剛才拿到了，雖然醫院的事務局不太願意配合。」

「他們怕事情鬧大吧。不過，太遲了，我跟你保證，那個大嬸一定會到處宣傳。」

七尾轉述和恐嚇信發現者的談話內容，坂本不禁苦笑。

一到事務局，只見笠木在與一個白髮老人討論什麼。老人是一個姓小野川的外科教授，也是醫院院長。

「我們主管很快就會趕來，」坂本出聲：「想和各位談談接下來的方針，主要是關於如何應付媒體。」

「本院已有所決定。」小野川強硬地說道。

「請問是什麼決定？」

笠木回答坂本的問題：

「可以公開恐嚇信一事，但還不到召開記者會的程度。如果方便，想請警方通知媒體。」

「這一點我們應該能處理。」坂本回答。

「決定得好乾脆啊。」七尾語帶諷刺。

「沒辦法，既然恐嚇信被外部的人發現，隱瞞反倒更麻煩，媒體可能會胡亂探問。」

「的確。」

七尾一邊點頭一邊想，也許這就是犯人的目的。

15

中塚芳惠的狀況十分穩定，已從加護病房移至普通病房。雖然發燒還沒全退，但血壓和脈搏都沒問題，當然，意識也很清醒。她本人表示身體有些痠軟無力，應該是發燒的關係，沒有其他自覺症狀。前幾天的手術以導管將膽汁排出體外，膽汁的顏色也不差。

她直接面臨的威脅是膽管癌，本來不是夕紀負責的，但夕紀仍每天過來看她。中塚芳惠以爲自己是爲了切除動脈瘤住院，而進行膽管手術純粹是爲了治療膽管炎。負責的醫師對她如此說明，夕紀等人也配合這種說法，因此她相信這次的毛病很快就會治癒，待體力恢復後，便能開始治療動脈瘤。

接下來，夕紀必須對她解釋複雜的病情。然而，肩負這種麻煩工作的不止是夕紀，現在幾乎所有醫師都爲同樣的事情傷腦筋。

夕紀趁閒聊的空檔確認時間。芳惠的女兒會過來，夕紀正在等她，但她還沒出現。夕紀猶豫不決，不知該怎麼辦，畢竟不能把時間全花在這位患者身上。

「中塚女士，其實……」

夕紀剛要開口，芳惠望向夕紀的背後。一回頭，只見芳惠的女兒往這裡走近。她名叫森本久美，這是夕紀方才打電話聯絡時得知的。久美提著一只大紙袋，約莫是芳惠的換洗衣物。

久美向夕紀點點頭，然後觀察躺在床上的母親的臉色。

「媽，妳覺得怎麼樣？」

「沒事了，腦袋清醒許多。」

「是嗎？太好了。」久美笑著點點頭，接著望向夕紀。「醫生，妳說有事要告訴我們？」

「是的，其實是這樣的……」夕紀一邊說，一邊調整呼吸。

該怎麼說明，她已和元宮等人討論過，也在腦袋裡整理過好幾次。即使如此，還是需要決心才能開口。因爲話一旦說出去就收不回來，不是一句「開玩笑」就能了事。

母女倆不安地望著夕紀，害怕她會宣告什麼不幸的消息。

「其實是關於出院日期……」

聽到夕紀的話，久美露出困惑的神色。

「還是得早點出院嗎？」

「不，不是那個意思。」夕紀搖搖手，「因爲醫院遇到一點麻煩，我們認爲中塚女士或許會希望提早出院。」

久美與母親互望一眼，再度面向夕紀。「怎麼回事？」

「說遇到麻煩可能不太恰當，其實是……有人對醫院有不太好的企圖。」

連她都覺得這種說明很囉嗦，但要提到核心部分，必須有些鋪陳，畢竟情況是中塚母女萬萬想不到的。

夕紀輪流看著這對母女，壓低聲音說：「醫院收到了恐嚇信。」

中塚芳惠的表情幾乎沒有變化，可能是聽到的字眼實在太突兀，一時無法會意。久美似乎也一樣，茫然地注視著夕紀。

「恐嚇信……是嗎？」久美確認般問道。

「我想是惡作劇……不，惡作劇的可能性很高。」夕紀連忙訂正。元宮叮嚀過，千萬不能說得太確切。

「是怎樣的恐嚇信？」久美的臉色終究沉了下來。芳惠也反應過來，驚訝地睜大了眼。

「詳情我也不太清楚，不過聽說是威脅要毀了醫院。」

「毀了醫院？」

「這個嘛……」夕紀歪頭故作不解，「我也不知道是怎麼回事。」

不要用「破壞」這個詞，也是元宮的指示。元宮到事務局學了一套向患者說明的方法。夕紀明白事務局的用意，如果醫師對患者的說明不統一，將會造成混淆。

「爲什麼要毀了醫院？」久美繼續追問。

「不知道。總之，是一封莫名其妙的恐嚇信，也許只是惡作劇，可是又不能完全不理會，所以我們才像現在這樣，把情況告訴住院患者。」

「哦……」久美不知如何是好，看著母親。芳惠沒作聲，眨了眨眼。

「以前新幹線的辦事處也經常接到恐嚇電話，說車上被裝了炸彈。即使認爲是惡作劇，他們還是採取了必要的程序，就是先在某站疏散車上的所有乘客，徹底檢查過車廂，才讓乘客上車。實際上，從來不曾找到炸彈。」

「哦，這我也聽過。」芳惠的話聲略帶沙啞，「我有個朋友搭新幹線Hikari號，卻在小田原被趕下車。我朋友很生氣，說那些腦袋不正常的人想要擾亂社會，就隨意打那種電話，實在是製造麻煩。」

「可能是那一類的惡作劇。」

「哎呀，」芳惠皺起眉頭，「眞傷腦筋。」

看到她的反應，夕紀心想，事務局想出來的方法似乎不壞。舉新幹線這個例子，也是元宮教的。據說是事務局爲了方便醫師對患者說明所想出來的例子，約莫是希望給聽者一種印象，讓人以爲各行各業都會遭到恐嚇，這次醫院只是不巧被盯上而已。

「所以，院方決定採取相同的應對方式……」

「是要我們先離開醫院？」久美問道。

「不，不是的。」夕紀雙手齊揮。「醫院和新幹線列車不同，有些人可以馬上離開，有些人卻不行。正確來說，幾乎都是無法立刻離開的人。每個人都是因爲病症才住院的。」

「那我們該怎麼做？」

夕紀搖搖頭。

「站在醫院的立場，不會要求患者離開。我們會照常治療，只是希望大家理解這個狀況。我們會加強警衛，而且警方已在調查院內有沒有可疑物品，或是有沒有可疑人物進出。可是，這樣還是不知道恐嚇者接下來會做出什麼事。站在醫院的立場，不能對大家隱瞞這件事，如果患者另有打算，我們會盡力配合。」

好一番迂迴的說法。「站在醫院的立場」還說了兩次，夕紀自己都感到厭惡。這些話的用意，是萬一發生什麼事，可以模糊責任歸屬。當然，這也是元宮的指示。

「如果患者另有打算，意思是……」

「如果希望提早出院，我們會努力達成這個目標。相較於其他患者，中塚女士的情況是比較容易達到的，最快明天就能出院。現在膽汁的導管還在體外，但只要稍作處理，並不會妨礙日常生活。」

母女倆猶豫地互望。

「媽，怎麼辦？」

「這……」芳惠從枕頭上抬起頭，看著夕紀。「反正是惡作劇吧？」

「目前無法確定，如果不是就麻煩了。」

母女倆靜靜思索著。倒也難怪，在這種狀況下出院，患者本人和身邊的人都不輕鬆。

「兩位決定之後，請告知我們。跟護理師或我講一聲，我們會立刻處理。」

上級特別提醒，話裡不能出現「慢慢想沒關係、不必立刻答覆沒關係」之類的提示。如果給患者時間考慮，卻在這段期間內出事，院方就必須負責。

芳惠凝視著夕紀問：「醫生覺得呢？」

「我……嗎？」

「問這個醫生有什麼用啊！」久美提高嗓門。「反正，先跟我家那口子商量過再說。」

她大概是擔心讓母親出院，會被丈夫責怪。

「那麼，事情就是這樣。」夕紀點頭致意，準備離開病房。

「請問……」久美叫住她，「是要錢嗎？」

「錢？」

「不是收到恐嚇信，說要毀了醫院？對方沒提出勒索嗎？」

這個直接的問題，令夕紀招架不住。她也向其他患者做了同樣的說明，卻沒人針對這一點提出質疑。

夕紀搖搖頭：「我沒聽說。」

「歹徒沒提出任何要求，只說要毀了醫院嗎？眞奇怪。」

久美的語氣變得像自言自語，夕紀再行一禮，默默離開病房，在走廊上嘆了一口氣。

公開醫療疏失並道歉——這就是犯人的要求。然而，院方指示不得告訴患者，因爲會被曲解爲這家醫院曾發生醫療糾紛。

然而，夕紀無法釋懷。要說就說清楚，要瞞就瞞到底，並爲發生的事情負全責，這才是正確的處理方式。醫院應該是這樣的組織，不是嗎？

院方決定向患者說明恐嚇信一事，也不是以患者安全爲優先考量，而是若患者透過媒體得知此事，肯定會質問院方爲何隱瞞實情。

夕紀悶悶不樂地搭電梯來到一樓，在零售店買了罐裝咖啡。準備回辦公室時，背後有人叫喚「冰室醫生」。

一回頭，只見七尾舉起一手走過來。

「在休息嗎？」他問道。

「嗯，休息一下。七尾先生在查那件事？」

「是啊。」他的表情轉爲嚴肅。「醫生也很辛苦吧，跟患者說明過了？」

「剛剛才說明過。好累，說明好困難。」

「是啊，不能一五一十地全說出來吧。」七尾別有含意地苦笑，顯然很了解夕紀的苦惱。

「警方掌握到線索了嗎？」

一聽到夕紀的問題，他的臉色立刻沉了下來。

「現下在收集目擊情報，但沒人注意到周遭有可疑人物。倒也難怪，上醫院的人煩惱自己的病都來不及了。」

「聽說是混在診療申請書裡？」夕紀確認四下無人，小聲問道。

七尾點點頭。

「這個人的作風相當大膽。據說診療申請書每天早上都會補足，有人證實今天早上去補足時，並未看到那封信。換句話說，恐嚇信是在那之後才放進去的。跟上次一樣，這種方法風險很高，實在令人不能不在意。」

「您是指，這不是惡作劇？」

「最好有這種心理準備。」

夕紀不禁握緊咖啡罐。

「爲了強調這不是惡作劇，犯人才故意採取這麼危險的手法嗎？」

「不無可能。還有另一種可能，不過，這只是我個人的想法。」

看著夕紀，七尾露出了刑警般的神情，繼續說：

「不管是上次還是這次，犯人的設計都是想讓外來者，而不是院方的工作人員，成爲第一發現者。從這一點不難察覺犯人的意圖，也就是說，當第三者發現恐嚇信時，院方便無法隱瞞。事實擺在眼前，院方決定向媒體公開，也是受到這件事的影響。」

「您的意思是，犯人的目的是要公開恐嚇信？」

「這麼一想，一切都解釋得通了。」說著，七尾深深點頭。

16

穰治拿著焊槍的手有點顫抖，好久沒做焊接的工作，怕引人注意，他還把實驗室的照明調到最暗。以現有的零件湊合著用，也增加了作業的難度。因爲他用的ＩＣ基板，是以前試作洗衣機控制裝置剩下的。

固定電晶體的三個角之後，穰治先把焊槍放下。他覺得雙眼十分疲憊，於是拿下護目鏡，以指尖按摩眼角。

這時，實驗室的門開了。

「是你啊，直井。」

來的是研究主任。他比穰治年長五歲，但不是穰治的直屬上司，是鄰課的主管。

「在加班？」

「嗯，是啊。」穰治客氣地笑著點頭。

「那就把燈光弄亮一點啊，不然會把眼睛搞壞。」主任打開牆上的電燈開關，加強了室內的照明。「你在幹麼？」說著，他便朝穰治走來。

穰治連忙闔起身邊的筆記本，上面畫著電路圖。

「是別人拜託的工作，要我製作小型馬達的控制裝置。」

「賺外快啊？你們課長在抱怨，說你最近怪怪的。」

「怎麼說？」穰治看著主任。

「他說不知道你在想什麼，常常一個人躲在實驗室，午休也不跟大家一起行動。」

「他交代的工作我都做好啦。」

「我想也是，不過，上班族不是把工作做好就可以。唉，這不用我說，你也知道。」主任拍拍穰治的肩膀，轉身離開。「那我先走了，麻煩你關門。」

穰治朝主任的背影說了聲「辛苦了」，嘆一口氣。

同事也許認爲他不太對勁。他現在上班的情形和以前大相逕庭，公司採彈性上班制，像穰治這類研究員的上班時段各自不同。即使如此，這幾年他的上下班時間幾乎都是固定的，最近卻變亂了，以前他從來不會下午才進公司。

與同事之間的交流減少也是事實。不僅是中午和休息時間，連下班後的聚會他都一概不參加。

穰治對較熟的同事解釋，是因爲和護理師女友交往的關係，但不清楚這種說法有多少說服力。

只不過，雖然同事察覺他的行徑有異，但他到底在做什麼、有什麼企圖，應該沒人知道。誰想像得到，有人在這間實驗室裡，爲即將發生的某件大事，一步步著手準備呢？

基板焊接完成，穰治決定暫告一個段落。他想測試性能，但必須使用幾部測量儀器才能進行，也得花時間。趁明天白天把機器備妥，下班後再來測試。不必著急，因爲島原總一郎的手術延後了一個星期。

他把親手製作的裝置和零件收進箱子，再裝進紙袋，離開了實驗室。

辦公室裡還有人，但都是不同課的人。

一名男同事邊喝即溶咖啡，邊看電視新聞。穰治準備下班，從旁眺望電視畫面。不久，螢幕上出現字幕：

「恐嚇信中揚言破壞醫院，疑爲惡作劇。」

穰治朝電視走近一步，豎起耳朵。

男主播開始說話：

「今天，位於東京中央區的帝都大學醫院，發現一封寫有『破壞醫院』等字句的恐嚇信。恐嚇信夾在給初診病患塡寫的診療申請書中，被人發現後，警方已著手調查醫院內部，但未發現可疑物品。警方懷疑惡作劇的可能性很高，但仍繼續蒐集目擊情報。接下來——」

見主播播報下一則新聞，穰治慢慢地離開辦公室，走出公司。

他打手機給眞瀨望。望很快接起。

「現在過去方便嗎？」

「可以呀！不過，沒有吃的。我也才剛到家。」

「那麼，一起到外面吃吧。」

「好，我等你。」

「我剛才看到你們醫院上電視了，說有恐嚇信什麼的。」

「是啊，所以今天累得要命。」

「等會再聽妳說。」

「嗯，好。」

掛了電話，穰治攔下一輛路過的計程車。搭車到望住的公寓，只要二十分鐘。

他在心裡反芻新聞報導的內容。在恐嚇信的內容方面，主播只提到破壞醫院，並未觸及最重要的公開醫療疏失與道歉部分。這不可能是電視台的主意，也就是說，醫院和警方限制了目前媒體掌握的情報。

這件事該怎麼處理，穰治難以決擇。他對沒有提及醫療疏失感到不滿，考慮再送恐嚇信過去。可是，現在情況不同，醫院的保全一定會更嚴密，要是送恐嚇信被警方發現，就得不償失了。

來到望的住處，穰治發現她穿著圍裙。

「出門太麻煩了，所以我想做點吃的。只是拿現成的食材隨便煮，你將就一下吧。」

「是嗎？妳不累啊？」

「還好。我買了啤酒，穰治，你先喝點酒等一下。我想應該不用等太久。」

望把罐裝啤酒和日式煎蛋卷擺在小餐桌上。日式煎蛋卷是穰治最愛吃的，望一定是覺得不能沒有下酒菜，所以趕著做出來吧。

他拿起啤酒，正往杯裡倒，就聽到望說「這是什麼？給我的嗎」。只見她蹲了下來，在翻紙袋。就是他提過來的袋子。

「不要碰！」穰治說道。他以爲自己的口氣很溫和，其實還是有點凶。

望連忙縮手。「啊，對不起。」

「很遺憾，那不是要給妳的。那是我試作的機器，沒裝外殼，可能一碰就會壞掉。」

「原來如此，對不起。」望往後退，轉身面向廚房。

「不會啦，我應該先跟妳說的。」穰治喝了啤酒，夾起蛋卷咬下，還是一樣好吃。

望正在調節小烤爐的火候，大概在烤魚吧。穰治知道她把家裡寄來的魚乾放在冰箱的冷凍庫，爐上擺著湯鍋和平底鍋，湯鍋裡多半是味噌湯。

要是結了婚，望一定是個好太太——每次來這裡穰治都這麼想，現在看著她的背影，又在心中喃喃說了一次。她不僅會是個好太太，娶她的男人也會很幸福。

穰治想起神原春菜。他以前也常到春菜的住處，只不過春菜幾乎沒爲他做過菜。

「做菜別找我，抱歉嘍！」她說著調皮地聳聳肩，那模樣深深烙印在穰治的記憶中。

不光是做菜，春菜對所有家事都不在行。相對地，她把熱情全部奉獻給工作，無論什麼地方她都去，無論採訪什麼對象她都毫不畏懼。她甚至發下豪語，若能成爲自由紀實作家，她連女人的身分都能拋棄。

這股行動力最後卻要了她的命。不，事實上，那與行動力無關。只是，如果她是個假日會在家裡做菜的女孩，也許就能逃過那場大災難。

手機的來電鈴聲在耳裡復甦。那時候，螢幕上顯示的是春菜的號碼，穰治不疑有他，接了起來，但彼端傳來的，卻是陌生男子的聲音。

「喂，不好意思，請問你是神原春菜小姐的朋友嗎？」對方劈頭就這麼問。穰治回答之後，對方頓了一下，才緩緩說出那個事實。乍聞那件事的衝擊，至今仍殘留在穰治的心中。

那只能以惡夢來形容。穰治失去世上最寶貴的東西，不久，他更換了來電鈴聲。

「怎麼了？」

聽到望的呼喚，穰治才回過神，手上還拿著空杯。

「啊，在想事情。」他繼續倒啤酒。「對了，剛才那件事，醫院怎麼處理？」

「就是爲了那件事在忙啊！上層要我們跟所有住院病人說明，醫生和我們跑遍每一間病房。可是，突然說恐嚇信什麼的，一般人都會嚇一跳吧？問人家要怎麼辦，人家一下子哪答得出來！」

「什麼怎麼辦？」

「就是要不要繼續住院呀。情況變得這麼危險，可能有人會想先離開醫院。」

「這種人很多嗎？」

「今天沒有，幾乎都說要考慮一下，也有不少人覺得是惡作劇。」

光靠恐嚇信的嚇阻力果然不大，穰治感到失望。他不期望患者會一窩蜂離開，但以爲多少會有人因此出院。

望把菜端上桌，紅燒蓮藕、烤金眼鯛魚乾、涼拌菠菜，全是家常菜。

「對不起，只有這些。」

「夠多了。」

「還有一些滷肉，要不要？」準備坐下的望再度起身。

穰治搖搖手。

「不用啦，這樣就夠了。倒是醫院那邊，沒問題嗎？既然是恐嚇信，犯人應該會提出什麼要求吧？」

望歪著頭。

「這我就不知道了。因爲我們護理師沒看到恐嚇信的內容，只是照上級的吩咐做事而已。」

看來，院方連對護理師都沒告知詳情。不過，穰治認爲這只是時間上的問題，恐嚇信的詳細內容遲早會散布開來。他甘冒風險讓醫院外部的人發現恐嚇信，目的就在這裡。

「醫院明天照常營業嗎？」

「應該吧，沒特別公告。」望往自己的玻璃杯倒酒。

穰治舉起杯子，做出乾杯的動作。這是他們用餐時的儀式。

「手術怎麼辦？」

「什麼怎麼辦？」

「明天也照常進行嗎？」

「那當然了。總不能因爲發現恐嚇信，就不治療、不動手術。患者是爲了治病、治傷才上門的啊。」

「說的……也是。」穰治點點頭，伸出筷子夾蓮藕。

醫院方面的反應大致如他所預期，只要有患者在，就不能不治療，必要時也會進行手術。

「那叫加護病房是不是？那裡還有人嗎？」

「有呀。嗯……七個人吧？怎麼了？」

「沒什麼，想說那裡的病人恐怕沒辦法馬上出院。」

「對啊。尤其是心臟血管外科，手術後得在加護病房繼續觀察。」望把菠菜往嘴裡送，一邊喃喃自語：「對了，明天要開刀，要記得準備。」

「開刀？心臟血管外科的？」

「對，是個七十五歲的老先生，所以有點擔心。不過，我們醫生一定沒問題。」

穰治點點頭，用筷子夾碎魚乾，想著今天剛做好的裝置。

17

夕紀照常早上八點上班，渾身懶洋洋的，確實感到疲勞的累積，但又不能休息。以身體不舒服爲由，也許可以請假，但她覺得別人會因此認定女人終究沒體力。

這天，她必須先到一般門診。因爲住院患者要接受冠狀動脈造影檢查，她要去見習。

患者是一名六十三歲的男子，接受了冠狀動脈繞道手術。

歷時三十分鐘的檢查之後，夕紀和那名患者並排坐在候診室的椅子上。他的表情相當開朗，從心電圖和血壓等數據來看，心臟狀況顯然較住院前好很多。他本身也感受得到其中的差異。

「日常活動的時候胸口不會不舒服，這種感覺眞好。這幾年，稍微運動一下就喘氣，我還以爲是年紀大了。看樣子，生了病不治是不行的。」患者變得十分多話。

夕紀剛到心臟血管外科時，這名患者還待在加護病房。她記得當時的術後情況不理想，執刀的元宮一臉嚴肅地與西園交談。不過，在努力不懈地持續治療之後，患者已復原大半，應該不久就能出院。

住院醫師的生活雖然辛苦，但若有什麼事能讓人忘卻這份辛勞，就是患者痊癒後的笑容。那種欣慰無與倫比。

患者述說著出院後的種種計畫，他想做的事很多。夕紀一邊聽，一邊不經意地望著四周，然後注意到一名男子。這個人有點眼熟，年近三十，身材瘦削。

夕紀的視線隨著男子移動，看著他走向通往地下室的樓梯。一般門診的病患不會去那層樓。

「那……呢？」

夕紀發現身邊的患者正在問她問題。

「咦？啊，對不起，您是說……？」

「醫生，妳會在這家醫院待到什麼時候？」患者問。
「還有一個多月。」
「這樣啊。等研修結束，就要調到其他醫院吧？」
「目前還不知道，您怎會這麼問？」
「因爲啊，」患者環顧四周，接著小聲說：「現在不是有很多傳聞嗎？那是眞的嗎？」
「傳聞？」夕紀轉身面對他。「什麼傳聞？」
患者的表情活像惡作劇被逮到的孩童。
「我好像說了不該說的話。」
夕紀裝出笑容。
「如果有什麼顧慮，別客氣，請告訴我，不然我會很在意。」
「也對啦。」患者露出試探的眼神，看著夕紀說：「就是恐嚇信的事啊！聽說原因是這家醫院的醫療疏失，是這樣嗎？」
夕紀感覺自己的臉一僵。
「這件事您是聽誰說的？」
「沒有，也不是誰啦，是到處聽來的……」患者越說越含糊。
看來已在患者之間傳開，夕紀不禁擔憂了起來。巡房時，患者們一定會問個不停。
「那個傳聞是眞的嗎？」他盯著夕紀問道。
她搖搖頭。「詳情我們也不清楚，也沒聽說有醫療疏失。」

夕紀的「我們」指的是所有醫師，但患者的解讀似乎不同。

「對喔，冰室醫生還不是這家醫院的正式醫生嘛，那他們就不會告訴妳詳情了。」他恍然大悟地點點頭。

原本想反駁「我不是這個意思」，卻沒這麼做。夕紀不希望別人認爲，她是因自尊心受損而動氣。

「患者都在談論恐嚇信的事嗎？」夕紀問道。

「那當然了。醫生們不是特地來跟我們說明嗎？還表示要是有意願，可以協助提早出院或轉院。連這種話都說了，事情肯定不尋常。」

夕紀點點頭。院方認爲，即使惡作劇的可能性很高，對患者有所隱瞞反而會造成混亂，但就患者而言，這麼做卻強化了事情的嚴重性。

「我還好啦，很快就能出院了，不過得留下來的病人想必會很不安。冰室醫生也一樣，希望妳在這家醫院的期間不會出事。」

他可能是基於好意才這麼說，但夕紀不知該不該點頭。看她的表情曖昧，患者大概有所誤會，於是在她耳邊說：

「不然，我去跟上面的人拜託一下，讓醫生換到別家醫院吧？我有一點門路。」

夕紀吃驚地看著他，連忙搖搖頭。

「沒關係，我不想換醫院。」

「是嗎？不過，要是出了什麼事就儘管開口，這也算是報恩吧。」

患者笑著站起來，踩著穩定有力的腳步離開。夕紀目送他的背影，心想：住院醫師到底算什麼？做的事情和正規醫師一樣，患者大多也這麼想。然而，一旦病情恢復，心情從容了起來，患者便立刻把她當成初出社會的菜鳥。

不過，身爲菜鳥是事實。夕紀也不清楚這家醫院是不是把她當成一個成年人來看待。或許正如那名患者所說，恐嚇信一事的確有內幕，只是沒讓住院醫師知道而已。

她懷著憂鬱的心情回到辦公室。今天十點有一場手術，要爲一名主動脈瓣閉鎖不全的老年人開刀。

手術由元宮執刀。夕紀進到辦公室，卻看到他悠哉地喝著咖啡，毫無手術前的緊張感。

「差不多該爲手術做準備了吧？」夕紀出聲確認。

「是啊，不過現在還不太清楚時程。」

「怎麼了？」

「CE叫我們等一下。」

「田村先生？有什麼問題嗎？」

對話中提到的田村，是任職於這家醫院的臨床工程師。不僅平常要維護醫療機器，每當進行心臟血管外科手術時，都由他負責操作人工心肺裝置。

「他說人工心肺機的狀況怪怪的。確切地說，他發現有個地方不太對勁。」

「那就……麻煩了。」

這的確是大事。若人工心肺裝置無法運作，心臟血管的相關手術幾乎無法進行。

「田村先生說不是故障，只是要確認一下，不然出狀況就糟了。雖然有備用機器，可是那台很舊了。如果醫院別那麼小氣，肯買新的就好了。」

「那台機器要多少錢啊？」

「這個嘛，」元宮雙手在胸前交抱，「可以在東京都內買一棟房子吧。」

夕紀說不出話。看到她的反應，元宮笑了笑，又說：

「每次手術，CE不是會組人工心肺機的電路嗎？妳猜一次要多少錢？」

夕紀完全沒有頭緒，默默搖頭。元宮豎起一根手指。

「不是一萬、十萬圓，是一百萬圓，絕對跑不掉。」

「這麼貴……」

「那是拿來代替心臟和肺的，再貴也得花。」

元宮的視線移到夕紀背後。她一回頭，只見CE田村板著臉走進來。那張大臉冒著汗。

「情況如何？」元宮問。

田村歪著那粗短的脖子，自言自語般低聲說：

「我檢查過一遍，沒有異狀。奇怪，到底怎麼回事？」

「究竟怎麼了？」

「唉，就是不知道。機器不曉得什麼時候重新開機了。我又沒去碰，電源也沒異狀。」

「重新開機？」夕紀問。

「簡單地說，就是開關重新開啓過。」

「機器自動開啓嗎？」

「那是不可能的。」田村冷笑。「如果曾經停電就另當別論。」

「那裡不會停電吧。」元宮噘起嘴。「因爲有不斷電裝置。」

「對，要是電源有問題，現在早就亂成一團。」

「眞怪。」元宮蹙起眉頭。「不過，機器本身沒問題吧？」

「沒問題，我保證。」

「好！」元宮往膝蓋一拍，站起身。「準備開刀。」

前往手術室的途中，夕紀把剛才從患者那裡聽來的情況告訴元宮，恐嚇信與醫療疏失的相關傳聞已傳開。

「所以呢？我們又能怎樣？」元宮望著前方反問。

「我是在想，該怎麼辦比較好……」

「不怎麼辦。那件事已交給警方處理，妳也這樣回答患者就好。」

「可是，再這麼下去，患者會越來越不安……」

「沒辦法，既然不相信這家醫院，可以去別家，患者有這個權利。我們能做的，只有救眼前的病患。」元宮停下來，指向夕紀的胸口。「我以指導醫師的身分命令妳，除了接下來的手術之外，什麼都不准想，知道嗎？」

夕紀一驚，點點頭。

手術室前，護理師們正準備將患者推進去。元宮趕過去，對患者說話。眞瀨望也在其中。

看著望，夕紀突然想起，剛才在一般門診樓層看到的那名男子，某天深夜和望在一起。夕紀揣想著對方到底是誰，隨即甩了甩頭。不能想手術以外的事，剛剛才被警告過。

原本微微振動的亮點，突然畫出一個大波浪。穰治凝神細看，屏住氣，一邊注視手提示波器的液晶畫面，一邊操作調節鈕。

此刻，手術開始了——他十分確定。

穰治在車上，從醫院的停車場推測手術室裡的情況。

他在心臟血管外科手術室連接的不斷電電源線路上，裝設了供電監視顯示器。那是他昨天在公司做好的裝置，顯示器可發出電波，並傳送訊號。

人工心肺裝置等維生系統，一定會連接在不斷電電源上。這些裝置正在運作，表示手術已正式開始。

然而，除此之外，他什麼都不知道。

醫生和護理師在手術室裡，怎麼將患者開膛剖肚，從外面無從得知。有些醫院會在加裝電視螢幕，公開手術室內的情況，不過這家醫院沒有這種設備。

示波器畫面上振動的亮點，是唯一的線索。

靠這點東西能做什麼？穰治感到不安。僅憑這個線索，就要去執行一項絕對無法重來、無法回頭的不可能任務嗎？

眞是亂來——穰治再次這麼想。不過，他打一開始他便心知肚明。這是他在了解一切狀況後擬出的計畫。

關掉示波器的開關，穰治發動引擎。功能確認完畢，效果良好，現在要擔心的是監視顯示器會不會被發現，但這只能聽天由命。

更重要的是……穰治往醫院門口望去。

儘管新聞播報了恐嚇信一事，患者的反應依然看不出變化，一般門診的人數也沒減少。

他不禁感到焦躁。爲什麼？爲什麼你們非得來這家醫院不可？

18

傍晚七點，夕紀在加護病房，觀察白天手術患者的術後情況。目前沒有變化，患者睡得很沉。

血壓、心電圖、肺動脈導管等等，該監看的東西很多，一刻也不能大意。

其實，夕紀覺得這段時間是最痛苦的。緊張的手術總算結束，卻還不能喘口氣。緊繃的神經早已疲累不堪，越想集中精神，眼皮反而越沉重。爲了保持清醒，她把冰枕墊在脖子上，冷卻效果卻逐漸減弱。

元宮正與CE田村小聲交談，人工心肺裝置似乎仍有異常。雖說異常，其實在手術過程中，如同田村保證的，並未發生任何問題。只是，身爲專業工程師，他還是無法放心吧。田村想徹底調查，希望醫師這兩、三天使用其他裝置。

元宮表示會與教授商量，田村讓步了，向夕紀打聲招呼便離開。

「工程師眞頑固。不過，大概要這樣才能做那一行吧。」元宮苦笑，打了一個大呵欠。

「和醫師是不同人種嗎？」

而對夕紀的問題，他搖搖頭。

「我覺得是同一種。我們維護人類的健康、治病，他們維持醫療器材的正常運作、排除故障。雙方都無法妥協。」

很有說服力的說法，夕紀點點頭。

自動門開了，護理師菅沼庸子走進來。夕紀感到一陣鬱悶，明明只是因爲工作才與元宮獨處，但事後可能又會被冷言冷語，她甚至想乾脆離開算了。

「元宮醫師，加藤先生來了。」菅沼庸子說道。

「加藤先生？呃，是哪位？」

「這位。」她把備妥的病歷遞出。「三個月前過世的加藤和夫先生的兒子。」

元宮接過病歷，夕紀也探頭看了一下。名字是加藤和夫，年齡七十八歲，依病歷上塡寫的內容，患者爲胸部大動脈瘤接受過三次手術。看來是階段性手術，不過第三次是緊急手術，夕紀推測可能是瘤破裂了。

「是他啊。」元宮的表情一變。「那時候沒能救活。他兒子爲什麼現在跑來？」

「這個……」菅沼庸子看了夕紀一眼，似乎在提防住院醫師。

夕紀站起來，假裝找資料，離開他們身邊。

菅沼庸子靠近元宮，耳語了一番。

「現在才跑來說這些？」元宮調提高嗓門，「怎麼又……」

聽到他這麼說，夕紀不得不回頭。

「他在哪裡？」元宮問庸子。

「我請他在會客室等。要怎麼做呢？醫師如果沒空，要請他以後再來嗎？」

元宮沉默了一下，搖搖頭。

「不用，我去見他。不想讓他以爲我在逃避。」

「要聯絡事務局嗎？」

「還不用。萬一談不攏，我再去報告。妳帶加藤先生到諮詢室，我馬上過去。」

「好的。」菅沼庸子點點頭便離開了。

元宮拿著剛才的病歷，眉頭深鎖，發出沉吟。

「冰室，妳一個人沒問題吧？」他說著，視線並未離開病歷。

「沒問題，患者的狀況也很穩定。」

「有什麼狀況就call我。妳也聽到了，我會在諮詢室。」

夕紀簡短地應了一聲。她很想知道事情究竟是如何，但又怕元宮說住院醫師別管閒事，所以什麼都不敢問。

但元宮嘆了一口氣，說：「看來是懷疑有醫療疏失。」

咦！夕紀吃了一驚。

「聽起來，他懷疑父親死於醫院的過失。」

「可是，患者去世的原因是動脈瘤破裂吧？」

「對，家屬也明白這一點。只是，他們懷疑血管最後會破裂，是因爲醫師誤診。」

「最後？」

「這名患者動了三次手術。他的病灶分布範圍相當大，年歲也高，一次全部摘除很危險。第一次是全主動脈弓置換，第二次是繞道手術。這時候就知道還有瘤沒摘除，可是當時已是極限，患者太虛弱，沒辦法趕著做第三次。我不想找藉口，但這也徵求過西園醫師的同意。」

「結果沒有摘除的動脈瘤破裂了？」

面對夕紀的問題，元宮輕輕點頭。

「患者送進來的時候，脊椎動脈已發生灌流障礙，也引發重度併發症。即使救回一命，意識也不可能恢復。」

「家屬卻認爲是醫療疏失？」

「我們事先已向患者本人和家屬說明，手術會分好幾次進行。在第二次手術進行之後，也告知患者體內還有動脈瘤。我說，雖然有破裂的危險，但還是以患者恢復體力爲優先。患者去世時，家屬並未表示不滿啊。」元宮咬了咬嘴唇。

「怎麼到現在才……」

「我也不清楚，或許跟那件事有關。」元宮冒出一句。

「那件事？」

「恐嚇信。妳說過犯人的要求，在患者之間傳開了吧？」

夕紀點點頭，「有幾個患者似乎知情。」

「搞不好這些話也傳進加藤先生耳裡。收到這種恐嚇信，難怪有人會懷疑這家醫院是不是隱瞞了醫療疏失。」

「家屬的意思是，元宮醫師的疏失導致加藤和夫先生過世？」

「他們應該還沒有這麼認定，不過顯然開始懷疑了。即使醫師再怎麼盡力，家人在醫院過世，家屬仍無法坦然接受。就算過了好幾年，依舊不免會質疑當時是不是有其他搶救方法。他們沒說出來，只是因爲沒機會。所以，這次的恐嚇信，對抱持這種潛在懷疑的家屬而言，可能是一條導火線。總之，我去向他們說明，我們沒做任何虧心事。」

元宮吐出一口氣，開門大步走出去。

目送他離去後，夕紀再度回來觀察患者的術後狀況。雖然盯著數據，元宮的話卻停留在她的腦海。

即使醫師已盡力，家屬仍無法坦然接受……

這正是夕紀本身的寫照。無論聽到多麼合情合理的解釋，要她由衷相信西園醫師已盡全力，實在不可能。

這家醫院是否隱瞞了醫療疏失？面對這個問題，她自己會怎麼回答？她能夠像元宮一樣，斬釘截鐵地說無愧於心嗎？

過了一個小時元宮才回來。西園跟在他身後進來，夕紀十分驚訝。

「患者的狀況如何？」元宮問夕紀。

「很穩定，血壓有點低，但應該沒問題。」

元宮望著顯示器的數據點點頭。西園正在巡視其他患者。現在，包括白天接受手術的患者在內，加護病房裡共有五名病人。

「結果怎麼樣？」夕紀問。

「我跟他們說明過了，他們肯不肯接受我就不知道了。」元宮的回答很含糊。

「也請西園教授過去嗎？」

「教授剛好在，我就請教授也出席了。加藤先生看到教授特地過去，心情似乎稍微好一點。」

「加藤先生究竟在懷疑什麼？」

元宮板著臉，搔搔頭。

「就像我之前猜測的，對第二次手術不滿意。」

「繞道手術嗎？」

「對方懷疑那時候留下動脈瘤是我們的疏失，因為最後那些瘤破裂了。他們對此不滿我能理解，但在現實中，遇到那種狀況別無他法。這件事當時預先說明過了。」

「加藤先生不是接受了醫師的說法才回去嗎？」

元宮嘆了一口氣，聳聳肩。

「他說要回去找人商量一下，然後再來。誰知道他會找誰商量……」

「要堅持到最後。」西園雙手插在口袋裡，走近他們。「對家屬來說，最重要的就是認同。醫生不僅在治療患者時竭盡全力，萬一最後得到的是令人遺憾的結果，在平復家屬心靈創傷時也不能偷懶。家屬要求說明多少次，就說明多少次。他們想知道什麼，就告訴他們。要消除他們的懷疑，這是唯一的辦法。」

元宮面向教授，點了兩、三次頭。

「我會的。對不起，讓您擔心了。」

「不必向我道歉，要把這種事當成更上一層樓的磨練。我也有相同的經驗。」說完，西園看向夕紀。夕紀反射性地別開視線。

「不過，事情比預期中麻煩。像加藤先生那樣，受到那封恐嚇信影響而來醫院的家屬，可能會再出現。」元宮說道。

「若是這樣，就該想到醫師是不是也要負責。家屬會產生潛在性的不滿，最大的原因，就是醫師說明得不夠清楚。」

「我會謹記在心。」

「好了，不必那麼悲觀。你差不多可以下班了，接下來的事就交給冰室。」

「請交給我吧。」夕紀說：「這裡我一個人就夠了。」

「那麼，我就恭敬不如從命。西園教授呢？」

「我還會待在這裡。我有話要和冰室說。」

「是嗎？那麼，我先告辭了。」

元宮向西園行了一禮，走向門口。目送他離去之後，夕紀將視線轉向患者的顯示器畫面。

她知道自己全身緊繃，這是她第一次和西園單獨待在加護病房。

「向患者的家屬再三說明，」西園的話聲從背後傳來，「也等於是拯救醫師本身。」

夕紀稍稍往後望，「拯救醫師本身？」

「無法救活患者，從某些方面來說，對醫師造成的傷害、消耗更甚於家屬。想重新振作，需要的就是冷靜檢討自己做了什麼。如果不這麼做，即使想面對下一名患者，也只會被不安壓垮。就算最後的結果令人遺憾，但相信自己已盡力，將成爲往後從事醫療行爲的支柱。」

夕紀默不作聲，想必西園是指健介的事。聽起來像是在表明，他相信自己已盡全力。

只是，憑什麼要她全盤接收這番話？

「明天晚上妳有空嗎？」

聽到西園的這句話，她不由自主地回頭。「咦？」

「我想讓妳見一個人，希望妳晚上抽出空。」

「可是，我明天有很多……」

「工作方面，我會麻煩元宮他們處理。很抱歉，突然提出這個要求，因爲只有明天有時間。我想讓妳見的那個人，下週就要離開日本了。」

「是什麼人？」

西園露出害臊的表情，搓了搓人中。

「我的兒子。」

夕紀一驚，說不出話來。

「是個不肖子，老大不小了還不結婚，做什麼電腦繪圖，說要去美國，也不知道是不是要進修。我想替他辦個小小的餞行宴，希望妳能出席。」

她正想說「爲什麼我要出席」，又把話吞下肚。

對了，她這才想到，西園的兒子將來是她名義上的兄弟。

「家母呢？」她想確認一下。

「當然也會請她同席。」西園明確地回答。

19

點一根菸足足花了三分多鐘，因爲風太強了。七尾叼著第一根菸，趕緊將第二根夾在耳上。他想趁第一根抽完、火沒熄之前，點起第二根。

他在醫院外面，夜間出入口旁。直立式菸灰缸裡的菸蒂和菸灰，隨時都會滿出來，可見不僅是探病的訪客，也有不少患者從病房偷溜到外面抽菸。

抽到剩下一半菸時，兩名男子從醫院走出來。一個穿著休閒運動服，另一個則是睡衣外罩著運動夾克，兩人看起來都約四十五歲。

「哎，總算有菸可抽了。如果是肺不好就算了，我明明是腸胃不好，爲什麼也得禁菸啊？你說是不是？」看似患者的男子發起牢騷。

「哦，因爲人的內臟都連在一起，腸胃不好的時候，大概也不能抽菸吧。」看似訪客的男子遞出菸盒。

那名患者迫不及待地抽出一根菸，像是聞香似地從鼻尖帶過，再叼進嘴裡。

訪客以ZIPPO打火機替他點菸，接著也爲自己點火。

七尾在一旁看著，心想以後也要用打火機。

「不過，你待在這家醫院沒問題嗎？」訪客以菸指著建築物。

「沒問題？什麼意思？」

「不是引起很多騷動嗎？恐嚇要炸掉醫院什麼的，我從電視上看來的。」

「哦，醫生有來說明啊，還說要是擔心，可以辦轉院手續。一下子我也不知道該怎麼辦，後來覺得麻煩，就回答維持現在這樣就好了。反正，那多半是惡作劇吧？如果什麼事都要當眞，這年頭日子怎麼過！」

「也對，大概是惡作劇吧。」訪客以輕鬆的口吻表示贊同，又稍微壓低聲音說：「不過，那傳聞是眞的嗎？」

「傳聞？你說那個啊？醫療疏失？」患者跟著壓低聲音。

「嗯，聽說瞞了不少。」

「瞞？你是指醫院有這種過失？」

嗯，訪客點點頭，瞄了七尾一眼，看來還是在意旁人的耳目。七尾轉身，拿出手機假裝撥打。他沒有偷聽的意思，但也不想打斷他們談話。

「你從哪裡聽來的？」患者問。

「我有個同事的媽媽以前也在這裡住院，他認爲他媽媽死得不明不白。」

「怎麼說？」

「細節我沒問，不過好像是院內感染。ＭＲ……什麼來著？是一堆英文字母拼成的病。」

應該是ＭＲＳＡ感染症吧，七尾猜想。這是一種常見的院內感染。

「你說院內感染，意思是進了醫院以後才得那種病？」

「對啊！本來得的是不相干的病，爲了動手術才住院，可是住進去沒兩天，就得了那種病，還沒動手術就死了。你不覺得很奇怪嗎？」

「確實很奇怪，是在醫院裡感染什麼病菌吧？」

「是啊，要是沒住院，就不會得那種病了。這樣家屬怎能接受呢？」

「結果他怎麼處理？跟醫院方面抗議嗎？」

「他當然去質問院方了，可是照院方的解釋，那不是過失，得那種病是沒辦法避免的。」

「這算什麼？他就這麼接受了？」

「沒有，他不服氣，去問認識的律師，對方說這種事沒辦法處理，後來就不了了之。」

患者「哦」了一聲，「不能處理啊。」

「我也不太清楚，不過醫療疏失不是很難證明嗎？我們一般人沒辦法啦！又沒有醫學常識，醫院裡的事情他們一瞞，我們就沒轍了。」

「這麼一想，還眞有點可怕。」

「是啊，所以我才問你待在這家醫院要不要緊。」

「你問我，我也答不上來啊。只是割個息肉而已，應該不會出什麼離譜的大錯吧。」

「只能求老天保佑了。」

兩人摁熄了菸，回到醫院。七尾等他們離開後，才拿下夾在耳上的菸。在他們談話時，他把第一根菸丟進菸灰缸，又費了一番工夫，才點燃第二根菸。

關於MRSA感染，七尾稍有認識。所謂的MRSA，指的是葡萄球菌由於某種原因產生抗藥性。葡萄球菌本身可說是無所不在，健康的人不會發病，只不過，病菌有了抗藥性就另當別論。經常在幼兒、老人、住院患者身上發病，因為沒有特效藥，引發腸炎、肺炎，甚至敗血症而喪命的例子時有所聞。光是聽到「院內感染」這四個字，的確很容易認定是醫院管理不善，實際上，無法預測細菌是由誰或是經由何種媒介感染，要做到完全預防幾乎不可能，最多只能將發病的患者隔離、針對症狀予以治療。只要在這方面沒有缺失，就不能追究醫院的責任。依剛才那兩人的談話內容，七尾認為帝都大學醫院並沒有錯。只有在判定感染原因明顯是出於預防工作不足，以及發病後的治療不當時，才能追究醫院的責任。

何謂醫療疏失？其實相當難以定義。《醫事法》將其定義為「醫療行為造成有害結果時之所有醫療事故」。其中，除了不可抗力因素所造成的案例之外，均視為醫療疏失，也就是因故意或過失所引起，但通常不會有故意的情況。

依照這種說法，感覺醫療疏失的定義相當明確，然而現實中，問題在於是否為不可抗力。官司中雙方爭執的，絕大多數都是這一點。

至於箇中原因，主要是患者與院方對事故肇因的看法不同。當事故發生時，包含醫師在內，院方會將原因訴諸於無可避免的外在因素，如疾病的特性或患者的體質等。相對於此，患者則將焦點放在醫護人員的能力不足、疏忽等個人因素上，這麼一來自然會產生衝突。

那封恐嚇信便刺激了這部分的衝突，患者們的心情顯然受到影響。這是否也是犯人的目的，七尾還不知道。

特殊犯搜查二組還不能說已將這個案子正式列入調查。七尾和坂本正在帝都大學醫學院和醫院收集情報。醫院事務局的說法不能當眞，因爲無法判斷他們是否眞的將一切開誠布公。

公開醫療疏失，並爲此道歉——

犯人二度要求的內容究竟是指什麼，七尾目前尚未完全掌握。至少，帝都大學醫院這幾年沒有發生這類糾紛。大約十年前曾發生一個案例，一名患者被診斷爲胃癌，接受胃部切除手術，事實上只是胃潰瘍，不需要動手術。這個案例已由主治醫師道歉，患者與院方達成和解。

恐嚇信若是單純的惡作劇，當然沒問題，如果不是，犯人應該有明確而堅定的動機。這麼一來，犯人今後可能會揭露引發其動機的事實。七尾如此推測。

也許，在那之後的發展才是關鍵。

然而，想到這裡，他兀自苦笑，一種自虐的笑。等到案子眞的成立，他大概會被調離第一線吧。

兩年前，曾發生一起大型信貸公司遭到恐嚇的案子。犯人持有公司客戶名單，威脅要在網路上公開，恐嚇信也是透過網路寄發。

七尾等人分析電子郵件，查出犯人主要是利用新宿的網咖，最後，埋伏的調查員成功逮捕了犯人。犯人是該公司的離職員工，離職前帶走了顧客名單。

到此為止，並無任何問題，直到在犯人掌握的名單中有了驚人發現後，事態才趨於複雜。那份名單是前科犯的詳細資料，包含姓名、住址、前科、外貌特徵等，多達數千人。能夠蒐羅這種資料的組織只有一個，這件事一定有警視廳的人涉足。

然而，接下來的調查工作便沒有進展，正確的說法是遭到高層的打壓。七尾感到焦躁，因為警方又要護短，重蹈這種遭人批判的覆轍。

七尾依自己的判斷採取了行動。他查出該公司內有前任警察，並調查與他們接觸的人。最後，他查出某位人物。驚人的是，對方身居警察廳的要職，而且有收受該公司高額報酬的嫌疑。

然而，七尾的調查在這裡被打斷。他奉命調查別的案子，一件不足以出動警視廳的小案子。

不久，有警察廳的人遭到逮捕，但與七尾追查的人物完全無關。然而，警方並未針對此事做更進一步的調查。即使在野黨議員曾在國會提出形式上的質詢，國家公安委員會委員長的答覆也僅止於形式——「將加強處理，以防類似案件再度發生」，如此而已。

之後，七尾不斷遭受到無形的壓力。像此次這樣，替無法確定是否為惡作劇的案子做基本調查，是他的主要工作。若正式展開調查，他的名字便會被排除在負責人員的名單之外。

警察的使命究竟是什麼？他每天都不禁質疑。防範犯罪，一旦犯罪發生，盡全力逮捕犯人，原本應該是如此，但他實在不敢說，現今的警察組織具備徹底實踐的系統。

他想起尊敬的前輩冰室健介的話——人生而負有使命。每當他細細體會這句話，焦躁感便油然而生，被一種沒有完成使命的不安淹沒。

第二根菸快燒到濾嘴了。他把菸丟進菸灰缸，走進醫院。進門之後，左側是警衛室的窗口。

「有沒有什麼狀況？」他問其中一名警衛。

「沒有。」中年警衛搖搖頭。

七尾點點頭，開始往前走。

一名男子從走廊上的廁所走出來，可能是骨折病患，他的右手臂從肩膀吊了起來，外面有一名女子在等候。

「好快呀。」女子說。

「裡面有人。我們找別的廁所吧，那個人還哼歌哼得很高興。」

這對男女離開後，七尾經過廁所。走了幾公尺，他又折返，打開廁所的門。

說不上是直覺，七尾不相信所謂刑警的直覺。他感覺有異的，是哼歌這個說法。

男廁有兩座並排的小便斗，裡面有一個大號用的廁間，門是關上的。剛才那名男子應該是想上大號吧。

七尾順便小解，豎耳聆聽，裡面的確傳來哼歌聲，還有衣物磨擦聲、卡鏘卡鏘的金屬撞擊聲，可能是皮帶之類的吧。

七尾離開廁所。這道走廊位於夜間出入口旁，白天很少有人經過，現在也沒人。

他停下腳步，總覺得不太對勁，於是再度走進廁所。

裡面持續傳出哼歌聲，以及衣物磨擦聲。

既然發出聲音，裡面的人應該沒昏倒，但他還是敲了敲門。「請問，你還好吧？」

果然沒回應，七尾緊張起來。

他伸手扭動門把，一轉就開了，原來沒上鎖。他直接把門打開。

就在這一瞬間，他聽到卡嚓一聲。與此同時，他確認裡面空無一人，馬桶蓋是蓋上的，上面放著一個東西，像是黑盒子。

七尾立即察覺有危險，下一秒，盒子便猛烈地噴出煙霧。

20

透過玻璃窗，可眺望外面的庭園。燈光下，樹叢間蜿蜒的流水閃閃發亮。看著這幅景象，讓人不禁忘記這裡是飯店的五樓。

與夕紀隔著餐桌，坐在斜對面的西園頻頻看手表。約的是七點，還有一些時間。他們太早從醫院離開，但夕紀能夠理解西園急著走的心情。常常只要晚一步離開，就得留下來替被緊急送入的患者看診。

西園的表情起了變化，他朝著入口處舉起手，只見女服務生領著穿灰色套裝的百合惠進來。她的視線在西園和夕紀之間交互移動，一邊走往餐桌。夕紀向她微微點頭。

「對不起，你們等了一陣子嗎？」百合惠問西園。

「不，沒等很久。我們太早到了，因爲還是放不下心。」

「很緊張?」

「有點。」說著,西園看著夕紀一笑。

百合惠在夕紀身旁的椅子坐下。

「道孝呢?」

「還沒到。剛才他來過電話,應該快到了。」

「是嗎?工作怎麼樣?沒問題嗎?」百合惠問夕紀。

「不能算是沒問題,但西園教授叫我一定要來。」

「今天是特別情況。不過,上次也是特別情況。」西園看看夕紀,又看看百合惠。

「不曉得道孝的事提了嗎?」百合惠問道。

「在計程車上提了一些,不過,詳細情況我想等本人來了再說。」

也對,百合惠點點頭。夕紀感覺到她似乎也有點緊張。

「道孝」是西園兒子的名字。正如西園所說,他是在計程車上告訴夕紀的。

「親愛的,喝點東西吧?」

聽到百合惠對西園這麼說,夕紀放在膝上的手不由得緊握。親愛的——

「也好,喝點啤酒吧。」西園看著夕紀,「妳也喝啤酒嗎?」

「不用了,我隨時可能會被call回去,喝茶就好。」

西園沉思般稍微抿了一下嘴,點點頭。

「也對。那妳呢?」他問百合惠。

「我也喝茶。」
「好。」
西園叫來服務生，點了飲料。
看他在脫上衣，百合惠立刻從旁幫忙，然後接過上衣，招手叫服務生，動作極其自然。
夕紀心想，他們就像一對眞正的夫妻。同時她也感受到，在自己不知情的狀況下，兩人已逐漸建立起夫妻關係。
啤酒和日本茶送上桌了。當夕紀拿起茶杯時，西園往入口處望去，低聲說：「喔，來了。」
一名穿深色西裝外套、約三十歲的男子，大步走來。一頭長髮似乎染過，那雙眼睛和輪廓分明的西園很像，但其他部位略顯平板，給夕紀一種中性的印象。
「您好，抱歉我來遲了。」他以清晰的口條向百合惠道歉。
「沒關係，我也才剛到。」百合惠回答。
從這番應答，夕紀得知他們早已認識。
年輕男子一看到夕紀，表情變得有點嚴肅。
「我先來介紹一下。冰室，這就是剛才跟妳提到的，我的兒子道孝。」西園對夕紀說道。
她站起來，行了一禮：「你好，我姓冰室。」
「啊……我是道孝，父親平常承蒙照顧。」道孝也起身點頭致意。
「先坐下吧！道孝也是，請坐。」

在百合惠的招呼下，道孝在夕紀的對面坐下。

「怎麼好像相親啊。」西園這麼說，除了夕紀以外的三個人都笑了。他們點的是懷石料理。在動筷子的空檔，西園頻頻向道孝詢問在美國的工作和生活。夕紀堅守聆聽者的立場，確切地說，她在用餐時小心翼翼地避免多說一個字。從他們的對話中，聽得出道孝似乎準備在電影製作公司旗下的某個特殊攝影公司工作。

「不要再提我的事啦，我倒想聽聽醫院的事。」道孝露出苦笑。

「你想知道這些做什麼？」

「不是問老爸，我是問夕紀。」

突然聽到自己的名字，夕紀不由得抬起頭。道孝直視著她的眼睛。

「怎麼樣？對妳來說，西園教授是怎樣的上司？」

「別鬧了。」

「老爸別開口，我是在跟夕紀講話。」道孝嫌吵似地揮揮手，再次問：「欸，怎麼樣？」

夕紀放下筷子，低著頭等待救援，但西園和百合惠都沒作聲。她這才發現，他們也很想知道她的回答。

夕紀抬起頭，但不至於和道孝四目相對。

「西園教授身為醫師，擁有高超的技術和知識，經驗也非常豐富，有許多值得我學習的地方，雖然我沒有資格說這種話。」

「這種場合眞教人坐立難安。」西園難為情地說道。

「眞是好學生的標準答案。」道孝語帶諷刺，接著又問：「那麼，是値得尊敬的醫生嗎？」

夕紀一頓，才回答：「是的，當然。」

「妳剛才猶豫了一下吧？」

「沒有啊……」

「那麼，我再問一個問題。」道孝豎起食指。

「喂，夠了吧，別爲難她。」

「老爸，你不要插嘴，這是很重要的問題。」

道孝的話讓夕紀抬起頭來，與他視線交會。他並未轉移視線。

「西園陽平作爲父親，妳覺得如何？」

夕紀的心臟劇烈跳動。她感覺旁邊的百合惠屛住了氣息。

「別鬧了。」西園以手肘撞著兒子的胳臂。

「我想了解一下，老爸也是吧？確認這一點，不就是今晚聚餐的目的嗎？」道孝以不符合那張中性面孔的強硬語氣這麼說，接著對夕紀燦然一笑。「別客氣，儘管說。聽到妳的回答，我才能放心去美國。」

這個單刀直入的問題，讓夕紀不知如何是好。從道孝的口吻，聽得出他並不反對兩人再婚。不僅如此，他還強烈意識到，這個即將成爲繼母的女性的親生女兒。

在這之前，夕紀很少想到西園的家人。她一直煩惱著能不能把他當成父親。然而，這樁婚姻畢竟不止關乎百合惠和西園。這一刻，她對此再度有了深刻的體認。

「怎麼樣？」道孝又問。

夕紀吐出一口氣。

「老實說……我不知道，對不起！」

夕紀的眼角餘光瞥見西園在點頭，她不知道百合惠是什麼表情。

「妳贊成他們的婚事嗎？」道孝緊追不捨。

「我不反對，也沒有反對的理由。」

「不反對，但也不積極贊成，是嗎？」

「喂，你夠了吧！」西園似乎忍無可忍，喝斥道：「她說不知道，是非常誠實的回答。她只認識在大學和醫院的我，因爲我們只有在身爲教授和住院醫師的立場上才有接觸。在這種狀況下，你問那種問題，她當然答不出來。」

「可是，總不能一直這樣下去吧？這跟年輕男女結婚不同。」

「這種事用不著你說我也知道，所以我不急。我打算讓冰室好好想，花多少時間都沒關係。」

「你要她怎麼想？」

「什麼？」

「我是問你，你要她怎麼想？照現在這種情況，不管再過多久，夕紀也只看得到你身爲大學教授或是醫師的樣子，怎麼判斷你適不適合當她的父親？」

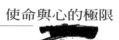

道孝的話讓西園陷入沉默，於是百合惠開口。
「有什麼關係？這種事情眞的很花時間。夕紀當住院醫師的期間，也很難去想……」
「我——」夕紀說：「認爲這是媽媽的人生，只要她覺得好，我沒有任何不滿。」
「妳眞的這麼認爲？」道孝盯著她。
眞的，夕紀點點頭。
「我非常肯定，這不是我該干涉的事。」
「既然妳這麼想，那就好。」道孝移開視線，伸手去拿啤酒。
接下來的談話有些冷場，尷尬的氣氛包圍四人。道孝或許認爲自己應該負責，便對西園說：
「對了，那起恐嚇事件怎麼樣了？好像有不少傳聞。」
西園停下筷子，「傳聞？」
「我有朋友在出版社工作，他告訴我，犯人的目的是揪出帝都大學醫院的醫療疏失，這是眞的嗎？」
西園呵呵一笑。
「發生這類事件的時候，不負責任的揣測總是滿天飛，要一一應付還得了。」
「是有人捏造的嗎？」
「我不知道犯人有什麼目的，也沒聽說醫院有什麼醫療疏失。或許有人知道些什麼，但那個人不是我。」

「可是，如果不是惡作劇，還是得仔細想一想吧？要是醫院被裝設炸彈怎麼辦？」

「那不是我們該擔心的事。」說完，西園的表情一變，手伸進西裝內袋，站了起來。「失陪一下。」

看來是手機響了。夕紀感到奇怪，如果是醫院打來的，怎麼不是自己的手機先響呢？難道發生什麼必須請西園到場的事嗎？

西園很快回來，表情益發嚴肅。

「抱歉，我有事得回醫院，必須先走。」

「發生什麼事？」百合惠的聲音有些悲壯。

「不是什麼大不了的……」說到這裡，西園不禁語塞。大概是發現夕紀和道孝不安地望著他吧。

西園環顧四周，傾身向前，低下頭小聲地說：

「醫院發生小火災，似乎是那個犯人搞的鬼。」

夕紀倒抽一口氣。

「是炸彈嗎？」她會這麼說，是因爲剛才道孝的話還停留在腦海。

西園淡淡一笑，搖搖頭。

「電話裡聽起來不是，只是消防車也趕到了，事情鬧得不小。總之，各科教授都要集合。」他看著百合惠說：「抱歉，之後拜託妳了。」

「現在回醫院沒問題嗎？危不危險？」

「聽說已沒有危險。假使眞有危險，我更要趕過去，醫院裡有很多我的患者。」

「教授，我也去。」夕紀跟著站起來。

西園猶豫片刻，隨即點頭說：「好。」

21

事務局長笠木的表情僵硬，雙眼充滿血絲，嘴唇發白。在他旁邊的小野川院長不時發出沉吟。從兩人身上感覺得出一個共同點，就是畏怯。害怕遭遇危險的同時，想必也深怕失去目前的地位。

特殊犯罪搜查二組的組長本間和義，從檔案資料中抬起頭來，凹陷的眼窩射出銳利的目光，不客氣地盯著兩名醫院負責人。

「院方掌握的醫療疏失，眞的只有這六件嗎？還眞少啊。」

「不，剛才說明過，那不是醫療疏失。我們舉出的六件案例，只是容易引起誤會而已，往後可能還會出現幾例。」正在說明的笠木，汗水從太陽穴滴落。

「事實上已出現。」小野川喃喃地說：「以前在醫院接受治療的患者或家屬，要求說明當時治療內容的案例，每一科都增加了。」

「哦——」本間頗感興趣地看著院長。

「應該是受到恐嚇信的影響。由於信中的內容洩漏，造成不實的傳聞，以前的患者和家屬才會找上門。因爲對治療結果不滿的患者不在少數。」

「那些案例不叫醫療疏失嗎？」本間蓄意作弄般揚起嘴角。

小野川不悅地瞪大眼。

「每一件病例我們都盡了全力，沒有問題。」

「如果是事實，應當不會出現這樣的犯人吧。」本間的視線再度回到檔案資料上。

「有沒有可能是惡劣的惡作劇？」笠木求救似地望著本間。

「這也不是不可能，不過現在不能仰賴這種不切實際的期望吧。」

噢……笠木嘆氣，垂下肩膀。

看來組長挺賣力的，在一旁聆聽這段對話的七尾暗想，否則他不會主動提問。

裝設在男廁的機關只是一個發煙筒，設計成一開門就會噴出煙霧。

當然，由於無法立即判別，七尾一發現馬上後退，以爲是爆裂物。注意到廁所冒煙的醫院員工按下警報器，也不能說是判斷錯誤。

警衛趕到時，七尾已察覺冒煙物體是發煙筒。過了幾分鐘，火災警報器才停止。

消防車不久就趕到了，一確定沒有火災，隨即撤退。可是，將濃煙完全排出花了一個多小時，而引起騷動的醫院要回歸平靜，所需的時間更多。

調查員自中央警署趕來，接著，七尾的警視廳同事也來了。本間組長也在其中。

現場由鑑識人員進行調查。這段期間，七尾在醫院的事務局向本間等人報告事發經過。對警方而言，發現者非一般民眾確實省事許多，但這個人偏偏是七尾，本間有點傷腦筋。

現場發現了一封恐嚇信，內容如下：

至今已發送兩封警告函，卻仍未得到誠懇的回應。不僅如此，你們對媒體隱瞞警告函主旨所在的醫療疏失等敘述，非常沒有誠意。

若是小看警告者的執行力，或認定警告函純屬惡作劇，便大錯特錯。為此，雖非本意，我方仍決定進行模擬實驗。想必你們現已確認，我方設置的物品為無害的發煙筒。然而，換成炸彈將會如何？你們能在爆炸前發現嗎？萬一爆炸，受害情況會有多嚴重？你們還要做出不會出現犧牲者這等愚蠢的推測嗎？

如何評價我方的執行力是你們的自由，不過，這是最後的警告。下一次，就不是發煙筒了。

警告者

到了這種地步，警視廳不能再採取觀望的態度。本間會親自出馬，也是因為有了危機意識，認為這不僅僅是惡作劇。

離開事務局之後，本間命令部下立刻清查向醫院投訴的所有人。

「犯人會刻意做這種事嗎？」

本間瞪著唱反調的七尾：「什麼意思？」

「向醫院投訴，我認為犯人不會做出引起警方懷疑的舉動。」

本間用手裡的檔案夾抵住七尾的胸口。

「也有可能是掩飾吧！」

「掩飾……是嗎？」

「警方一出動，一定會針對醫療糾紛進行調查。不管有沒有來投訴，凡是可疑的案例，所有相關人士我們都會清查。犯人可能會對此採取防禦措施。」本間以銳利的目光掃視部下，一邊說道。

七尾沒再提出異議，與坂本一同進行調查。然而，他仍舊認爲犯人不會出現在如此單純的調查中。他判斷的依據，來自與發煙筒一起被發現的另一個機關。

發煙筒放在馬桶蓋上，旁邊有一架小型錄音機，錄製了一段男性哼歌聲及整裝穿衣的聲音，不斷重複播放，目的是爲了延遲開門的時間。若沒有聲音，廁所門卻一直呈現關閉狀態，在醫院這種場所，很快就會有人試著開門。事實上，連七尾也被錄製的哼歌聲所騙，差一點就錯過了。

如果犯人設置那種機關的目的，只是爲了確保逃走的時間，確實沒什麼好追究的。若目的僅止於此，犯人只要把機關裝設在更不醒目的地方，以定時器啓動發煙筒即可，爲何沒有那麼做？在技術層面上，門一被打開，發煙筒便同時啓動，顯然是犯人辦得到的範圍。

大膽選擇在男廁這種不特定多數人利用的地點裝設機關，七尾認爲這是不容忽視的線索。其中的特徵，與先前兩封恐嚇信相同。犯人不單針對醫院，也對利用醫院的民眾強調他的犯罪行爲。

七尾不相信糾舉醫療疏失是犯人唯一的目的，他強烈感覺到恐嚇信及這次的發煙筒騷動，都是犯人爲了即將執行的某種計畫所做的準備。

明天起，醫院的警備會更嚴密。不，今晚警衛人數已增加，還會派駐警察，甚至像防範恐怖分子的機場，連垃圾桶都撤除。如此一來，犯人要隱藏爆炸物就困難多了。

然而，犯人不可能沒預期到這種情況。七尾認爲，如果犯人笨得連這一點都想不到，也不會設計出這些機關。

警方介入和警備加強應該都在犯人的計算之內，同時，犯人也料到醫院不會向恐嚇者屈服。

即使如此，犯人還是引起發煙筒騷動。這是爲什麼？

七尾推測可能性有三個。其一，犯人終究不是認眞的，也沒有裝設炸彈的意思。其二，犯人有自信突破重重警備，裝設炸彈。

最後一個可能是——

除了恐嚇之外，引起發煙筒騷動還有其他目的。

22

夕紀結束所有工作時，已將近凌晨一點。不過，不是有患者病情突然惡化，或是有緊急手術，而是和西園一起返回醫院的她，必須處理一大堆繁重的事務性工作。

因爲發煙筒騷動讓患者驚慌不已，陸續有患者提出希望轉院或暫時出院的要求。平常醫院在這個時段並不受理這一類申請，但若是拒絕，萬一眞的發生爆炸事件，有人受害，醫院便無法推卸責任。於是，作爲臨時應變措施，院方決定在事件解決之前，二十四小時開放受理。

處理轉院時，必須安排能接手的醫院。即使是出院，也因爲病患幾乎都還沒痊癒，必須詳細討論今後的治療方案。無論是轉院或出院，從塡寫病歷開始，有種種流程需要處理。光是塡寫出院的摘要，比如確認診斷病名、併發症、手術名、抄錄住院經歷等等，時間便飛也似地過去了。

當夕紀處理完畢，回到辦公室時，元宮正一臉疲憊地喝著即溶咖啡。他抬眼看到夕紀，低聲說「辛苦了」。

「您也辛苦了。」夕紀用自己的馬克杯泡起咖啡。

「弄好了嗎？」

「告一段落了。元宮醫師那邊呢？」

「算是處理完畢，不過傳票類的工作丟給護理師們了。」他按按肩膀，轉動脖子。「眞要命，沒想到會變成這樣。」

「當初醫院收到恐嚇信時，患者似乎都以爲是一場惡作劇。」

「現在出現炸彈啦。」說完，元宮又改口。「不對，是發煙筒。不過，發生這種事，誰都會害怕，老實說我也是，心都定不下來。」

夕紀默默往馬克杯裡倒熱水，其實她也有同感。

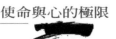

「我猜錯了。」

「猜錯？」

「我一直以爲是惡作劇。當然，現在還是有那種可能性，不過情況跟只收到恐嚇信的時候不一樣了。我眞是小看了犯人。」

夕紀在元宮的對面坐下。

「警方也有不少人這麼想。」

「聽說，明天會撤掉垃圾桶，增設監視錄影機。還有，到處都會派警察站崗，氣氛會變得很森嚴。警方一定也很擔心，因爲妳一發現恐嚇信，醫院就報警了。要是眞的出了什麼事，警方脫不了責任。」

夕紀想起七尾。打從一開始，他便不認爲這是單純的惡作劇，現在他又會怎麼想呢？

夕紀喝著咖啡，看到沙發上的提包。那是西園的東西。

「教授還在嗎？」

「在跟警方和事務局的人開會，明天起施行的方針還搞不定。」

「這是指……」

「簡單來說，就是討論診療業務該怎麼辦。警方希望醫院暫停業務，這當然行不通。住院患者還是很多，醫院必須正常運作，而且已預約的患者，一定也會有人明天照常上門吧。可是，要接收多少名額就很難決定了。」

「比如，拒收初診的患者？」

「我想這麼做很恰當，畢竟無法預測犯人會怎麼混進來。總不能像東京巨蛋那樣，派人檢查民眾的隨身物品吧。」

原來還能這麼做啊，夕紀心裡再度產生危機感。仔細想想，不止這一次，之前收到恐嚇信的時候，犯人恐怕也是喬裝成患者接近醫院。
夕紀心想，若照平常的做法，毫無限制地開放，那麼從明天起，經過候診室難免會以懷疑的眼光審視患者。
「今晚妳本來在跟教授吃飯吧。」
突如其來的一句話，讓夕紀吃驚地看著指導醫師。他微微一笑：
「教授已把他和妳母親的事告訴我了。別擔心，我不會告訴別人。」
「您之前就知道了嗎？」
「從妳分配到這裡的時候。要裝作不知道是有點麻煩，不過我能理解教授的想法，他不希望招致不必要的誤會。」
「那麼，爲什麼現在……」
「妳的研修快結束了。結束之前，還有一場大手術吧？島原先生的手術。妳應該會以助手的身分參加。在那之前，我有話想跟妳說。」
「什麼話？」
「以後，如果要和妳共事，就算妳是教授的女兒，我對妳的態度也不會改變。妳是一個初出茅廬的醫師，連半吊子都還算不上。該盯妳的地方我會盯，該誇獎的時候我不會吝嗇。」
「當然，請您務必這麼做。」
「西園教授也表示會以同樣的態度對待妳。就我所見，教授的話不假，問題在於妳。」
夕紀抬起頭，只見元宮流露認眞的目光。

「母親再婚，這種經驗我沒有，所以這麼講可能很不負責任，但妳已是成年人，是不是該給他們一點空間呢？」

「您的意思是……？」

「我是指，應該分清楚妳是妳，妳母親是妳母親。」

「我分得很清楚啊。」

「是嗎？我實在不這麼認爲。妳看教授的眼神，還是不太自然，有點勉強。這樣是當不了助手的。」

夕紀垂下視線，嚥下變涼的咖啡。

「妳反對他們結婚嗎？」

「沒有啊，我不反對……」夕紀搖搖頭，「只是有些……介意。」

「只是這樣嗎？」元宮仔細觀察她的表情。

「您認爲有其他原因嗎？」

「那就好。我只是覺得，如果妳心裡有什麼疙瘩，希望在手術前消除。手術中，團隊合作是最重要的。」

「我知道。對不起，讓您擔心了。」夕紀低頭行一禮。

她心裡有疙瘩是事實，但原因是元宮想像不到的。她不能在這時候講出來。

元宮似乎還有什麼話要說，一直看著夕紀。他嘆了一口氣，放下咖啡杯。

「妳見過教授的兒子道孝了吧？」

「是的。」夕紀點點頭。西園竟然連這種事都說了，她感到很意外。

「教授說他是個浪蕩子，其實他頭腦相當好，而且十分懂事，應該能跟妳處得不錯吧。」

「您見過他嗎？」

「見過幾次。他一定很高興自己有妹妹。」

「他是獨子吧？」

「是啊，不過，不是一般的獨子。如果妳以爲他是被寵大的，就大錯特錯了。因爲一直以來，他都沒有母親，而且他本來有個哥哥。」

「哥哥？」這倒是夕紀第一次聽說。「怎麼回事？」

「很久以前死於意外。那時候道孝年紀還小，但想必受到非常大的打擊。」

夕紀看向沙發上的提包。

「我沒聽過這件事。」

「教授大概不想提吧。」

「是怎樣的意外？」

「是——」元宮本來要說，卻搖搖頭。「算了，這件事就別再提了。我不知道確切的經過，這件事也不該由第三者來說。總有一天，教授會告訴妳吧。」

元宮說得十分含糊。

他拿著空杯站起來時，門開了，進來的是西園。

「怎麼，你們還在啊。」他看著夕紀和元宮。

「因爲要處理患者的手續……」夕紀解釋。
「好像突然多了不少想轉院、出院的患者，辛苦你們了。」西園癱倒般往沙發上一坐。
「明天的業務怎麼決定？」元宮問道。
「照常進行，總不能把上門求助的患者趕回去。不過，發煙筒騷動上了新聞，要不是有什麼特殊理由，一般人應該會敬而遠之吧。」
「明天安排好的手術也沒變更，是嗎？」
「沒錯。」
「那麼，我想早點回去，稍微休息一下。教授，您辛苦了。」
「噢，你也辛苦了。」
元宮一走，室內的空氣頓時變得令人窒息。夕紀走到流理台洗馬克杯。
西園嘆了一大口氣。
「好累的一天，妳也累了吧？」
「我不要緊。」
「平常住院醫師的負擔就很重了，又發生這種事，實在難熬。剛剛其他教授也討論過，在事件告一段落之前，住院醫師可以暫停研修。」
夕紀停下手，轉過身。
「您是指……」
「在事件解決之前，住院醫師在家待命。依目前的狀況，研修機制很難正常運作。若是發生什麼狀況，危及住院醫師，該怎麼賠償也是問題。說得實際一點，住院醫師並不屬於醫院的正式編制。」

「這是強制性的嗎？」

「不，是依照本人的意願。」

「既然如此……」夕紀面對西園，「我要繼續研修。請讓我繼續。」

西園意外地望著她，微微點頭。

「好吧。只是，這樣就得在事務局的文件上簽字，就是同意書，以防萬一。」

「我知道了。」

「那麼，我也要回去了。」西園拿著提包站起來。「我送妳吧？」

「不了，我還有些事要做。」

「是嗎？不要太勉強自己。」西園走向門邊，忽然又停下腳步，轉頭說：「我爲道孝的無禮向妳道歉，妳心裡一定很不愉快吧。」

「不會……」

「他並不反對婚事，只是從一開始就十分在意妳。」

「我？」

「他吵著要見妳一面，有話想當面跟妳說，沒想到他竟然會那樣爲難妳。」

「我一點都不在意，請不用擔心。」

「那就好。」

西園轉過身，這次換夕紀叫住他。「教授……」

「什麼事？」

夕紀嚥了一口唾沫才開口。

「聽說您還有一個兒子，是眞的嗎？」

一瞬間，西園顯得有些狼狽，但他隨即沉著地點點頭。

「元宮告訴妳的嗎？是眞的。有二十年了吧，他死於意外。」

「我母親知道這件事嗎？」

「知道，我本來打算將來再告訴妳。」

「是車禍嗎？」

「嗯，上學途中，被卡車撞到，那時候他才十四歲。」西園以局外人般的平淡語氣回答。

「怎麼了？」

「沒有……」

剛才元宮的說法讓她很在意。那種口吻，像是有更複雜的內情。

「是作父親的我的疏忽，明知那裡的交通流量大，還讓他騎腳踏車上學。所以，我絕對不准道孝騎腳踏車。」西園好似看著遠方，然後視線又轉向夕紀。「妳想知道詳情嗎？」

「不用了。我……對不起，讓您想起傷心事。」

「二十年了，我已不要緊，倒是……」西園以食指指向夕紀的胸口，「聽說島原先生不出院也不轉院。按照預定，星期五動手術，麻煩妳做好準備。」

西園露出心臟外科醫師的神情。

了解——夕紀以住院醫師的正式口吻回答。

23

上午十一點剛過不久，身穿迷你裙的望從建築物的轉角現身，手上提著便利商店的袋子。即使在遠處，也看得出她的腳步並不輕盈。

她走到離公寓十公尺的地方，便打開包包翻找，大概是在找鑰匙吧。拿出鑰匙後，她打了一個呵欠。

穰治小跑步過去，她沒注意到，於是他說了聲「嘿」。

望雙眼無神地看過來，隨即睜大了眼。

「穰治，你怎麼在這裡？不用上班嗎？」

「我去客戶那裡開會，本來要回公司，想說順道過來看看。發現妳還沒到家，就在書店打發時間。要是沒等到妳，我就會回公司。」

「原來如此，對不起喔。所以我才說要打一把鑰匙給你啊。」

「不用啦，我不喜歡那樣。」穰治搖搖手。

拿了鑰匙，總有一天得歸還。那是貴重物品，用寄的不放心，而且他不想讓望懷有太大的期待。如果拿了她的鑰匙，她一定也會想要穰治的鑰匙吧，最後可能會提出同居的要求。

「妳今天好晚啊，繞去哪裡了嗎？」

「我只是去便利商店買東西。這麼晚回來，是因爲跟日班交接花了很多時間。」

一進家門，望就提著便利商店的袋子走進廚房。

「我來煮咖啡吧。」

「妳累了吧？我喝冰箱裡的飲料就好。」

「那麼，啤酒？」

「傻瓜，我還要回去上班耶！」

「啊，對喔。」

望從冰箱裡拿出寶特瓶裝的日本茶。

「昨天事情很多嗎？」穰治往玻璃杯裡倒茶，一邊問。

「對呀，你好清楚。」望脫下迷你裙，換上運動褲。赤裸裸的肌膚多少勾起了慾望，但穰治摒除雜念。

「因爲電視新聞播報了好幾次。」

「果然。來了好幾輛警車，也有電視台的人來採訪。一開始是消防車先衝進來。」

「可是，沒發生火災吧？」

「聽說是被裝了發煙筒，眞的好險。要是炸彈的話，不曉得會變成什麼情況。」談話內容應該是很嚴肅的，望卻說得事不關己。

穰治有些不安，擔心對醫院相關人士的威嚇效果不如預期。

「醫院裡的人怎麼樣？是不是嚇壞了？」

「當然，大家都嚇了一跳。火災警報器響的時候，我在病房裡，吊點滴的患者想逃跑，不小心跌倒，人人都大呼小叫的。我搞不清楚到底是怎麼回事，回到護理站詢問，前輩們也驚慌失措。」

「居然沒人受傷啊。」穰治說出暗自擔心的事。

「有人跌倒受傷，不過沒人受重傷，因爲醫院很快就廣播說明不是火災。」

「那眞是太好了。」穰治由衷地說，「沒有急診病患嗎？」

「幸好沒有，一般門診的時間早就過了，醫院裡人不多。從醫院窗口看出去，人倒是很多，不過都是來湊熱鬧的。」

望從袋子裡拿出三明治和瓶裝礦泉水，似乎準備吃飯。

「要不要吃一點？」

「不用了。我看今天早上的報紙，說是上次那個恐嚇犯搞的鬼，是嗎？」

「聽說是的。我們知道的，跟新聞報導的內容差不多。」

穰治推測是醫院嚴防護理人員把消息洩漏給媒體，也可能是警方的指示，但醫院肯定是怕傳聞失控。

「那患者呢？他們不知道詳細情況，壓力不會很大嗎？」

「這最麻煩了。」望撕開三明治上的包裝紙，皺起眉頭。「他們會跑來問到底怎麼回事，發現我們也不清楚，就罵我們不負責任。警方和事務局的人都沒考慮過我們的立場。遇到這種狀況，患者當然會想知道詳情啊！明明爲了治病才住院，要是遇到什麼炸彈事件，眞的很倒楣。就是不解釋清楚，患者才會嚇得跑掉。」
「跑掉？」穰治揚起眉毛，「怎麼說？」
「從昨晚就一直有人說想出院，也有人想轉院。之前就跟患者提過，想出院或轉院可以提出來，幾乎沒人有反應。可是，經過昨天那場騷動，應該說是發煙筒事件吧，患者開始覺得這不是惡作劇，連狀況不好的病人都想出院。」
「這樣的人很多嗎？」
「對呀。起初還好，昨天有幾個人說要走之後，每個人都急著離開。所以，院方表示二十四小時都能辦理出院或轉院，結果換我們累壞了。醫師忙著寫病歷，做最後一次檢查，我們也有許多手續要辦。我忍不住跟朋友抱怨，既然如此，乾脆把患者全轉到別家醫院好了。」
穰治暗自竊笑，果然沒白等她回來。
「眞是辛苦妳了。你們還剩下多少患者啊？」
望喃著三明治，偏頭思考。
「走了不少人，剩下的都是沒辦法走動的，不然就是加護病房的重症病人。正確人數我就不清楚了。」
還有人留下來啊——穰治不禁嘆氣。不過，這也在他的預料中。他不指望患者會走得一乾二淨。
他默默盤算，不能再示威了。那個發煙筒機關已是極限，接下來就要玩眞的了。
「對了，」他若無其事地問：「島原總一郎呢？」

「啊，那個唯我獨尊的太上皇還在。」

望的這句話，比任何名言都教穰治感動。

「他不出院嗎？」

「他馬上要動手術了，就在這個星期五，好歹要撐下去吧。我看他打算等手術完就走人。」

「他不想轉到其他醫院動手術嗎？」

「應該不想吧。他就是看中我們醫生的技術，才特地來這裡動手術。」

「也不延期？」

「我想不會再延了，因爲之前延過一次。他似乎有什麼事情不能再拖的樣子。」

一定是汽車展，穰治暗忖。有馬汽車把公司的運勢全寄託在這次展覽上，島原不可能不露面。

「就算把手術往後延，案件要是沒解決也沒意義啊，所以不如趕快解決吧。」望吃三明治的動作停了下來，看著穰治感到不解。「你眞的很喜歡聽名人的八卦，這麼想知道啊？」

「沒有，純粹是好奇，我不會跟別人講的，妳放心吧。」

「拜託，千萬別說出去。」

「安啦，我該走了。」穰治起身，「能見面眞是太好了。」

「下次什麼時候可以約會？」

「我再跟妳聯絡，不會太久的。」

離開公寓後，穰治右手握拳。一切都在預期之中……

24

七尾敲了門，一個低沉的聲音回應：「請進。」

他打開門，首先映入眼簾的，是一個白衣背影。對方緩緩地將椅子轉過來。

「我是西園。」對方說道。

這位是心臟血管外科教授。七尾推測他的年齡應該接近六十歲，但也可能是頂上煩惱絲殘量頗豐，所以顯得年輕。

「我是警視廳的七尾。抱歉，百忙中前來打擾。」

他低頭行禮，西園笑著擺手。

「你是在幫忙，我們提供協助是應該的。」

「不敢當。」

「請坐。」

在西園的招呼下，七尾在空椅上坐下，照例先環視室內。西園面對的書桌前方，並排放著幾張X光片。

「我在電話裡提過，本科關於患者死亡或留下重度後遺症的病例，都已向事務局報告，至少過去五年的資料應該沒有短少。」

「是的。我們目前正針對這些病例進行調查，也拜訪過投訴治療內容的人了。」

西園露出不甚愉快的表情。

「我實在不認為有患者或家屬會做出這種事，至少與本科有關的不會這麼做。每當發生令人遺憾的結果，我們都會詳細說明，也不曾因此鬧上法庭。」

「這一點我知道，所以，今天可否請您稍微換個角度來想？」

「換個角度……你的意思是……？」

「您也知道，這次的恐嚇犯再三提到帝都大學醫院的醫療疏失，卻完全沒提及醫療疏失的詳情。因此，有部分意見認為，犯人或許別有目的。」

「別有目的……是嗎？你是指……」

「例如，損害醫院的權威與信用。」七尾緊接著說：「關於這一點，應該不需要說明吧。聽說經過這場騷動，有大批患者離開醫院。調查貴院過往的週刊等報章媒體，則舉出一些微不足道的過失大作文章。」

「的確傳出一些不好的風評。」

「所以，我們才會懷疑，犯人打一開始便是以此為目的。關於這方面，不知您是否有任何頭緒？」

西園露出苦笑，想了想。

「我想不出有什麼人會因我們醫院風評不佳，而得到好處。」

「即使沒有好處，也能洩恨吧。請不要侷限於醫療疏失，您知道有什麼人對貴院懷恨在心嗎？」

「好偏激的想法啊。」

「沒辦法，畢竟發生了偏激的事件。」

西園的笑容消失，雙唇緊閉，眉宇間出現皺紋，而且越皺越深。

事實上，七尾的上司本間仍認爲犯人是醫療疏失受害者的可能性最高，而且對於後續發展的推論與七尾完全不同。

「犯人眞的以炸彈攻擊醫院的可能性很低。犯人的目的應該是錢，遲早會對醫院提出交易的要求。」這是本間的想法。他推測犯人之所以沒寫明醫療疏失的內容，是怕會留下讓警方追查的線索。

七尾不是不明白本間的想法。威脅企業或大型組織的人，絕大多數最後都會勒索金錢，沒道理將這次視爲例外。

然而，依照犯人的恐嚇方式，七尾實在不認爲是以金錢爲目的。爲了讓醫院外部的人發現恐嚇信，犯人顯然煞費苦心。若只是爲了金錢，通常私下與醫院交涉的成功率較高。

西園仍在沉思。從他的表情，七尾看不出他是想不出符合的案例，還是想到了卻不願開口。

注視著沉思中的西園，七尾突然有種似曾相識的感覺，大腦內一個全然無關的部位受到了刺激。

西園——他對這個姓氏有印象，究竟是在哪裡看到的？

「我認爲……」西園平靜地開口：「如果對醫院懷恨在心，應該還是治療不順利的患者、家屬或是關係密切的人吧。除此之外，我想不出來。」

「例如，醫院的相關人員中，有沒有這樣的人？」

聽到七尾的問題，西園睜大了眼。

「你是指，犯人是醫院內部的人？」

「無法判斷是否仍在醫院裡服務，但或許曾在這家醫院工作，基於某些原因不得不辭職。」

內賊——這種看法在調查小組也獲得許多支持。假使犯人眞想檢舉帝都大學醫院的醫療疏失，第一個問題便是，犯人如何知道這些內幕？由於醫院刻意隱瞞，患者應該不得而知。這麼一來，最可疑的就是醫院內部的人，而且是直接或間接與隱瞞醫療疏失有關的人。

只是，果眞如此，會產生另一個問題——犯人爲何要採取這種迂迴的方式？若想告發，匿名向媒體投書即可。

西園緩緩搖頭。

「我了解你們懷疑內部人員的心情，但不管是不是，這一類問題我都沒辦法回答。恕我不能奉告。」

「我不會向任何人透露是西園醫生說的。」

「我不是這個意思。告密不符合我的個性，況且，我對醫療以外的事都不關心，你們感興趣的內情我一概不知。你來問我，算是白跑一趟。」

七尾苦笑。「我問其他教授同樣的問題，大多得到相同的回答。」

「我想也是。」西園點點頭。

「非常抱歉，在百忙中占用您的時間。」七尾準備起身，「對了，聽說教授這一科在本週安排了手術？」

「排在星期五。」

「很多手術因爲這次的騷動延期，這位患者沒要求延期嗎？」

聽到這個問題，西園似乎有些爲難，把手放在脖子上。

「延期是可行的，但患者本人不願意。」

「希望快點動手術？」

「說是術後有重要的工作，希望趕快治療，好回到工作崗位。」

七尾聳聳肩。「好熱愛工作啊，還是擔心被裁員？」

西園露出意外的表情，看著七尾。

「你不知道嗎？」

「知道什麼？」

西園面露猶豫，接著說：

「就是有馬汽車的島原社長。」

七尾張著嘴，就這麼點點頭。

「這麼一提，我記得他是在貴院住院，調查會議上報告過這件事。原來如此，島原社長是教授的患者啊。」

「是這裡。」西園指著自己的胸口，「前不久在晚報還是哪裡報導過，所以應該不用瞞了吧，是胸部大動脈瘤。」

「要在星期五動手術？」

「預定如此。這場手術有點難度，不過應該沒問題。患者本人滿腦子都在想出院以後的事了。」

「的確，如果是他，可能會把公司業績看得比自己的心臟重要吧。」七尾這麼說，但他和島原總一郎並無私交，只是從媒體報導中對島原產生了這種印象。

「島原社長也很關心這次的事件，不僅手術因而延期，還有長期化的趨勢，他認爲實在可惡。」

「所以才想趕快動完手術，盡早離開這個是非之地嗎？」七尾遮住嘴，「抱歉，我不該說這裡是是非之地，恕我失言。」

西園笑了。

「島原社長倒是說得很明白，希望在手術結束之前，犯人都不要採取任何行動，而且是笑著這麼說的。」

「不少企業首腦都是這種類型。」

「醫師也一樣，會祈禱動手術的時候，什麼事都不要發生。」

七尾點點頭，他能理解西園的心情。

與此同時，七尾想到一種可能性。然而，這只是靈光一閃，因此他沒說出口，再次向西園道謝，便離開了辦公室。
搭電梯來到一樓，走向正面玄關，剛想打開手機電源，便聽到前方有人喊「七尾先生」。只見坂本朝他跑來，臉上寫著不滿。
「你果然在這裡。」
「怎麼了？」
「你還問，今天不是預定到要大學那邊嗎？」
七尾哼了一聲。
「走後門入學跟這次的事件根本八竿子打不著邊。」
警方得到情報，幾年前帝都大學醫學院入學考曾發生舞弊事件，最後未得逞，事件在瀆職員工被捕後落幕。會議中有人提出意見，表示或許與本次事件有關。在場沒有人——甚至連提出意見的本人，都認爲這是一條不可能的線索，但還是決定調查一下。所以，本間指派七尾和坂本執行這項工作。
「也許無關，不過好歹是上頭交代的工作，要是不做，以後就麻煩了。」
「坂本，你眞倒楣，跟我搭檔是撈不到什麼好工作的。」
「既然這麼想，就請你不要扯我後腿。」
「好好好，陪你去總行了吧。」
兩人離開醫院，坐上計程車。坂本要司機開往帝都大學。
「有馬汽車的島原社長目前就住在裡面。」

「好像是，上頭也十分關注這件事。組長其實很想請他轉院。」

「聽說會在星期五動手術。」

「這樣啊。」坂本點點頭，然後沉著臉轉向七尾。「請節制一點，不要依自己的判斷到處調查。我不想因你擾亂分配好的工作，被原本負責的刑警抱怨。」

「我只是替他們省點事。倒是有馬汽車那邊，不久之前似乎出過問題。」

「你是指隱瞞瑕疵車嗎？」

「對，那是什麼情況？」

「詳情我也不太記得，應該是一款新車控制引擎的ＩＣ有瑕疵，可是他們遲遲不處理，結果害死了人。」

「是工廠的廠長，還是製造部部長引咎辭職嗎？」

「還有一個負責的董事。知情的層級只到那個董事，比他高階的人都不知道……」坂本說到這裡，又笑了出來。「表面上是這樣。島原社長在記者會上道歉，看他的神情，並不認爲自己有錯。」

「國土交通省應該也調查過了吧。」

「是啊。不過，無法確認他們社長或會長有沒有牽涉在內。這種事常有啦！有什麼不對嗎？」

「哦，只是有點好奇而已，沒什麼。」

七尾把話題隨意帶過。在目前的階段，連對坂本都不能透露，剛剛閃現的念頭就是如此荒唐無稽。

然而，這個念頭卻在他腦中揮之不去。

25

中塚芳惠的氣色不錯。由於病灶位於膽管的患者遲早都會出現黃疸，夕紀認爲應該是處方藥發揮療效了。

「那麼，沒談到出院的事嗎？」

聽到夕紀這麼問，芳惠靠在枕頭上點點頭。

「我女兒的房子不大，家裡又有孩子。與其躺在一個小地方，不如待在這裡比較自在，所以我什麼都沒提。」

「這樣啊。現在空床多的是，醫院這邊不會催您出院。」夕紀笑道。

芳惠的女兒夫婦今天早上應該來過，夕紀以爲他們會談到出院的事，才過來問結果。

她想起那對夫婦的模樣。看來，妻子還是依丈夫的臉色行事，丈夫的想法則不明確。發生恐嚇騷動了，還把丈母娘丟在醫院裡，夕紀無法理解他們的作爲。依芳惠目前的狀況，隨時都能出院。

他們應該不至於希望醫院眞的被破壞，芳惠受到波及而喪命吧！腦海浮現這種不愉快的想像，夕紀趕緊甩開。

來到加護病房，只見菅沼庸子正在照料患者，那是最後一名動手術的病患。夕紀說了聲

「我來幫忙」，便走到她的身邊。

「拜託，這本來就是醫師的工作，是我在幫忙好不好。」

「啊，對不起。」

看到夕紀開始確認數據，菅沼庸子準備離開，途中又停下腳步，回頭問：

「冰室醫師，西園教授的兒子跟妳有什麼關係？」

這個出乎意料的問題，讓夕紀不知如何是好。「妳怎會這麼問……」

「元宮醫師說，冰室醫師可能會問起西園教授去世的兒子，吩咐我不要亂講。」

從這句話聽得出，庸子與元宮之間的關係親密。當然，一定是庸子採取主動的吧。

夕紀默不作聲，庸子揚起嘴角，不知將她的反應作何解釋。

「妳大概是從哪裡聽來的，但我勸妳，做人不要太好奇。每個人都有不想讓人知道的事。」

「兒子死於意外的事，教授已親口告訴我。」

「噢，是嗎？」庸子臉上出現失望之色。

「教授也說，因爲這樣，他不准小兒子騎腳踏車上學。」

「腳踏車？妳在說什麼啊？是機車啦！」

「機車？」

「對，機車。他騎機車逃走時，被卡車撞到。」

「逃走……爲什麼要逃走？不是在上學途中被卡車撞到嗎？」

聽她這麼說，庸子疑惑地歪著頭，打量著夕紀。

「冰室醫師，妳到底在說什麼？」

「就是西園教授的……」

庸子猛揮手。

「妳完全弄錯了吧，才不是在上學途中，他是騎機車逃走，才被卡車撞死。元宮醫師是這樣跟我說的。」

「元宮醫師說的……」

這是怎麼回事？夕紀不禁納悶。的確，元宮的口吻聽起來似乎知情，但他不至於編一套謊話告訴菅沼庸子。那麼，是西園說謊？可是，為什麼……

騎機車逃逸——這句話莫名卡在夕紀心口。逃走途中遭卡車撞死？這件事她似乎在哪裡聽過，而且就在最近。

啊！她倒抽一口氣，突然想起一件事。

夕紀注視著菅沼庸子。

「該不會是被警車追才逃走吧？」

庸子臉色大變，「我不知道。」

「拜託，請告訴我，我不會洩漏是菅沼小姐說的。」夕紀抓住庸子的手臂。

「放開我啦！」

「請妳告訴我，拜託！」

夕紀深深低頭行禮，菅沼庸子一臉爲難。
「爲什麼想知道？」
「這很重要，請妳告訴我。」
庸子轉移視線，嘆了一口氣。
「對啦，他是被警車追才跑的。聽說是不知做什麼壞事時被發現。」
夕紀鬆開庸子的手，只想當場蹲下。

26

七尾回到位於門前仲町的公寓時，已過半夜十二點。開了門，他摸索到牆上的開關並打開，老舊的日光燈閃了兩、三次才點亮。

一房一廳說來好聽，但一進門的客廳兼餐廳頂多只有兩坪大，擺上郵購型錄裡最小的餐桌和椅子就塞滿了。

那張餐桌上仍放著今早吃過的泡麵碗，沒喝完的烏龍茶寶特瓶也直接擺著。七尾一把抓起寶特瓶，就著瓶口灌下溫涼的烏龍茶。

菸灰缸裡滿是菸蒂。他把菸灰和菸蒂倒進泡麵碗，拿著空菸灰缸走進後面的房間。地板上有些黏黏的，上次是什麼時候打掃的？這個問題他最近連想都懶得想了。

他脫下衣服，穿著內衣褲就直接往床上躺。那是郵購來的加大單人床，床墊很硬，偏偏只有睡的位置是凹陷的。

他躺著點起菸。原本想看電視，但手搆不到遙控器，於是作罷。

這種生活再繼續下去，總有一天會搞壞身體。然而，他沒辦法，也沒機會改善，最近已沒人勸他結婚。

七尾抽著菸，回顧今天。一如預期，帝都大學走後門入學事件找不出任何線索，只是去看看學生課的職員厭煩的臉孔。本間組長早該料到了，但這是把七尾調離重大調查工作的絕佳理由。

本間準備徹底調查帝都大學醫院的內部。他認為這次的恐嚇事件，算是一種內部告發。

基本上，七尾認為這是一個極有可能的方向。不過，聽了心臟血管外科醫生西園的話之後，他想到一種截然不同的可能性，也就是恐嚇者的目標，不見得是醫院的員工或相關人士。換個角度來看，醫院裡有許多更重要的人，也就是患者。

患者才是真正的目標，這種可能性存在嗎？

七尾認為有可能。當醫院遭到攻擊，患者自然也會受害。眼下便有不少患者害怕這一點，紛紛離開醫院。

只是，果真如此，恐嚇信的意義何在？如果目標的患者逃走，一切工夫就白費了。或者，讓患者離開帝都大學醫院，才是犯人的目的？

無論如何，七尾認為有必要針對這個方向循線調查，其中最令人在意的是島原總一郎。對方似乎完全沒有離開醫院的意思，近日即將舉行手術一事，也引起七尾的注意。

問題在於，要不要告訴本間。七尾目前沒有這個打算。一旦告訴本間，不是被轟回來，就是把任務轉派給其他刑警，尤其是與島原這種大人物扯上關係時，更是如此。

只好獨力行事了——七尾打定主意。

我到底在幹什麼啊？七尾點起第二根菸，強行按捺內心的焦慮。他相信找出事實眞相才是自身的使命，但爲了實踐使命，只能暗中行動，而且沒有人協助。

他尊敬的那位前輩的話，再次在耳畔響起。人生而負有使命——

那一瞬間，一直懸在七尾心頭的某個東西悄然落地，就像一直短少的記憶碎片，驟然匯聚起來。

他熄了菸，從床上爬起，站在雜物堆得比書本還多的書架前掃視，從中取出一本舊檔案夾。

剛當上警察時，他會將所有參與過的案件相關資料、新聞影本全部整理成檔案。現在當然不會這麼做，所以檔案也不再增加。

他打開檔案，確認與某案件相關的新聞報導。那標題如下：

「中學生超市行竊遭警車追捕，飛車逃逸中車禍身亡。」

當時身爲警部補的冰室健介後來會辭職，這就是原因之一。七尾前幾天才把這件事親口告訴冰室的女兒夕紀。

果然……

這篇報導並未刊出中學生的姓名，但七尾翻閱其他資料，很快就找到。

中學生名叫西園稔，他的父親是帝都大學醫學系副教授西園陽平。

七尾自問，爲何之前都沒想起？原因很簡單，即使曾數次回顧這起案子的內容，他卻沒留意死亡中學生的姓名。至於中學生的父親是誰，他甚至完全沒想過。若不是西園這個姓氏較爲少見，他可能至今都不會發現。

那個中學生的父親，就是西園陽平。

眞是太巧了，七尾心想。如今冰室夕紀以住院醫師的身分在西園底下學習，而她的父親，當時就坐在那輛直接造成西園稔車禍的警車上。

冰室夕紀知道這件事嗎？西園是在知情的狀況下，擔任她的指導醫師嗎？

是否該向兩人詢問這件事？七尾思考之後，搖搖頭。這不是能容許第三者介入的問題。如果雙方都不知情，最好維持現狀。若其中一方或是雙方都知情，想必他或她自有深慮。

七尾闔上檔案，放回原位。

27

「妳還在啊。」

聽到有人搭話，夕紀望向門邊。只見菅沼庸子站在那裡，顯得有些退縮。

「我還有資料要查，所以留得晚一點……加護病房的患者怎麼了嗎？」

「不是，跟那沒關係，我忘了拿東西……」

庸子進來之後，一邊留意著夕紀，一邊走近元宮的辦公桌。她打開抽屜，迅速塞進類似紙條的東西。醫院裡無法使用手機傳簡訊，他們似乎以這種方式聯絡。

「打擾了……」庸子準備離開。

「請問，」夕紀叫住她，「剛才那件事，別洩漏是聽菅沼小姐說的比較好，是嗎？」

「我無所謂。」

「可是，妳會被元宮醫師罵吧？」

庸子顯得有些後悔，說了聲「隨便妳」就離開了。

夕紀嘆了一口氣，看看時間，已是凌晨一點。由於住院患者減少，工作也減少了，沒有什麼事必須在今晚處理，她還是坐在辦公室的電腦前，因爲這台電腦可以上網。雖然宿舍裡也有電腦，但無法搜尋資料。

她大多只有在查閱專業報紙的報導時，才會使用這項功能，不過今晚的用法和平常不同。她調查的是一般報紙的報導，關鍵字是中學生、機車、警車、車禍、逃逸等等。

搜尋之後，發現類似事件之多，她大爲吃驚。每年都有青少年爲了躲避警車追捕而出車禍，甚至有些在送醫之後，還偷偷跑出來自殺，令家長欲哭無淚。

然而，發生車禍當場死亡的案例並不多。若限定東京地區，幾乎沒有，她只找到唯一的一件。

報導的內容十分簡要，沒刊登死亡中學生的姓名，更不會有警員的相關資料。警署通過發言單位表示「追緝行動是依照正常程序，經確認並無過當」，如此而已。

然而，看到地點位於澀谷區，她確信自己的推測是事實。西園的住家就在澀谷區。

她關掉電源，從椅子上起身，隨即又在旁邊的沙發坐下。打擊太大，她無力行動。

錯不了，西園的長男身亡一事，與夕紀的父親健介有關。不，不僅如此，說得極端一點，健介甚至可說是造成那起車禍的人。

西園不知道嗎？

夕紀認爲，他不可能不知道。考慮到車禍當時的狀況，作父親的不想知道警車上坐的是哪些警員才奇怪。警方也許不會輕易透露，但憑西園的人脈，不至於打聽不到。

況且，西園沒對夕紀說眞話。如果對所有人隱瞞，還能解釋，但元宮明明知道，爲什麼唯獨對她說謊？

西園是什麼時候知道，夕紀的父親就是警車上的警察？

不必深思就能推測出，一定是兩人再度見面時。爲了治療大動脈瘤，健介來到這家醫院時。

醫師會盡可能蒐集患者的相關資料，健康狀況不用提，舉凡生活環境、工作內容、家族成員等等都要全盤掌握，否則無法找出最適當的治療方式。仔細端詳對方的面孔也是必須的，優秀的醫師觀察臉色，便能看出患者的內臟或血液是否有異狀。

西園想必是透過這些資料確認的。

另一方面，健介又是如何？他想起來了嗎？

他恐怕沒發現吧，夕紀猜想。若當時發現卻沒提起，反倒不自然，而且無法解釋健介爲何能放心接受治療。如果知道，他應該會採取一些應變措施，像是換醫院或換主治醫師。

患者只關心自己的病情，這是理所當然的。他們會記得醫師的長相、名字，但不會想了解更多，再加上白袍具有隱蔽醫師個人特色的力量。

況且，即使不考慮醫師與患者的立場，雙方對車禍的看法與感情也南轅北轍。

西園極可能痛恨害死兒子的警察，名字自然不會忘，若看過長相，一定也會牢記於心。當他第一眼看到「冰室健介」這個名字，想必會立刻喚醒那份記憶。

在這方面，健介又是如何？從七尾的話可知，他是懷著信念行動。對於追緝少年一事，也不認爲自己的判斷有錯。儘管少年死於車禍令人遺憾，但他認定自己沒有理由道歉。

因一名少年的死而關係微妙的兩名男子，以截然不同的立場再度相見。憎恨的一方發現了，被憎恨的一方卻渾然不覺。更糟的是，忘記的一方不知道自己被怨恨，還將性命託付給對方。

看到健介不知情的模樣，西園心裡會有什麼感受？一般人應該會希望對方想起來，然後要求道歉吧。至少，會想知道對方的想法。

然而，就夕紀所知，完全沒有這類事情發生的跡象。她還記得健介和百合惠當時交談的內容——「這位醫生在大動脈瘤手術方面很有名」、「幸虧遇到一個好醫生」等等，全是一般的對話。

是西園刻意隱瞞。

問題就在這裡，爲什麼他要爲痛恨的人動手術？

他大可請別人執刀。只要向上頭的人說明情由，自然會認爲由他執刀有違情理。但他沒這麼做，他沒把複雜的內情告訴任何人，而是爲冰室健介執行大動脈瘤切除手術。

黑色疑雲如煙霧般在夕紀內心擴散，而且顏色遠較過去濃厚。

28

七尾吃完早餐的吐司和炒蛋之後，自動門開了，一名年輕男子走進來。掃視店內一圈，男子往七尾的桌位靠近。此人姓小坂，是七尾熟識的報社記者。

「不好意思，約這麼早。」七尾道歉。

「這倒是還好。」小坂向女服務生點了咖啡之後坐下。「究竟是怎麼回事？我以爲帝都大學醫院那邊現在應該忙得不可開交。」

「我會按照順序告訴你。那件事你幫我查了嗎？」

「查得差不多了。」小坂拿起身邊的牛皮紙袋，「花了我好大的工夫。」

「少蓋了。查你們報社報導的新聞，能花你多少工夫啊？」

七尾伸手，小坂卻沒交給他的意思，而是窺望著七尾。

「爲什麼現在才要查這些？跟帝都大學醫院的案子有什麼關係？」

「我就說等一下告訴你啊。」

「想要的東西一到手就隨便應付……刑警每次都來這套，我才不會上當。」小坂不懷好意地笑道。

七尾揚起嘴角，「相信我。」

「有馬汽車和這個案子有什麼關係？」

「現在還不知道，我也還沒跟上面的提。」

「這麼說……」

小坂打斷話題，因爲咖啡送來了。直到女服務生離開，他才再度開口。

「又是個人秀啊？這樣好嗎？要是再出問題，這次一定會被調走。」

七尾哼了一聲。

「管他的！本來就是找不到地方安置，才把我擺在這裡。」

小坂什麼都沒說，只是把咖啡杯端到嘴邊。凡是跑警政新聞的記者都知道，七尾遲早會離開警視廳。

「給我啦。」七尾伸手拿牛皮紙袋。

「島原社長住院了，在帝都大學醫院吧。」

七尾忍住想嘖舌的衝動，「是啊。」

小坂果然知道。仔細想想，這也是當然的，畢竟率先報導島原住院的便是小坂的報社。

「難不成，你認爲……犯人的目標是島原社長？」小坂緊盯著七尾問道。

「怎麼可能，那恐嚇醫院有什麼意義？」

「那麼，七尾先生爲何對有馬汽車感興趣？一定是認爲其中有什麼關聯吧？」

七尾嘆了一口氣，點起一根菸。

「我剛才也說了，我沒跟組長提過這件事。」

「也是啦，因爲沒聽本間先生的同事提起。目前是醫院員工的內部告發可能性最大吧？」

「我也這麼認爲。」

「可是，你不是認爲有其他可能性？」

七尾轉向一旁，深深吸了一口菸，再緩緩吐出來。他感覺到小坂的視線。

「島原總一郎的手術安排在星期五舉行。聽醫生說，要是一切正常，手術不會有什麼問題。」

「所以呢？」

「如果犯人眞正的目的是阻撓那場手術……會變成怎樣？」

小坂撇嘴笑了。

「眞有意思，但其中仍有疑點。」

「我知道。即使眞的阻撓了那場手術，島原也不一定會死。如果眞要島原的命，不必搞得這麼麻煩。他現在住院，機會多得很，也沒有理由恐嚇醫院。」

「不過，七尾先生還是無法拋開這個想法？」

「我沒什麼根據，或許是沒被派到像樣的工作，胡思亂想罷了。」

小坂點點頭，抽出紙袋裡的文件。文件角落以訂書針裝訂，一共有兩份，他把一份遞給七尾。

「七尾先生，你不擅長看一大堆文字吧？我把大概的情況講一下。」

「你怎麼突然變得這麼好心？」

「因爲我覺得很有意思啊。雖然有不少疑問，但若眞的是事實，就太有趣了，想必會讓所有人跌破眼鏡。」

「現在還不要寫。」

「不會啦，應該說沒辦法寫，現在寫只會被罵。不過，要是看出一點端倪就讓我寫，這樣總可以吧？本間先生一定會講話，到時我不會招出七尾先生的。」

「沒差，反正都一樣。」七尾瀏覽文件。「和有馬汽車有關的車禍，只有這些嗎？」

「總共六件。確認是那個瑕疵造成的有四件，剩下兩件還在調查。不過，應該錯不了。」

「是怎樣的瑕疵？」

「電腦故障，他們使用的ＩＣ有問題，原因不是出在設計本身，而是生產線的品管。簡單地說，沒發現不良品就出貨了。」

「所以，出了什麼差錯？」

「有馬最近推出的車種，全都是電腦化，駕駛和致動器什麼的，幾乎沒有直接相連。」

「完全聽不懂，什麼意思？」

「比如開車，不是得踩油門、踩剎車、轉方向盤嗎？這類動作不是直接傳導到各個系統，而是先以電子訊號輸入電腦，再由電腦向各系統傳達命令。就算駕駛的技術很差，電腦也會修正成最適當的動作。這麼一來，開車就變得十分簡單，乘車也變得舒適愉快。廠商方面，也有降低成本和輕量化的好處。」

「然而，這個電腦短路了？」

「這次出問題的，是把油門的動作傳導到引擎的線路系統。因爲毛病出在這裡，電腦就當機了。說得簡單一點，駕駛明明沒用力踩油門，引擎的轉速卻飆高，也就是發生車速加快的現象。聽說還有相反的例子。」

「原來如此，所以……」七尾的視線落在手上的資料，「暴衝事故很多？」

「有的是發不動，停在路上。由於停在狹窄的單行道上，造成嚴重的交通阻塞。」

「有人死傷嗎？」

「坐在暴衝車裡的乘客幾乎每一個都受傷，幸好沒鬧出人命。可憐的是，被這些車撞擊的受害者。雖然沒直接撞擊人體，但有些車子被側面衝撞，甚至撞到翻車，坐在前座的女子死了。死者只有這一個。」

「有這個受害者的詳細資料嗎？」

「在文件的最後。」

七尾翻開文件，上面寫著姓名和住址，是一名二十五歲的女性，住在高圓寺。

「賠償金呢？」

「當然付了。有馬公司也認了錯。」

「但社長沒下台。」

「因爲後來判定製造出瑕疵車的責任在於生產工廠。在品管制度方面，國土交通省調查過，製作流程沒有問題。發現不良品之後，有馬方面的處理也算妥當。至少沒發現公司刻意隱瞞失誤的跡象。」

「可是，被害者家屬能夠接受嗎？」

「也不是社長下台就能接受吧。死者的父親召開過記者會，一邊掉眼淚，一邊呼籲希望不要再發生同樣的悲劇。」

這場記者會七尾也有印象。

「發生重大車禍的只有這個案子嗎？有沒有留下嚴重的後遺症？」他又翻了翻文件。

「還沒掌握到這方面的消息，不過，總歸是車禍，也許有人會出現頸部甩鞭效應之類的後遺症，但要過一段時間才看得出來。」

「甩鞭效應啊……」七尾喃喃說著，收起文件。「謝謝你，幫了我大忙。」

「不嫌棄的話，請用這個。」小坂把紙袋放在桌上，「七尾先生，你打算一個人行動嗎？」

「你要幫忙？」

「如果我能力可及。坂本先生在做些什麼？」

「我不想把他扯進來，一個人做才叫個人秀。」

七尾把文件收進紙袋裡，說了聲「那我先走了」，然後站起來。

29

望靈巧地使用細長湯匙，把聖代上的水果送進嘴裡。她一邊吃，一邊訴說朋友的糗事，露出笑容。見她的唇角沾上白色鮮奶油，穰治以指尖替她揩掉。「我好糟喔！」說著，她又笑了。

兩人在一家露天咖啡店。天氣很好，由於是平日的白天，店裡並不擁擠。
「接下來要幹麼？」穰治微笑問道。
「都可以。你想逛街，還是看電影？」
「逛街好了，妳不是想買新包包嗎？我買給妳。」
「咦，眞的嗎？」望的神情一亮。
「買不起太貴的就是了。」
「沒關係啊，我又不想要什麼名牌。只要是穰治買的都好，我會當成寶貝珍惜。」望的雙手在胸前交握。
看到她這副模樣，穰治的心情蒙上一層陰影。他放下冰咖啡，皺起眉頭。
「抱歉，今天還是算了。」
咦！望驚呼一聲，雙眼圓睜。
「我忘了要去看一部電影。下次一定買包包給妳，今天可不可以陪我去看電影？」
「好啊，我都可以。不過，下次要買給我，說好嘍！」
「好。」穰治點點頭，拿起玻璃杯。
他心想，還是不要買什麼包包送望，不能在她身邊留下自己的形跡，或是與自己有關的紀念品，這些遲早會造成她的痛苦。即使計畫進行順利，穰治也不打算再出現在她的面前。
「不過，我滿訝異的，沒想到今天能約會。」
「因爲有人突然跟我換班。抱歉，臨時約妳出來。」

「不會呀！我還在想今天要怎麼過呢，眞是太棒了！」望天眞無邪地笑了。

換班當然是謊言。他知道望今天休假，而且沒有任何預定行程，才特地請假。星期五也非請假不可，上司一定會囉嗦，但今天想陪陪她。

自從失去神原春菜，穰治便失去了與誰一起共度快樂時光的感覺。然而，和望在一起，與那種感受極爲貼近。明知只是短暫的替代品，卻有心安的錯覺。爲此，他想感謝望，同時也想對不久後將帶給她的傷心表示歉意。

離開咖啡店，他們並肩走在人行道上。望勾著穰治的手臂。

那天也是……穰治想起已成往事的那個重要日子。

那天，穰治也像這樣和春菜走在一起。他剛求婚，春菜的答覆讓他樂不可支，他們處於幸福的頂端。

兩人一直待到很晚。春菜平常都會在穰治的住處過夜，但那晚她沒留下來，因爲第二天早上她要去採訪。

「妳要小心車子喔。」

臨別之際，他這麼叮嚀，並沒有什麼深意，也沒有任何預感。等春菜工作結束就可以見面，他深信不疑。

會的，謝啦——說著，春菜揮揮手。她也是滿臉幸福。

大約二十個小時以後，穰治接到了那通將他推入地獄的電話。

30

那戶人家就在離戶越銀座不遠的地方，是一棟木造民宅，門面窄小。看起來屋齡應該超過三十年，掛著寫有「望月」的門牌，七尾按了門上的對講機。

「是哪位？」對講機傳來男聲。

「我是剛才打電話過來的人。」七尾說道。

「啊，好的。」

不久，玄關大門打開，出現一名穿開襟羊毛衫、年約七十的男子。對方白髮稀疏，身材瘦小，或許實際年齡沒有外表那麼蒼老。

「您是望月先生吧?抱歉，突然過來打擾。」

七尾拿出名片，對方看了一眼，沒有接下的意思。

「麻煩你出示一下手冊好嗎？」望月說道。

「啊，好的。」

七尾從懷裡掏出警用手冊，翻開身分證明那一頁給對方看。望月移開老花眼鏡，凝神細看之後，點點頭。

「不好意思，有人會自稱是警察或區公所的人，來推銷一些奇奇怪怪的東西。家裡只有兩個老人，似乎被當成肥羊。」

「小心一點總是沒錯。」

「七尾先生是吧？你是輪島那裡的人嗎？」

「不是，但我祖父是在那裡出生。」

「原來如此。」望月點點頭。「來，請進，不過地方很小就是了。」

「打擾了。」

七尾從玄關走進屋內，隨即被帶到右側的和室。那是一個簡樸的房間，只有一張小矮桌和一座碗櫃，打掃得十分乾淨。

七尾在座墊上跪坐等候，望月以托盤端著茶出現。

「不要客氣，我馬上就走了。」

「我老婆出去工作，傍晚才會回來。家裡應該還有茶點，只是我不知道收在哪裡。」

「真的不用客氣。」

七尾嘴裡謙辭著，心想或許自己猜錯了。對方只是個孤單老人，因爲妻子白天不在，沒有說話的對象。至少，他不是想爲女兒報仇的那種人。

「這裡只住著您和夫人嗎？」

「是啊。我女兒開始工作沒多久，就搬出去住了。說是我退休一直待在家裡，她覺得很煩。」

「您有其他子女嗎？」

望月搖搖頭。「沒有，就亞紀一個。」

「這樣啊。」

望月大概以爲退休之後，終於有時間和女兒好好聊一聊，沒料到女兒會搬出去住，而且永遠都不會回來了。

「呃，你想問關於亞紀的事？」

「想向您請教那起車禍，當然也包括令千金的事。」

「要問是可以，不過怎麼這時候才來問？」

「事實上，我們在調查別的案子，懷疑會不會有關聯。」

「什麼案子？」

「啊，關於這個，現在還不能對外透露，我們有保密的義務。」

「是嗎？警察總是這麼說。」望月撇了撇嘴角。「亞紀那時候也是這樣。我們只想知道車禍的調查結果，警方卻表示不能說，幾乎什麼都沒告訴我們。一直等到律師來了，我們才知道詳情。」

「原來如此，眞是非常抱歉。」

「用不著道歉，你們大概是有這種規定吧。那時候我心想，原來警察和區公所人員一樣。」

七尾伸手拿茶杯。這一類的抗議是無可反駁的。

「那麼，你想知道什麼？」

「望月先生，您曾擔任受害者代表吧。」

「我只是照律師的吩咐去做而已。律師說，由受害最大的家屬出面比較有效果。」

「哦，因爲只有令千金不幸身亡……」

「是啊，眞可憐。」望月垂下目光。「亞紀是搭朋友的便車，在等待右轉時，被對面來的車子撞到。那輛車也是準備右轉，卻突然失控，來不及打方向盤。原本是依照一般交通事故處理，保險公司發現有馬汽車的瑕疵，整件事就往完全不同的方向發展了。我一心怨恨撞人的駕駛，他們跟我說，其實事情不是那樣，我腦筋一下子也轉不過來，不知如何是好。」

「開車的是……」

「一個上班族，說是開自己的車去拜訪客戶。他也受了傷，但意識很清楚，在醫院裡堅稱是車子的引擎突然加速，後來查出是車子本身有問題。」

這段經過，七尾也從小坂給的資料上得知。

望月喝了一口茶，嘆一口氣。

「我在賠償協商會上第一次見到那個人，雖然打過招呼，心情還是很複雜。本來應該是加害人和被害人，結果變成雙方都是被害人。他跟我說什麼一起抗爭的時候，我實在有點生氣。我知道對方的話合情合理，但畢竟……我很同情買到瑕疵車的人，可是，那是他們自己要買的，有些事不能怪別人。我們不一樣，根本是無辜的，跟有馬公司一點關係都沒有。然而，我女兒卻白白賠上一條命。一句運氣不好，怎麼交代得過去？」

七尾點點頭。光看資料會認爲事情並不複雜，但牽連其中的人，內心卻百感交集，這不是責怪賣瑕疵車的公司就能解決的。

「和有馬公司的協商結束了吧？」七尾確認。

「在金錢方面是的。我們又不是想要錢才怪有馬公司，可是被問到還想怎樣，也只能說希望以後不要再有這種事發生……」

「所以，目前算是勉強接受嗎？」

「接受？」望月笑了，臉上浮現自虐的表情。「恐怕到死都沒辦法接受吧，無奈啊！」

「您對社長有什麼看法？」

「社長？」

「島原社長。他沒有下台，您有什麼想法？」

「下台啊……即使他下台，我女兒也回不來了，下不下台都一樣。」

在七尾看來，望月不像在演戲。

「令千金當時是二十五歲吧，有男友嗎？」

「不知道，我沒聽說。」

「您和其他受害人仍保持聯絡嗎？」

「以前偶爾會聯絡，不過，也不是我主動聯絡，是律師要我們聯絡，才聚在一起。」

「就您的感覺，是不是每個人都能接受交涉的結果？」

「我也不曉得。賠償金額每個人都不一樣，而且情況也不同。」

「有沒有人表示無法接受，特別痛恨有馬汽車公司或島原社長？」

「恨……這個嘛，說到恨，我也恨啊。」

「我的意思是，有沒有人會採取偏激的行動。」

「偏激？」望月皺起眉頭，盯著七尾。「怎麼說？聽你的問題，似乎受害者當中有人在打不好的主意。到底發生什麼事？方便透露一下嗎？」

七尾很猶豫，當然，他不能說眞話。

「其實，」他舔舔嘴唇，「有馬汽車公司的員工經常接到騷擾電話，目前並沒有明顯受害，但還是決定調查一下。」

這不是假話。小坂給他的資料裡的確有這一段，只不過，現在似乎已不再發生。

「這我也聽說了，不過，我認爲和我們受害者團體無關。有時候我們不免會有些衝動，但不是要報仇。我們要求的，無非是有誠意的回應。打那種電話的人，一定跟我們無關，只是想出風頭而已。」

「也許吧。」

「不過，眞稀奇啊，很少聽說這樣警察就會出動。果然一扯上大企業，警察也得唯命是從。」

望月的語氣帶著幾分揶揄，顯然是得知自己遭到懷疑而感到不快。

「不好意思，百忙中還前來打擾。」七尾不置可否地笑了笑，站起來。

31

「檢查結果顯示目前情況良好，所以我們想依照預定進行手術。這樣可以嗎？」

西園的聲音響徹寬敞的VIP病房。島原總一郎一如往常，盤坐在病床上。他的妻子加容子坐在病床旁的椅子上，雖然頭髮花白，但肌膚的彈性絲毫不像年過五十，可以想像她在外貌上花了不少錢。那身香奈兒套裝也很合身，她的膝上放著一只柏金包。

「醫生，千萬拜託了。想到總算能擺脫這個麻煩，我就覺得好痛快。」

島原刻意表現得坦然無懼，然而，夕紀發現他其實非常害怕手術。這幾天進行各種檢查，她幾乎都在場，看得出島原一天比一天緊張。剛才幫他量脈搏時，只不過告知西園教授會來爲手術做相關說明，他的手心就冒汗了。

「當天早上八點左右，會先準備麻醉，是肌肉注射。然後，請您移動到手術室。當然，是以推床運送。」

「那時候是睡著的狀態嗎？」島原問道。

「有些人是的。」

「這麼說，也可能沒睡著？」

「正式的麻醉，要等進入手術室再進行。到時就是全身麻醉。」

「然後就會失去意識吧？」

「是的，會完全進入睡眠狀態。」

島原神色不安地點點頭。夕紀可以理解他的心情。他約莫在想像自己因麻醉而進入睡眠，害怕從此不再醒來。

西園似乎沒注意到島原的心情，以平淡的語氣繼續交代手術當天的程序，接著還這麼說：

「我們會竭盡全力，把事情做到最好，但手術畢竟有風險。接下來，我想針對這方面詳細說明。」
「風險？」島原的臉頰一抽。
原本一直低著頭的加容子也抬起頭。
「沒有人知道手術中會發生什麼事。屆時要與患者的家屬商量，您的情況，是與夫人商量，所以我們希望事先取得您的理解。」
「等……等一下。」島原驚慌失措。「醫生不是說沒問題嗎？你說絕對不會有問題的。」
「島原先生，」西園平靜地說：「天底下沒有絕對沒問題的手術。」
「怎麼現在才……」
「我會爲您說明手術內容。首先，請您聽我說。」
西園拿出一張簡圖，上面畫的是大動脈瘤。島原的狀況是，在心臟上方一個弓狀部位，冒出巨大的鼓起物。
「我們要將這個部分替換成人造血管。只是，之前向您說明過，這個主動脈弓有一條重要的血管分支，用來提供頭部及上肢的養分，其中包括腦部。這次的手術，連這部分的血管也要換成人造血管，所以風險比其他情況更高。」
和爸爸的情況一模一樣……在一旁聆聽的夕紀心想。
「具體而言，會有什麼風險？」島原的聲音有點沙啞。
「關於出血的情況，存在各種風險。首先，從主動脈弓分支的血管發生動脈硬化的可能性很高，更換人造血管時，或許會從縫合的針孔出血，進而發生止血困難的狀況。因爲動脈硬化的血管已失去彈性，非常脆弱。」
「如果是那樣，要怎麼辦？」
「當然會再度進行手術。出血程度嚴重時，也有喪命的可能。」
島原倒抽一口氣，加容子的身體顫了一下。
「其他還有什麼危險……」島原喃喃問道。
「發生動脈硬化的血管，絕大多數內壁都有沉澱物。當這些沉澱物隨著血液流至腦部，便可能引起腦栓塞。嚴重程度不一，最不理想的情況是造成腦部損傷，我們會愼重行事，盡量避免這種情形發生。但若動脈硬化的情況嚴重，在處理時要避免沉澱物掉落是極爲困難的。」
西園繼續說明。手術時會讓心臟停止運作，萬一停止時間過長，將造成心臟的負擔，導致心臟衰竭，這又可能引發其他器官或呼吸衰竭。術後若復原情況不佳，亦有可能因抵抗力不足引起感染、併發症……
所有可能的危險性，西園均一一仔細說明。聽著這些說明，島原再次體認到自己要面臨的是一場怎樣的手術。他的臉色轉爲蒼白，神情越來越空洞。
「大致上會有這些風險。」西園解釋完神經麻痺，做了結論。「您還有什麼問題嗎？」
「狀況好多啊。」
島原長嘆一口氣，傷腦筋似地伸手扶頭。
「抱歉，我一次說太多了。需要重新說明一遍嗎？」
「哦，不用。我明白了，原來眞的沒有絕對沒問題的手術。」

「恕我直言，這次屬於極危險的手術。」
「顯然是如此。有這麼多風險，全部加起來，得救的機率有多少？」
「機率……嗎？」
「不如說，失敗的機率有多少？請別客氣，明白告訴我，這樣比較痛快。」
西園表情不變，點點頭。
「我不知道『機率』這個說法正不正確，不過，這類病例的死亡率約百分之五或六，您可以當個參考。」
島原沉吟數聲，與妻子互看一眼。
「島原先生住院時，我們已說明過。假如沒動手術會是什麼狀況，應該也一併說明了。」
「會破裂是吧？」島原說：「而且，隨時可能破裂。」
「依目前的狀況，什麼時候破裂都不足爲奇。一旦破裂，即使緊急動手術，獲救的希望也極爲渺茫。」
島原再度沉吟，然後笑了笑。
「全靠醫生，就任憑您宰割啦！我相信醫生的醫術，也只能這麼辦了。」
「夫人認爲呢？」西園徵求加容子的同意。
她坐著低頭行禮。
「我明白了，要勞煩醫生了。」
「那麼，我們待會再送同意書過來，請兩位簽名。」

「醫生……」島原吞吞吐吐地開口。

「什麼事？」

「呃，今天沒有檢查了嗎？」

「這個嘛……」西園轉頭看夕紀。

「今天沒有，明天要做動脈抽血，然後再做一次心臟超音波檢查。」夕紀回答。

「是嗎？那就麻煩了。」島原向夕紀行了一禮。

離開病房，稍微走遠之後，西園停下腳步。

「同意書由妳拿過去，請他們簽名。」

「我去嗎？教授呢？」

「我不在場比較方便吧。之後，妳再把島原先生的情況告訴我就行了。」

夕紀不明白西園有何用意，還是應了一聲。

她依照吩咐，帶著同意書再度來到島原的病房。島原坐在床上，加容子在流理台切水果。

夕紀在兩人面前朗讀同意書，並請他們簽名。島原先簽，接著加容子也簽了。確認沒有遺漏之後，夕紀將文件收進檔案夾。

「打擾了。」

她朝兩人點點頭，準備離開時，島原出聲叫喚：「啊，住院醫師。」

「什麼事？」

島原搔搔頭，瞄了加容子一眼之後，面向夕紀。

「這樣就算決定了嗎？」

「決定？」

「就是……該怎麼說？不能改了嗎？」

哦，夕紀點點頭，總算明白他想說什麼。

「如果您改變心意，隨時都可以告訴我們。只是，往後要怎麼做，必須請您再和西園教授討論。」

「呃，最晚要在什麼時候提出？」

「隨時都可以。」夕紀回答。「只要在手術開始之前都可以。說得精確一點，在麻醉生效之前。」

「這樣啊。」

「您還在猶豫嗎？」

夕紀的問題似乎太直接了。島原露出「妳怎麼這麼說」的神情，皺起眉，嘴角一撇。

「我不是在猶豫，只是以防萬一，想問問看。畢竟我得考慮到公司啊！不知道公司什麼時候會需要我出面。身爲領導人，直到最後一刻都不能大意。」

「我明白了，這件事我也會轉告西園教授。」

「不用了，不必告訴西園醫生。」島原舉起右手。「我只是想確認一下，不必看得那麼嚴重。」

「是嗎？那麼，不打擾了。」

「嗯，謝了。」

離開病房，夕紀在走廊上思索西園要她送同意書過來的原因。他一定是看穿了島原的心情，知道島原無法當他的面將內心的猶豫說出口吧。

夕紀的思緒又飛到十幾年前。健介和百合惠也曾像島原夫妻一樣，聆聽西園說明手術的內容和風險嗎？當時手術不順利致死的機率，應該遠高於現在。

健介絲毫沒有害怕的樣子。夕紀最後一次去探望的那天，他還笑著說，要活就要活得很酷。

健介想必也很不安，但他會把不安暗藏於心。然而，夕紀猜想，他對手術成功的信心大過一切。一定是深信可以將一切託付給醫生，才會有那樣的笑容。

手術前只有一件事能讓患者安心，那就是醫師的話。

天底下沒有絕對沒問題的手術——西園剛才向島原說的話，再度在她的耳邊響起。那句話不是讓患者安心，而是要讓患者下定決心。聽到那句話之後，島原猶疑了。

當年，西園是否對健介說過同樣的話？他眞的將所有風險都毫不保留地坦承相告？眞的沒說「絕對沒問題」這句禁語嗎？

對西園而言，健介是奪走兒子性命的凶手。當他能夠左右這男人的生死時，究竟有何想法？

長久以來，夕紀一直懷疑是百合惠與西園之間的男女關係，將健介推上死路。她之所以成爲醫師，可說是爲了找出答案。

然而，如果西園有另一個動機——爲兒子報仇——那又如何？

也許這個動機更早形成。看到上門求診的健介，西園應該立刻察覺他就是當時的警察。相對地，健介卻沒發現，只是擔心自己的病情。

是否在檢查健介的大動脈瘤時，觸發了西園的動機？這是一場高難度的手術，成功率不高，即使失敗也不會有人起疑，更不會被追究責任……

與百合惠建立深厚的關係，則是之後的事。在這方面，他是否另有圖謀，不得而之，但夕紀猜想是巧合。要靠算計來贏得女人芳心，一般男人是辦不到的，更何況百合惠已爲人婦。只不過，她可以想像，對於與百合惠發生外遇，西園並沒有太多躊躇，甚至非常積極主動，因爲這也可能是復仇的一部分。這麼一來，他便得到一個最佳共犯，促使計畫順利完成。即使健介死於手術，只要百合惠不說話，就不必擔心有人投訴。

手術前想必照例進行過會談，但會談中，西園是否正確告知手術的風險則相當可疑。如果太強調危險性，健介可能會選擇不動手術。

沒有經過充分說明，一味地讓患者安心，並簽下同意書。雖然這有違知情同意（informed consent）原則，卻不會有人發現，因爲簽名的家屬是百合惠。

墨黑的想像無止境地擴展，夕紀甚至懷疑自己在這樣的狀態下，是否能夠參與島原的手術。

回到辦公室，只見元宮在與別人交談。那個人一回頭，原來是七尾。

夕紀向他點點頭，然後看著元宮。「怎麼了？」

「妳認得這位吧？是警視廳的刑警。」

認得，她說著點點頭。

「他來問一些有關島原先生的事。問到除了西園教授以外，有沒有其他負責的醫師，我說妳也是。」

「抱歉，打擾妳好幾次。」七尾朝著她笑道。

「沒關係。不過，爲什麼要問島原先生的事？」

「有很多原因。」

「我要去加護病房了。」元宮起身離開。

夕紀在元宮剛才的座位上坐下。

「不好意思，百忙中還來打擾。」七尾行一禮。「不過，幸好負責的醫師是妳。如果是不認識的人，恐怕多少都會有戒心。」

「是關於恐嚇的事吧？」

「是的。」

「島原先生和這件事有什麼關係嗎？」

「不不不，」七尾搖搖手，「現在還不知道，說不定完全無關。只是，所有可能的線索我們都要調查。」

「原則上，患者的事情我們……」

「這我知道，我不會問他的病情。只是想請妳回想一下，島原先生住院之後，有沒有什麼特別的事情發生？」

「特別的事情？」

「例如，有沒有人來問一些關於島原先生的事，或者有沒有在病房附近看到可疑人物。」

「這個嘛……」夕紀沉思，「我沒什麼印象。」

「是嗎？」

看著七尾鬱悶的表情，夕紀突然想到一件全然無關的事——這個人，會不會知道西園和健介的關係？

32

得知冰室夕紀是島原總一郎的負責醫師之一時，七尾心裡很猶豫。他不打算在這裡透露恐嚇犯的目標可能是島原，若是洩漏出去，他怕這個推測會成為一則失控的謠言。

然而，或許可以將自己的想法告訴這位女醫生。見過幾次面之後，七尾有理由相信她是個極為理性且責任感強烈的女子。關於這次的事件，她從最初便參與其中，比其他人更了解整件事的脈絡。更重要的是，她是冰室健介的女兒。

「其實，這是我個人的想法……」

七尾豁出去，決定把自己的推理說出來。恐嚇犯的目標可能是島原總一郎，而犯人可能是有馬企業的瑕疵車受害者。

冰室夕紀顯得有點驚訝，但表情幾乎沒什麼變化，長睫毛底下的眼睛只是稍微睜大而已。

「如果我的推理正確，犯人應該會以某種方式接近島原先生，因爲他一定會蒐集病情、手術預定時間等資料。」

夕紀邊聽邊點頭。聽完之後，她微微偏著頭尋思。

「您說的我明白了。可是，如果是這樣，爲什麼要恐嚇醫院？犯人堅持要院方承認醫療疏失，這兩件事根本完全無關。」

「沒錯，所以我不敢向上司報告。」其實是其他原因，但七尾做了這種解釋。「只不過，我認爲有這樣的可能性。犯人一連串的要求，是一種障眼法。」

「您的意思是……？」

「他的目的可能是要誤導警方。事實上，警方目前正針對醫院內部和相關人士，進行徹底的調查。沒人把焦點放在犯人與島原先生或有馬汽車之間的關聯，當然，我是例外。」

夕紀的視線從七尾身上移開，凝視著斜下方，顯然在思考他話中的含意。看來，她的個性大概不是聽聽就算了，一定要咀嚼消化過才肯罷休。

「果眞如此，犯人必定對自己的行動很有把握。」

「怎麼說？」

「就算爲了擾亂調查方向，發出恐嚇信的風險畢竟很高吧？最好的證明就是，現在醫院裡，除了七尾先生，還有許多警察出入，要在這種情況下犯案是很困難的。可是，他卻選擇發送恐嚇信，這就表示他對自己的行動極有把握。」

七尾點點頭。

「一點也沒錯。不愧是冰室警部補的千金，一般人不會想到這一層。」

「不好意思，我太自以爲是了。」她難爲情地低下頭。

「哪裡，這是非常值得參考的意見。」

「犯人究竟想做什麼呢？應該和島原先生的手術有關吧？」

「如果犯人的目標眞的是島原先生，當然有關。依我的看法，恐怕他想要島原先生的命。」

約莫是用詞太激烈，夕紀愣了一下。

「我想再請教一次，以剛才說過的假設爲前提，妳有沒有想到什麼呢？無論多微不足道都沒關係。犯人一定是透過某種手段來蒐集情報，只憑島原住進帝都大學醫院這種程度的新聞報導，犯人應該無法採取任何行動。」

夕紀交抱雙臂，咬著嘴唇。認眞的臉龐沒有絲毫妝彩，五官輪廓很美。她沒有仰慕者嗎？七尾不禁想起無關緊要的事情。

「醫院看似封閉，其實算是一個開放的地方。即使有陌生人在走廊上走動，也不會引起任何注意，倒不如說，醫院裡到處都有這類人。所以，您問有沒有可疑人物，如果不是做了什麼特別奇怪的事，我不會記得。不過，聽了七尾先生的這番話，我以後會多多留意。」

她的話很有道理。醫師大概只在意患者，不太留意患者以外的訪客吧。

夕紀願意幫忙，對七尾是一大助力。萬一犯人靠近，她應該會注意到吧。七尾沒來由地懷有這樣的預感。

「麻煩妳了。說了這麼多，只不過是我的推論而已，搞不好完全猜錯。那幾封恐嚇信和發煙筒，仍有可能是惡作劇。」

夕紀的表情並不開朗，或許她也覺得惡作劇的可能性很低。

「拜託妳一件事，不要把我剛才說的告訴任何人。其實，我連西園教授都沒說。等到有必要的時候，我會告訴他。」

夕紀苦笑，點點頭。

「好的，這一點我知道。請相信我。」

「對不起，在這麼忙的時候占用妳的時間。那麼，我告辭了。」七尾從沙發上起身。

夕紀跟著站起來。「七尾先生……」

「是！」

她一瞬間露出舉棋不定的神色，隨即下定決心般看著七尾。

「我想請教一些與恐嚇信事件無關的事。」

「什麼事？」

「關於家父的事。」

「警部補？」

七尾這麼問的時候，走廊上傳來說話聲，夕紀的表情顯得很尷尬。看來是這個房間的使用者回來了。

「可以到外面談嗎？」她問道。

「好。」

七尾猛一開門，兩名年輕醫生似乎吃了一驚，停下腳步。他們正要走進這個房間。七尾向他們點頭示意，走出房門，夕紀跟在他的身後。

搭電梯來到一樓，走出醫院。夕紀在設置菸灰缸的地點停步，似乎是考慮到七尾。

「前幾天，您告訴我家父辭去警職的理由。」

是啊。七尾點頭，叼起一根菸，心裡有不好的預感。

「家父追捕可疑人物，結果有一名中學生車禍身亡的那件事……」

「那件事怎麼了？」七尾點菸，皺起眉頭，假裝煙熏了眼。

「您還記得那個中學生的名字嗎？」

果然是這件事，七尾心想。那正是他不想碰觸的話題。

「妳怎麼現在才問這個？」

「那名少年，」夕紀沒理會他的問題，繼續道：「是不是姓西園？」

七尾默默吐煙，從夕紀的口氣聽得出她對此一無所知。他不禁爲自己的多嘴感到後悔。

「我沒說錯吧？果然是我們科的……西園教授的兒子嗎？」

「如果是又怎樣？」

「七尾先生是什麼時候知道的？」

「不久前才想起來的。因爲我滿腦子都是辦案的事，一時沒察覺，何況那是很久以前的事了。」

「您爲什麼沒告訴我？」

「純粹是上次見到妳時，還沒想起來罷了。而且，我覺得沒必要特地告訴妳，不然會變成我多管閒事。」

夕紀眨眨眼，垂下目光。在七尾看來，像是受到了打擊。

「原來，妳不是在知道這件事以後，跟著那位教授學習的？」七尾問道。

夕紀搖搖頭。「我什麼都不知道。家父辭去警職的原因，也是您上次提起我才知道的。」

「啊……說的也是。」

「家母什麼都沒說，西園教授也一樣……」

「教授知道嗎？」

「他應該知道。」夕紀的語氣篤定，「我想，他一開始就知道了，打從見到家父的那一刻起。」

「見到警部補？」

對於七尾這個問題，她露出猶豫的表情，然後深吸了一口氣。

「爲家父動手術的，就是西園教授。」

「咦！」七尾的菸差點掉下來。他這才發現菸灰已燒得很長，於是在菸灰缸裡熄了菸，順手丟掉。「眞的嗎？」

夕紀點點頭。

「七尾先生果然不知道這件事。」

「我第一次聽說，因爲完全沒聯想到警部補的主治醫生。」七尾再次注視著她。「那麼，妳是知道西園教授爲令尊開刀，才決定在他底下學習的？」

「是的。我選擇就讀帝都大學醫學系，也是因爲有他在。」

「原來如此。啊，不過……」腦海驟然浮現的疑問正要脫口而出，七尾卻硬生生地吞了下去。

不過，夕紀似乎看穿他的心思，嘴角微揚。

「在救不了家父的醫師底下學習，很奇怪嗎？」

「哪裡，妳的選擇，我這種俗人不太明白。」

「我有我的想法，才會決定這麼做。家父將性命託付給他也是事實。」

七尾深深點頭。

「的確。既然是冰室警部補信任的人，可能是妳最值得師事的人選。」

然而，夕紀卻蹙起眉頭。七尾看到她的表情，就知道自己猜錯了。

「七尾先生，無論基於什麼理由，逼死兒子的人以患者身分出現時，您認爲醫師會怎麼面對？」

聽到夕紀的話，七尾無言以對。如果冰室健介的主治醫生就是西園，那麼，情況的確像她述說的那樣複雜。

與此同時，七尾察覺，她對西園醫師的手術抱持懷疑。

「我不是醫生，所以不懂，但不管什麼狀況，應該都是以同樣的態度來面對吧？這樣才專業啊。」

夕紀搖搖頭。「我辦不到。如果是我，心情一定很亂。」

七尾凝視著她。莫非這位年輕的女醫生，從父親身亡那時候起，便懷疑執刀的醫生？爲了找到答案，才大膽選擇在那位醫生底下學習——這麼一想，就能解釋她剛才爲何會出現那種表情。

「這件事，妳對警部補夫人……對令堂怎麼說？」

只見夕紀緩緩搖頭，露出微笑。但那種笑容，令人想以冷笑來形容。

「我什麼都沒說，因爲家母跟他是同夥。」

「同夥？妳的意思是……」

夕紀的笑容消失了。她舔舔嘴唇，一副想吐露內心積鬱的表情，最後還是嘆了一口氣。

「抱歉，我語無倫次地說了一大堆，請忘掉這些。」

「冰室小姐……」

「對不起，耽誤您的工作，請不要向西園教授提起這件事。」

「我當然不會說。」

「麻煩您了。那麼，我該走了，謝謝您。」

「啊，哪裡，我才該謝謝妳。」

目送夕紀的背影，七尾再次拿出香菸，這時候手機響了，來電顯示是坂本，想必是對於搭檔玩個人秀大爲光火。七尾抽著菸，靜待鈴聲停止。

33

星期四到了，夕紀帶領島原總一郎參觀加護病房。島原踏進這個羅列著複雜機器的房間，環顧一周後，喃喃自語：

「我會被送來這裡啊。」

「如同西園教授昨天說明的，手術結束以後，島原先生會因麻醉未退而處於睡眠狀態。等您醒來時，應該會在這裡。手術前先請您實地了解一下，到時候才不會覺得莫名其妙。」

「嗯，也對。醒來後發現待在一個完全陌生的地方，的確會嚇一跳，而且身邊也沒有人吧？」

「到時候，我或其他醫師會在，還有護理師。」

「哦，是嗎？現在沒有患者，所以醫師也不在啊。」

「是的。」

「平常都是這樣嗎？」島原望著一整排病床問道。現在病床上沒有人。

「現在的狀況反而少見，我也是第一次遇到，平常總有手術正在進行。」

「怎會變成這樣？」島原一臉不可思議。

「這是因爲……」

看到夕紀難以啓齒的模樣，島原恍然大悟地點點頭，露出理解的表情。

「因爲其他患者都跑了啊，大概是害怕那起恐嚇事件吧。」

「不光是這個原因，醫院目前的做法，是在整件事水落石出之前，把所有能延期的手術盡量往後延。」

「還不是受到恐嚇信的影響。」島原嘴角上揚，「愚蠢透頂，肯定是惡作劇。」

「但願如此。」

「我也是組織的領導人，所以我知道一個組織越成功，越容易成爲鼠輩的目標。話是這麼說，那些人也幹不出什麼大事，頂多寄寄恐嚇信來惡作劇而已，反正就是見不得別人好。自己無能，只會嫉妒那些成功的人，想製造一些騷動，自我滿足一番。警察根本不必當眞，不理他們就好了。」

夕紀察覺他的語氣有些憤恨不平，便問：「島原先生的公司也發生過類似的事件？」

島原縮了縮雙下巴。

「發生過啊，一天到晚都有。我想妳也知道，不久前我們公司上市的產品出現過不良品，那時候什麼都寄來了，恐嚇信也有、毀謗信也有。要是什麼都當眞，生意就不必做了。」

「那些都是惡作劇嗎？」

「是啊！的確，推出不良品是我們的疏忽，所以我們也對受害者負起賠償的責任。簡單來講，就是和當事人之間達成和解。可是，那些來找麻煩的，根本不是受害人，全是投機取巧的不良分子，想趁機撈一票。最好的證據就是，不管是恐嚇信或毀謗信，沒人理就不再寄來。」

看著島原倨傲的神情，夕紀想起七尾告訴她的話。

「那些恐嚇信都是以公司整體爲目標嗎？」

「嗯？什麼意思？」

「比方……有沒有威脅要攻擊個人的？」

「當然有。尤其是那件事，責任歸屬很明確，像是工廠廠長、製造部部長，針對他們的攻擊太多了。可是，他們也辭職以示負責了，還要他們這樣那樣，未免太過分。」

「那麼，社長您呢？」

「嗯？」板著一張臉的島原，顯得益發不悅。「我怎麼樣？」

「社長沒收到恐嚇信之類的東西嗎？」

島原「哦」了一聲，似乎覺得不堪其擾。

「有啊，說什麼叫我替部下的過失負責。只有頭腦簡單的人才想得出這種事。他們想得很簡單，依照這種邏輯，公司根本沒辦法運作。公司如同一部大機器，零件故障就得換掉，這是一定的，但如果連沒故障的零件都換掉，不知道要花多少時間和工夫，機器才能再度正常運作。就算能運作，也不知道之前的功能還在不在。公司因爲不良品的問題搖搖欲墜，連領導人都換掉，員工也會不安吧。的確，要我辭職很簡單，我也樂得輕鬆，只是，我判斷這樣對公司沒好處，明知會挨罵，仍決定繼續堅守下去。那些什麼都不懂的傢伙，只會不負責任亂放話，我哪管得了這麼多。」

島原彷彿要一吐心中積怨，說到一半，話題轉爲對媒體攻擊他不肯下台的不滿。

他似乎也注意到了，看看夕紀，有些難爲情地低下頭。

「唉，不過，跟住院醫師發牢騷也沒用……」

「領導人眞的很不好當。」

「要當就要有心理準備。總之，醫院這邊得振作一點，別收到恐嚇信就自亂陣腳，這樣教病人怎能放心動手術啊。」

「我會轉告上面的。」

姑且不論其他，島原這幾句話是對的。醫師、護理師們心慌意亂，只會徒增即將接受手術的患者內心的不安。

另一方面，她也十分在意七尾的話。萬一七尾的推測正確，這家醫院遭到恐嚇的原因，就是眼前這位社長了。不，恐嚇只是障眼法，犯人也許另有圖謀。

總之，明天的手術一定要順利完成，夕紀心想。這麼一來，至少能先保住島原總一郎的性命。

只是，現在的自己，究竟能不能面對執行大動脈瘤手術這份重責大任？夕紀懷著異樣的不安。七尾告訴她的另一件事，一直在腦海揮之不去。

那個躲避健介追捕而不幸車禍喪生的中學生，果然是西園的兒子。知道這件事之後，夕紀沒把握能以平靜的心情參與西園的執刀手術。健介接受手術時，西園是否盡了全力？當時他眞心希望手術成功嗎？

「接下來該去哪裡？」看夕紀默不作聲，島原提出疑問。

「啊……請到麻醉科。麻醉科醫師將會爲您說明，我來帶路。」

夕紀穿過加護病房的自動門，一邊暗想，一定要專心。明天的手術有一大堆事要準備，沒時間迷惘，也沒地方讓她逃避。

34

富田和夫有一頭分線工整的斑駁白髮，戴著一副似乎度數很深的金邊眼鏡。他注視著七尾，微微點頭致意後在鐵椅上坐下，先看了看時間，才說「敝姓富田」。計時恐怕是他的習慣吧。

「抱歉，百忙中前來打擾。」

「聽祕書說，七尾先生想詢問關於有馬汽車賠償協議的事。」

「其實，我是針對他們的瑕疵車受害者進行調查。律師先生，您是受到委託，代表受害者團體和有馬方面進行協議吧？」

「因爲受害人當中，有一位在我擔任顧問的公司裡工作。」

「我也聽說了。那麼，受害者的賠償金都達成協議了嗎？」

「認定肇事原因爲有馬汽車瑕疵的案子，全部結束了。」富田發揮法律專業本色，嚴謹地回答。

「受害者是否有所不滿？」

聽到七尾這麼問，富田的身體稍微前傾，雙手擺在茶几上，十指交扣。

「聽望月先生說，好像是有馬汽車的員工被騷擾，是嗎？」

「嗯，是啊。」七尾含糊以對。

富田冷哼一聲。

「我不太相信員工被騷擾就能出動警視廳的警察，不過，先不急著追究這一點。就結論而言，受害者團體中，沒有到現在還想對有馬方面採取報復的人，至少我想不出來。」

「是嗎？」

「每個人的受害程度不一，賠償金額也不一樣，但不管哪個案子，和過去的類似案件相比，有馬方面提出的賠償金，都接近最高金額。至於不滿，那就說不完了，不過，至少沒人來向我投訴。唯一的例外是望月先生，畢竟金錢買不回人命。你不也是因爲這樣，才去拜訪望月先生嗎？雖然我不知道你在調查什麼。」

七尾苦笑：「您說的一點也沒錯。」

「既然你見過望月先生，應該明白望月夫婦沒有心情爲難有馬那邊。他們一心一意想從痛失愛女的悲傷中站起來，正在摸索往後該如何活下去，沒有餘力思考如何復仇。」

七尾點點頭，他也有同感。望月夫婦有向島原復仇的動機，但僅止於此。這次的犯行，不是一對老夫婦辦得到的。

「您說，認定肇事原因是有馬瑕疵車的案子，已達成賠償協議，那麼，未獲認定的案子怎麼處理？」

「這方面也不盡相同。這個問題浮上檯面時，的確有各種人士和我們聯絡，不外乎最近發生車禍，認爲是有馬的瑕疵車造成的，希望我們提供協助。可是，絕大多數是當事人一廂情願，不然就是貪圖賠償金捏造事實。只要在電話中談過就知道，因爲他們沒辦法正確說明車輛編號或車禍當時的狀況。差一點的，甚至連車種都弄錯。」

「那麼，有沒有哪件案子被認定是有馬瑕疵車造成的，卻沒得到賠償？」

富田沉吟片刻，搖搖頭。

「應該沒有。有馬方面很配合，他們竭盡全力想挽救公司的形象。」

「這樣啊。」

「不好意思，沒能幫上忙。」富田正色說道，不像在調侃七尾。

「哪裡，您的話很有參考價值。抱歉，耽誤您的時間。」七尾站起來。

離開富田律師事務所之後，七尾走進一家自助式咖啡店，剛才事務所裡沒有菸灰缸。

七尾喝著咖啡、抽著菸，縷縷輕煙隨著嘆氣吐了出來。

或許是推測錯誤，這個想法在內心日益膨脹。帝都大學醫院收到的恐嚇信是障眼法，歹徒眞正的目標是島原總一郎——腦海閃過這個靈感時，七尾興奮異常，但隨著調查工作的進行，可能性似乎越來越低。不用富田說，他對望月的懷疑早已排除，至於其他受害者，並無威脅島原性命的動機。

手機響了，八成又是坂本，七尾忍不住皺眉。坂本正在獨自做些枯燥的調查工作吧，該去陪陪他了。

然而，螢幕顯示的不是坂本的號碼，他接起一聽，原來是富田。

「關於剛才的事，我想起一件案子。聽說，有人打過一通奇怪的電話。」

「是什麼情形？」

「是事務所的人接的。對方詢問，如果是因有馬的瑕疵車間接受害，能不能加入受害者團體。」

「間接？是追撞車禍嗎？」

「我們也這麼想，不過似乎不是。據說是瑕疵車熄火，造成交通阻礙。」

「哦……」

七尾想起小坂告訴他的內容。瑕疵車的問題是控制引擎的ＩＣ故障，特徵是轉速飆高，但也會出現相反的情況，就是熄火。

「那麼，貴事務所怎麼回答？」

「以這種情況向有馬方面求償可能很困難，不清楚細節不便妄下定論，於是我們請對方過來一趟，對方卻說『不用了』就掛掉電話，沒留下姓名。」

「是女性嗎？」

「不，是年輕男子的聲音。怎麼樣？有參考價值嗎？」

「現在還不知道，不過謝謝您，或許是一個重大提示。」

「那就好。」富田的聲音比剛才見面時來得親切。

七尾從口袋取出摺小的文件，是小坂提供的資料。他打開文件，瀏覽上面的報導。

是這篇嗎……

報導內容指出，由於瑕疵車在一條小路上熄火，造成附近的交通癱瘓，而且有這樣的附註：

在瑕疵車後面有輛救護車正要將患者送往醫院，駕駛判斷無法順利通行，於是只好繞道而行……

七尾拿起手機，祈禱小坂別到遠地出差，幸好他的祈禱應驗了。

「想請你幫個忙。」七尾劈頭就對接電話的小坂這麼要求。

他們約定的地點，就是前幾天碰面的咖啡店。七尾不時看著鐘，等待小坂。

他望著咖啡見底的杯子，考慮要不要點第二杯時，小坂推門走進來，身後跟著一個瘦小的長髮男子。

「不好意思，讓你久等了。我費了點工夫才逮到他。」小坂邊道歉邊坐下。長髮男子點點頭，在他的身旁坐下。

「哪裡，是我突然拜託你。」

服務生走過來，兩人點了咖啡，七尾順便加點第二杯。

小坂介紹長髮男子，對方姓田崎，負責跑社會線的新聞。

七尾把那份影本拿出來放在桌上。那是關於有馬瑕疵車熄火擋路，迫使救護車繞道的報導。

「寫這篇報導的就是……」

「是我。」田崎點點頭說：「當時塞車塞得很厲害，因爲瑕疵車熄火的地方，就在一條小橋前面，不過橋就沒辦法過河。」

「所以，救護車才會繞道？」

「對。當時車上載的是一名頭部重傷的女子，分秒必爭。這不能怪選那條路的司機，平常那條路不會塞車，而且不過河就沒辦法抵達醫院。當然也有別座橋可走，但得繞路。豈料，最後還是不得不繞路。」

「那麼，受重傷的女子後來怎麼樣了？」

田崎和小坂對看一眼。小坂得意地笑了，看著七尾說：

「我早料到七尾先生會問這些，所以要他帶一些資料過來。」

「我對那輛救護車也很好奇，做了一些調查，可惜後來沒被採用。」田崎解釋，「那名女子沒有得救。」

七尾不由得挺直背脊，「是在醫院過世的嗎？」

「是的。那名女子是個文字工作者，在大樓工地進行採訪時，失足從十公尺高的鷹架上跌下來，撞傷頭部。雖然立刻被送上救護車，卻遇到我們剛才講的狀況。」

「意外發生時，她還活著吧？」

「好像是。當時在場的人說，雖然失去意識，她還有氣息，但情況很嚴重。」

「送到醫院時呢？」

「還沒斷氣，動了緊急手術，可惜回天乏術。不過，如果早一點送到醫院，可能還有救。」

「她和家人同住嗎？」

「沒有，她一個人住在荻窪，老家在靜岡。我跟她的家人聯絡時，聽說她母親正好在她的公寓收拾遺物，於是就到荻窪採訪她母親。眞可憐啊！」
田崎從口袋裡取出照片和名片。名片上寫著「神原春菜」這個名字，沒有任何頭銜，住址確實在荻窪。
那張照片看起來像在滑雪場拍的，上面有三男三女，都穿著滑雪裝。天氣晴朗，背景的雪山景色很美。
「中間那名女子就是神原春菜。」田崎說：「這是大學時代社團的照片，我向她母親借來翻拍的，找不到最近的照片。」
「長得很漂亮。」
「我記得她大學畢業四年了。」
那麼，就是二十六歲左右。七尾在腦中計算。
「她的家人知道救護車晚到的原因嗎？」
「嗯，她母親知道。」
「那對方怎麼說？」
田崎聳聳肩，「運氣不好。」
「運氣不好？就這樣？」
「她母親說，眞是禍不單行，偏偏在那時候遇上瑕疵車造成的塞車，這孩子運氣眞差。」
「不恨有馬汽車嗎？」
聽七尾這麼問，田崎沉吟著，雙手交抱胸前。

「我本來也想針對這方面深入了解，不過她母親的反應平淡。女兒從十公尺高的地方摔下來，她母親飽受驚嚇，感覺已認命。即使早點送到醫院，大概也救不回來。不然就是本來還有救卻因誰的過失而白白送命，這種事情回想起來太痛苦，於是決定不去想吧。」

七尾點點頭。說不上來為什麼，但他能理解那種心態。

這麼一來，便出現其他疑點——打電話到富田律師那裡的男人是誰？依田崎的說法，不會是神原春菜的家人。

七尾把這件事告訴田崎，他也想不通。

「小坂先生把這件事告訴我了，我也覺得很奇怪。整理關於瑕疵車受害的報導時，我又與神原春菜的家人聯絡了一次，他們表示神原春菜跟瑕疵車沒有直接關聯，謝絕採訪。所以我認為，他們不可能打電話給富田律師。」

「這麼說，是另一個案子嗎？」

「不會吧，因車子熄火而釀成大問題的，應該只有這個案子。如果有其他的，我們應該會得到消息。」

也是，旁邊的小坂低聲附和。

「神原春菜有男友嗎？」七尾問道。

「好像有，她母親說在醫院裡見過。」

「叫什麼名字？」

田崎皺著眉搖搖頭。

「她不肯告訴我，而且問那麼多，眞的就是侵犯隱私了。」

七尾嘆了一口氣，喝起溫涼的咖啡，凝神細看穿著滑雪裝的神原春菜，她笑得很幸福。

35

坐進停在停車場的車，環顧四周後，打開手提示波器的開關。穰治的心跳加速，因爲這是最無法控制的一環。一旦供電監視顯示器的線圈和發信器被拆除，這次的計畫便毀了。

不過，這份不安隨即消除。液晶螢幕上出現的亮點和上次一樣緩緩移動，沒問題。這麼一來，所有系統均已就位。穰治做了一個深呼吸，才關掉示波器的開關。

時鐘顯示的時間將近九點，從病房窗口透出的光線一一消失。經過這次的騷動，住院患者大幅減少。聽望說，院方最近不會進行大手術，所以此刻加護病房裡沒有病人。

一切都按照計畫進行。不，甚至可說是超乎預期。構思這項計畫時，他甚至考慮到在最不理想的情況下，不得不有所犧牲。

穰治打開車上的菸灰缸，他把這個當作卡片盒。不過，最上面放的不是卡片，而是一張照片。他拿起照片仔細端詳，那是在他住處拍的神原春菜。她沒化妝，扮著鬼臉正把洗好的衣服收進屋內。

看起來像不像某人的妻子？她的這句話至今仍縈繞在穰治的耳畔。

若不是那場不幸的意外，她現在應該是穰治的妻子。儘管不知道她會花幾分力氣在家事上，但他們一定會過著幸福快樂的日子。

有棟正在興建的大樓，標榜具備劃時代的防震裝置，我要去採訪——春菜出門前這麼說，爲了得到工地拍攝許可而雀躍不已。

穰治沒想到她會爬上興建中的大樓，卻不感到意外。春菜深知自己身爲女性的優勢，在做女性相關議題採訪時，她備受重用，但抱怨過常因女性身分而不被放在眼裡，所以即使是需要體力的工作，她也想努力留下不輸給男性的表現。

她太逞強了，這一點穰治可以想像。她一定是爲了展現膽識，不想讓別人看輕，才自告奮勇，不幸失足跌落。春菜極有可能這麼做，穰治心裡明白。

是她自己不小心，也許是她自作自受。即使是這樣的人，這個國家的急救系統仍竭盡全力搶救。事實上，救護員盡了最大的努力，一將她抬上救護車，便選擇最短路徑駛向最可能救她一命的醫院。路上車多也好、遇到紅綠燈也好，一概不管。其他車輛都必須讓路，讓救護車優先通行。國家的法律是這麼規定的。

不料，路上有車子動不了，駕駛肯定不知如何是好，要責怪他未免太苛刻了。那輛車買不到一年，最大的賣點是以最新的電腦系統將引擎的性能發揮到極致。

由於有車子熄火，通往醫院的那條路塞車。救護車繞道，必須及早送醫的患者因而被延誤。春菜就這樣死了。

穰治會接到通知噩耗的電話，是因爲警方根據春菜手機裡的通訊紀錄，得知穰治是她最後的聯絡人。據說，這是警方在聯絡不到死者家人時，最常採用的方法。

他在醫院裡看到春菜。那張臉實在不像她，腫脹且扭曲變形，但耳上掛的那副耳環，確實是穰治送的。

穰治流不出眼淚，也發不出聲音。只記得警察和院方要他做這個、做那個，他機械式地應對，或許心早已死了。

幾個小時以後，春菜的雙親從靜岡趕來，兩人臉上帶著淚。母親那雙與春菜一模一樣的眼睛又紅又腫，穰治看了也淚流不止。

不久，警方找到車子熄火的原因。還有其他地方也發生車禍，車商坦承過失並付起責任，社長召開記者會，在電視上鞠躬道歉。

春菜的父母對有馬汽車毫不關心。穰治曾向他們提議加入受害者團體，但他們並無意願，表示不是直接受害者卻大聲嚷嚷，會被外界認爲只想要錢，他們不願這麼做。實際上，穰治打電話到受害者團體委託的律師事務所詢問，反應也不太好。

他逐漸死心，只能勸自己看開。製造商生產出不良品是無可避免的，即使做到最好，出現瑕疵的機率也不可能是零。更何況，汽車廠商比誰都清楚，乘客的生命都交付在他們的手上。

然而，不久後，情況有所改變，一個工作上有來往的技師，告訴他一個驚人的內幕。那個人任職於ＩＣ品質保證系統出問題的那家設計公司。

「我不敢說得太大聲啦，不過，那其實是整個組織的犯罪。」他面色凝重地說道。

「怎麼說？」穰治問，女友受害的事他當然沒提。

「我們交的品質保證系統沒問題，這一點國土交通省調查過了。有問題的是使用方式，不按照正確方法操作，再優秀的系統都發揮不了功能。」

「聽說有馬的工廠沒按照正確方法操作，不知道是廠長還是製造部部長擅自下令的結果。」

那名技師搖搖頭。

「責怪他們就太無情了。他們被上層要求達到一個不可能的生產數量，而且這個數量是爲了配合社長臨時想到的促銷活動才決定的。上層要他們無論如何都得提高產量，無可奈何之下，只好簡化品保系統，因爲產能受到這套系統的限制。可是，這種行徑很危險，有馬工廠使用的ＩＣ結構複雜，品質也不穩定，必須透過嚴密的系統檢查。系統放水，產能固然可以提高，相對地，劣質品流入市場的可能性就變大了，這是一定的。」

「可是，有馬的頭子不知道這件事吧？」

技師搖搖手。

「怎會不知道？他們訂的目標數值，不簡化品保系統是不可能做到的。這件事他們應該跟社長報告過好幾次了。社長沒同意簡化系統，卻也沒說要降低目標數值，等於強迫他們放棄品質保證。萬一出了事，就能用這招來規避責任，實在很差勁。」

穰治一臉不感興趣，但心中已燃起熊熊怒火，只覺得自己太老實了。

原來，島原總一郎絲毫沒有意識到乘客的性命託付在他手中，多賣多賺的貪念完全占據他的腦袋。春菜救回一命的機會，就被這種無謂之事剝奪了。

救護員和醫生都盡力了，他們試圖完成自身的使命，卻因一個老人遺忘自身的使命，導致他們徒勞無功。

36

夕紀的手機響起時，她正在回宿舍的路上。電話是菅沼庸子打來的，說中塚芳惠的病情發生變化，突然發高燒，現在很痛苦。

夕紀立刻折返，在路上恰好看到計程車，雖然只是兩、三分鐘的車程，她還是坐上了車。回到醫院換上白袍，她小跑步趕往病房。

中塚芳惠的病症與上次類似，叫喚沒有回應，體溫高達三十九度。由於是第二次，夕紀已懂得要領，向菅沼庸子下達檢查指示之後，隨即聯絡負責的醫師。

檢查之後，發現是膽管發炎的情況惡化，趕來的主治醫師福島判斷只能動緊急手術，將所有發炎部位切除，置換成人工膽管。雖然不確定中塚芳惠有多少體力，但當下別無選擇。

這次很快就聯絡上她的家人。二十分鐘後，中塚芳惠的女兒久美便出現在醫院裡。

夕紀也進了手術室。儘管明天一早還有大手術，必須參與島原總一郎的大動脈瘤切除術這項大工程，可是現在管不了那麼多。

手術時間長達四小時，目前仍不知道是否成功。

望著護理師們將芳惠推出手術室門口，她看到久美和丈夫就在門外，福島正在向他們說明。夫妻倆專注地聆聽，頻頻點頭。

夕紀在加護病房觀察術後狀況時，福島來了。

「讓我來吧。妳最好去睡一下，明天不是還有手術？」

「不好意思，謝謝您。我在值班室，有什麼事請叫我。」

「嗯，辛苦了。」

夕紀離開加護病房時，久美和丈夫恰好從會客室走出來。兩人一看到夕紀便站定，向她低頭行禮。

「醫生，我媽多虧妳照顧了，謝謝妳。」久美說道。

「詳細情況福島醫師告訴兩位了嗎？」

「是啊，他說接下來只能看情況……」

「是的，病灶已去除，現在只能仰賴靠本人的復原力。如果燒退了，應該就沒事。」

兩人同時點頭。

「醫生，關於動脈瘤那方面……」丈夫先開口。

「是。」

剛動完癌症切除的大手術，現在就要提這個嗎？夕紀不禁感到厭煩。

「妳說過，不會馬上就破裂吧？」

「我們是這麼認爲的。」

「既然如此，」做丈夫的眨了眨眼才繼續說：「如果媽媽能度過這個難關，等她好一點，我們想接她回去。」

夕紀直盯著他。「您是指出院嗎？」

「是的。接下來是動脈瘤的手術，我們決定在媽媽有體力接受這個手術之前，接她回家照顧。」他和妻子互看一眼。

「是嗎？這件事必須與福島醫師及山內醫師討論，不過應該沒問題。可是，之前您母親提過，住在這裡比較輕鬆。」

聽到夕紀的話，做丈夫的有些難爲情地搔搔頭。

「以前我們只圖自己方便，眞的很對不起媽。自家人不幫忙，本來治得好的病都治不好了。我們商量過，醫生爲我們這麼辛苦，我們也要把自己做得到的做好。」

夕紀點點頭。以前遇到這對夫妻都會產生的鬱悶感，瞬間消散。

「福島醫生跟我們提過冰室醫生的事。」久美說道。

夕紀大感意外，「提起我？」

「是的。眞對不起，原來妳是住院醫生啊，我以前都不知道。」

「我一開始應該說過了吧？」

「我想也是，只是不知是忘得一乾二淨，還是完全沒聽進去……我一直以爲妳跟其他醫生一樣。」

「沒關係，這樣想就可以了，對患者來說都一樣。」

「可是，住院醫生比較累吧！聽福島醫生說，幾乎沒時間休息？不止是上一次，今天妳也是第一個被找來的。」

夕紀的嘴角泛起笑意。第一次有患者的家人對她這麼說。

「因爲我還在學習，這是我的本分。」

「可是，冰室醫生本來是在心臟血管外科，跟膽管癌沒關係吧？我們之前都沒想到這件事，把妳當成是媽媽的主治醫生之一，眞的很對不起。」

「這……大多數的人都是如此。住院醫生要到各部門受訓，累積經驗，所以不太管現在隸屬於哪一個部門。」

「話是這麼說，醫生的工作還是很辛苦。對不對？」

做丈夫的附和著點頭。

「冰室醫生，妳明天一大早不是還有手術嗎？爲我們忙到這麼晚，接著又有大手術，妳的體力眞好，我好佩服。」

「這個工作的確需要體力。」

「我跟老婆說，醫生這麼年輕，爲了救媽媽盡心盡力，我們也要盡全力才對，所以決定把她接回家照顧。」

他的話讓夕紀的心頭一下子熱了起來，一時之間想不出得體的回答。

「眞的很感謝醫生。」做丈夫的這麼說，妻子也在一旁再次行禮。

「哪裡……別這麼客氣。在中塚女士好起來之前，一起努力吧！」

「好的，拜託醫生了，我們也會努力的。」久美的眼眶泛紅。

那麼，我失陪了——說完，夕紀轉身離開。要是再繼續談下去，她恐怕會跟著掉淚。

在值班室躺下，夕紀心裡依然持續著輕微的亢奮。然而，這和手術後激昂的情緒截然不同，喜悅與輕快占據了胸口。

不知道福島對他們說了什麼，也不曉得爲什麼要向他們提起住院醫師的事。

但成爲住院醫師之後，第一次有患者家屬向她表達謝意。在這之前，她一直悲觀地想著，自己到底在做什麼？究竟對醫院有沒有用處？對於患者到底有沒有幫上忙？

此刻，她認爲自己或許辦得到。在這之前，她一直爲能否勝任醫師這份工作感到不安。如今，不安依然存在，卻也看到一線曙光。

健介的那句話——每個人都有自己才能達成的使命，再度浮現在她的腦海。

夕紀閉上眼睛，在心中默默地說：爸爸，我或許終於找到自己的使命了……

約莫是消除了心裡的疙瘩，她終於能睡個好覺。

設定早上六點的鬧鐘叫醒了她，雖然只睡了短短三個小時，腦袋卻很清醒。打開窗簾，明亮的光線照射進來。

就要開始了，夕紀告訴自己。

她決定不再胡思亂想，打算把所有心力投注在即將進行的手術。

她盥洗完畢，整裝之後來到一樓，在商店買了麵包和牛奶。在手術前要提高血糖值，這是她剛擔任住院醫師時，指導醫師告訴她的。手術不可能比預定時間提早完成，換句話說，如果想救患者，必須維持體力，無論手術延長多久，都要撐得下去。

她在無人的候診室啃麵包，有個男子從走廊上出現，是張熟面孔，所以夕紀連忙把最後一口麵包和著牛奶吞下去。

「好早啊。有手術的日子都這麼早嗎？」七尾笑著對她說。

「七尾先生才是呢，發生什麼事？」
「沒有，也不算。可以坐這裡嗎？」他指著夕紀旁邊的位置。
請坐。她說著，順手把垃圾塞進塑膠袋。
「島原先生的手術就要開始了。」
「所以您才過來看看嗎？怕發生什麼事……」
「差不多是這個意思。只不過，很可能就像前幾天跟妳講的，是我自己胡思亂想。」
「您上次是說，懷疑犯人與島原先生有私人恩怨，是吧？」
「是的。怎麼了？」
「沒有，我沒想到什麼線索。只是，昨天傍晚剛好有機會和島原先生交談，我問他是否曾因瑕疵車的問題受到攻擊。」
聽夕紀這麼說，七尾的眼睛微微睜大。
「妳眞大膽，島原社長怎麼說？」
「他的意思是，當然不是沒有，不過都是惡作劇，所以沒理會。」
「很像他的作風。」七尾露出苦笑。
「他也表示，對於因瑕疵車受害的人，該賠的都賠了，只有趁機要錢的人才會找上門來。」
「原來如此。不過，並不是直接受害的人才是受害者啊。」七尾喃喃自語。
「您的意思是……？」

「我是說，也可能在他意想不到的地方遭人怨恨。」他從懷裡取出一張摺小的紙。「這是列印出來的新聞報導，這裡不是寫著，因瑕疵車熄火造成交通阻塞嗎？載著傷患的救護車不得不繞道。」

「可以借我看嗎？」

「請，特別讓妳看。這是我瞞著上司私下調查的事，所以不能說是調查上的機密。」

夕紀瀏覽七尾遞來的報導，內容的確如同他所描述。

「救護車上的患者最後沒有救活。如果沒繞道能不能救回一命也不得而知，但對於患者家屬來說，這種事很難接受吧。」

「的確。那麼，您是認爲，犯人是這個患者的家人？」夕紀歸還報導，一邊問道。

「還不知道。不一定是家人，若是和患者有密切關係的人，對島原社長懷恨在心也沒什麼好奇怪的。」

「您是指男女朋友？」

夕紀這麼問，但七尾只是歪著頭，露出別有含意的笑容，顯然是想避免把話說得太明白。

「不好意思，待會兒有重大的工作，還耽誤妳的時間。請加油。」七尾摺起那篇報導，準備放回口袋。這時候，夾在裡面的一張紙飄落，夕紀撿起來，發現是張照片。看來是在滑雪場拍的，照片上穿著滑雪裝的年輕人個個展露笑容。

「這是……？」

「我剛才提到的女性患者的照片，就是中間穿白色衣服的那個。這是她學生時代的照片，後來應該會變得成熟一點。」

「哦……」

夕紀又看了照片一眼，那是個長相清秀的女子，有交往對象也不足爲奇。

七尾從夕紀手裡接過照片，夾進那篇報導裡，這次以稍微愼重的姿勢放回口袋。

「今天我打算一整天都待在醫院附近，要是有什麼事，請打我的手機。」七尾站起來，似乎想到什麼，往額頭拍了一下。「就算有什麼事，妳在手術室裡，也無可奈何啊。」

「是呀，只能祈禱什麼事都不會發生了。」

「我也這麼祈禱。」

夕紀表示要先離開，起身邁出腳步。然而，驀地甦醒的一個記憶讓她不禁停了下來。她轉身叫住正往大門走去的七尾。

「不好意思，剛才那張照片……」

七尾驚訝地回頭，「怎麼了？」

「剛才那張照片可以借我看一下嗎？」

「這個嗎？」七尾伸手入懷，抽出照片。

夕紀再次凝視那張照片。不幸身亡的女子旁邊，站著一個穿深藍色滑雪裝的男子，他摘下護目鏡，正在揮手。

「這個人……我見過。」

「咦！」七尾的眼睛頓時充血。

37

那棟公寓是奶油色的建築物。七尾三步併作兩步跑上樓梯，明知對方不會逃走，但就是無法放心。

他站在門口，確認門牌號碼之後才按下門鈴。門外沒掛上門牌，可能是女性獨居，格外小心吧。

門開了一條縫，露出一張年輕的面孔，那是個有雙大眼睛的女孩，看起來約二十歲，似乎很適合穿護理師制服。此刻，她露出緊張的神色。

「妳是眞瀨望小姐吧？」七尾問道。

「是。」

七尾出示警察手冊。

「我是剛才和妳聯絡的七尾。很抱歉一早來打擾，現在方便說話嗎？」

「啊，方便。」

「那我能進去嗎？或者，妳想換個地方？」

眞瀨望垂下目光，隨即搖搖頭。

「在這裡就可以了，不過地方很小。」

「不好意思。」

眞瀨望先關上門，解開鍊鎖之後又再次開門。「請進。」

七尾說聲「打擾了」，便踏進屋內。小小的脫鞋處擺著很多雙鞋，要找地方站都不容易。眞瀨望發現這一點，連忙把幾雙鞋靠邊放。

「在這裡就好。」七尾站在脫鞋處說道。看來是個小套房，若不是嫌犯，他盡量避免進入獨居女子的住處。

眞瀨望也面向七尾站著。她的眼眶泛紅，七尾來訪之前，只在電話裡說「有事要請教」，沒提及任何詳情，但光是這幾句話，她就有不祥的預感。

「聽說妳今天値夜班？」

「是的。」

「妳沒去醫院上班的時間，都是怎麼過的？妳有交往對象嗎？」

七尾的問題讓眞瀨望大吃一驚。

「爲什麼問這種問題？你究竟有什麼事？」

七尾從西裝內袋拿出照片，就是那張神原春菜的照片。他把照片遞到眞瀨望的面前。

「這張照片裡，有妳認識的人嗎？」

七尾緊盯著注視照片的眞瀨望。她的目光聚焦在照片上的某一點，睫毛顫動了一下。

「有吧？」七尾確認道。

眞瀨望抬起臉，舔舔嘴唇，表情迷惘，不知該不該回答。她應該很想知道，刑警爲什麼要讓她看這張照片，應該也想知道「他」爲什麼會在照片裡，而刑警又爲什麼找上門。

「長得很像，可能不是同一個人……」她總算開口。

「因爲這是幾年前的照片。不過，沒有改變多少吧？另一個最近才見過對方幾次的人，看到這張照片馬上就認出來了。」

七尾指的是冰室夕紀。她說，最近在醫院裡看過這張照片上的人。她不知道這個人的名字和身分，但她知道一個重要的線索。

對方應該是護理師眞瀨望認識的人。冰室夕紀表示，那次在深夜看到他的時候，他和眞瀨望在一起。雖然兩人假裝不認識，但從氣氛感覺得出來。

七尾向來重視女性的直覺。由於這番話，他決定與眞瀨望聯絡。這時，他再度認爲夕紀的眼力不錯。

「是哪一個？」七尾問道。

眞瀨望遲疑片刻，還是指著照片的一處說：「這個男的。」

看到她指出的人，七尾不由得閉緊了嘴。果然和冰室夕紀說的是同一個人。

「可以告訴我這個人的姓名，還有聯絡方式嗎？妳應該知道吧？」七尾翻開警察手冊，準備抄寫。

然而，眞瀨望沒立刻回答，看著照片問：

「這究竟是什麼意思？爲什麼要調查他？」

七尾搖搖頭。「很抱歉，這是調查上的機密，無法透露詳情。我只能說，他極可能與某起事件有關，所以我們正在調查。」

「某起事件，是指帝都大學醫院的恐嚇案嗎？怎會和他有關？」

「恕我無可奉告。」

「那我也不說，什麼都不說。」眞瀨望把照片塞給他，「請你回去。」

七尾嘆了一口氣，搔搔頭。

「傷腦筋，如果得不到妳的協助，只能強行搜索妳的住處，我實在不想做這種事。」

「可是你不能馬上進來搜吧？不是需要搜索令嗎？我在書上看過。」

她的話讓七尾忍不住想嘖舌。現在人人都有這種程度的知識。

他看了看手表，八點多了，島原總一郎的手術很快就要開始，情況已刻不容緩。

他吐出一大口氣，看著眞瀨望，下定決心。

「正如妳所說，是和那起恐嚇案有關。雖然不知道照片裡的這個人有多少關聯，但我想確認一下。」

「你的意思是……他是犯人？」眞瀨望的聲音充滿悲壯感。

「這一點還不清楚，有很多事必須查證，所以才請妳幫忙。」

「可是，不是連他叫什麼名字都不知道嗎？那怎能懷疑他呢？」

「我們有目擊情報，有人在醫院裡看過他。」

她沉默一會才開口。

「是冰室醫師吧？我的確帶他去醫院參觀過幾次，那又怎樣？大家都會去醫院啊，爲什麼一定要懷疑他？」

「這很難說明，而且會牽涉到許多人的隱私，我不能隨便透露，請妳諒解。我們現下還在查證的階段。」

眞瀨望搖搖頭。「他才不是犯人，他幹麼要做這種事？」

「所以啊，」七尾向前一步，「如果妳相信他，更應該和警方合作，才能及早洗清他的嫌疑。」

眞瀨望低著頭，似乎不知如何回答。從表情看得出，她並不完全信任男友。

「眞瀨小姐。」

聽到七尾叫喚，她抬起頭，露出緊張而迫切的眼神。

「他名叫直井穰治，是普通的上班族，跟帝都大學醫院沒有任何關係。」

「怎麼寫？」七尾拿好手冊，寫下眞瀨望告知的名字，又問了手機號碼。她一臉迷惘地走到裡面，把手機拿出來。

「告訴你號碼之前，想請教一件事。」

「我不保證能回答，但請說吧，什麼事？」

「穰治……他爲什麼要恐嚇我們醫院？他有什麼動機？他跟我們醫院有仇嗎？」

七尾的視線從她身上移開。很難判斷該不該回答，但七尾理解她的心情。

「不是醫院，」他說，「眞正的目標不是醫院。選中帝都大學醫院只是巧合。有個人住進你們醫院，要在你們醫院開刀——犯人選擇帝都大學醫院的理由只是這樣。」

「那個人該不會是……」

眞瀨望遲疑地開口，七尾注視著她，再往前一步。

「妳知道些什麼吧？請告訴我，妳認爲那個人是誰？」

「島原……先生。」

七尾深吸一口氣。

「他問了妳很多關於島原社長的事吧？」

她用力點頭。看到她的反應，七尾確信一切都串連起來了。

直井穰治這個人，透過眞瀨望得到帝都大學醫院的情報。可想而知，她一定把島原總一郎的病情、手術日期等等，都告訴了直井。

直井如何接近眞瀨望，不是眼下的重點，但湊巧是她的交往對象，這種事恐怕是不可能的。

看到眞瀨望一臉黯然，七尾爲她感到心痛。打從一開始，直井便是爲了作案而接近她，和她建立起男女朋友的關係，此刻她應該比誰都清楚。

然而，現在沒時間讓他表示同情。

「眞瀨小姐，請告訴我這個人……直井穰治的聯絡方式。」

其實，七尾很想將她的手機硬搶過來，但還是忍住了。

眞瀨望盯著手機，然後抬起頭。

「我想拜託你一件事，請讓我跟他聯絡。我絕對不會提到有刑警在場。」

「呃，這個……」

七尾正想說不行，一個想法掠過腦海。雖然不知直井穰治目前在哪裡、做些什麼，但若看到陌生的來電顯示，也許不會接電話，甚至可能起疑。

「知道了。好吧，請妳打電話給他，絕對不要提起我。問他在哪裡，告訴他有話想說，希望馬上見面。萬一他拒絕，也要跟他約好一個碰面的時間及地點，明白嗎？」

眞瀨望深深點頭，小聲回答「好」，開始撥打手機。

七尾屏住呼吸，豎起耳朵。不久，她的手機傳出鈴聲。

然而，鈴聲立刻變成短短的訊號聲。

「被掛掉了。」眞瀨望簡直快哭出來了。

「再打一次。」

她帶著悲壯的神情按下按鍵，將手機拿到耳邊，禱告似地閉上眼。

很快地，她露出絕望的眼神，搖搖頭。

「打不通，好像關機了。可能在公司裡開會什麼的。」

「我也希望是這樣。妳鎮定下來，再打一次。留言給他，說希望他和妳聯絡。」

她點點頭，照七尾的吩咐做。連七尾都看得出她的指尖在發抖。

確認她留了話，七尾接過她的手機，按下重撥鍵，將顯示的號碼抄在手冊上，再把手機還給她。

「他在哪家公司上班？」

「呃，叫作……呃，是一家滿有名的公司。異位……日本異位……」眞瀨望雙手抱著頭。

「對了，是異位電子……應該是『日本異位電子』沒錯。」

七尾聽過這家公司，地址應當馬上查得到。他問起直井的職務部門，眞瀨望卻表示不太清楚。

「眞瀨小姐，很抱歉，可以麻煩妳馬上出門嗎？我想請妳和我一起到警署。」

她害怕地後退一步，「我什麼都不知道。」

「那也沒關係。總之，麻煩妳跟我一起走。」

「可是……」

「快點！」七尾忍不住大吼。

眞瀨望一驚，挺直背脊。看到她的反應，七尾的表情和緩了些。

「我到外面等，麻煩妳盡快準備。」

走出門外，他拿出手機打給坂本，但另一端傳來的不是坂本的聲音。

「七尾，你給我差不多一點。」是本間的聲音，看來他和坂本在一起，約莫發現是七尾打來的，便把手機搶了過去。

「組長嗎？我有重要的事情想報告。」

「少囉嗦！你竟然擅自行動，爲什麼就是不肯按照命令行事？」

「現在不是追究這些的時候，我找到犯人的線索了。」

「你說什麼？」

「我馬上帶證人到中央警署。組長，犯人今天會在帝都大學醫院鬧事，就是接下來這段時間。」

38

躺在推床上的島原總一郎，被送進心臟血管外科的專用手術房時，似乎還有意識，但因爲準備麻醉，眼神空洞。儘管如此，不可能連情緒也跟著放空，只要還有意識，手術前患者都會害怕、激動，有些人甚至出現腎上腺素飆高的異常現象。

「早安，請問大名？」島原被移至手術台，麻醉師佐山對他說話。佐山是個四十多歲，長相溫厚的人。事實上，夕紀從未見過他喜怒形於色。

島原見過佐山幾次，對他的聲音應該有印象。

島原動了動嘴，回答「我是島原」的虛弱聲音也傳進夕紀的耳裡。

「我是冰室，我會一直在島原先生身邊。」

聽到夕紀的聲音，島原的頭稍微動了一下，這樣應該可以讓他安心一點。這麼想的同時，夕紀本身也因爲出聲說話，化解了幾分緊張。

佐山站在島原的頭部那一側，進行麻醉誘導。首先，在注射麻醉藥之後，在他的右手裝上量血壓的管子。接下來，替他戴上氧氣罩，開始按壓供氧的袋子。

夕紀和元宮等人在一旁默默看著。進行麻醉誘導時，夕紀也在麻醉師的管轄之下。絕不能私自交談，擾亂佐山的注意力。原則上，甚至不准觸碰患者的身體。

不久，島原進入睡眠狀態，手術室護理師山本明子依照佐山的指示，注射肌肉鬆弛劑與靜脈麻醉藥。她是有二十年資歷的老鳥。

「肌肉鬆弛劑與吩坦尼注射完畢。」山本明子說道。

「謝謝。」佐山回答。

佐山抬起島原的下巴，讓他的嘴巴大開，接著使用喉頭鏡，將人工呼吸用的軟管送進氣管。他的手法極爲愼重，深怕傷到氣管黏膜。

插管完成後，佐山以膠帶固定管子，啓動人工呼吸器。以上均是麻醉誘導的步驟。

麻醉誘導完成後，夕紀依照元宮的指示，插入導尿管。然而，導尿管的前端卻到達不了膀胱。

「他有前列腺肥大的現象。」元宮說：「我來吧。」

不愧是元宮，以熟練的手法插入導尿管。如今夕紀已不再排斥觸碰男性的生殖器官，但對於連這點工作都無法順利完成的自己感到生氣。

設定好點滴、測量心臟機能的儀器之後，夕紀著手消毒肌膚。從胸部、腹部到大腿等部位，大範圍地塗上消毒液。最後，護理師們爲島原蓋上外科用覆蓋巾，只留下進行手術的部位。

在此之前，西園一直站在後方看著夕紀等人進行準備，現在他走近手術台。

準備就緒，元宮、夕紀及護理師們，在事先決定的位置站定，以目光向西園示意。

「麻煩各位了。」西園說道。

圍繞在島原四周的醫師和護理師，默默地互相致意。

夕紀在口罩下做了一個深呼吸，終於要開始了。她下定決心，今天先專注學習西園的手術。身為住院醫師，不曉得能從有名醫之稱的西園身上學到多少，她仍期待親眼目睹，或許能有收穫。

只不過——

希望手術中不會發生什麼意外——她突然想起七尾說的這句話。

39

時針即將指向十一點，穰治在飯店的某個房間內。從窗戶可俯瞰帝都大學醫院，他第一次投宿這家商務飯店。進行準備工作時，他其實也很想入住，但還是忍住了。他怕來太多次，飯店員工會記住他的長相。

麻醉誘導最少也要一個小時。麻醉之後，主刀的醫師開始動刀——

穰治在腦中計算時間。執行手術最重要的步驟之前，患者必須先接上人工心肺裝置，這個步驟會花上一點時間，即使接好了，也不會立即使用。根據他的調查，進行胸部大動脈瘤手術時，會將患者的體溫降到攝氏二十五度左右。使用人工心肺裝置讓血液循環之際，要先將送出的血液冷卻。據說，這是為了保護患者的腦部與脊髓。將體溫降到二十五度，大約需要一個小時。

之後，醫師們應該會在某個時間點，讓島原的心臟停止運作。

心臟可停止約四個小時。醫師們必須在這段時間內完成任務，即切除島原的大動脈瘤，接上人工血管。若手術順利完成，醫師們會讓先前中斷的血液再度流進心臟。心肌細胞獲得血液，會再次展開活動，若無異常，幾分鐘後心臟會開始跳動。若沒跳動，醫師們就算使用電擊，也會強迫心臟恢復跳動。

休想這麼做——穰治心想。

心臟既然停了，就不需要再跳動。這顆心臟不是別人的，是島原總一郎的。這個男人，把公司的利益……不，把自身的利益看得比人命重要。這種人的心臟不必再跳動。

穰治想著，我要讓你再也動不了。他要創造出醫師們再怎麼努力，都無法使心臟恢復跳動的狀況。不，要創造出一個讓他們甚至盡不了力的狀況。

只不過，造成這種狀況的時機很重要。

如果意外提早發生，醫師們大概會中止手術。如果僅連接人工心肺裝置，要及時回頭恐怕不難。相反地，太遲也不行。若主要的手術已完成，剩下來的工作就算出了狀況也能達成。

他決定再等一下。沒有心急的必要。望說，這樣的手術至少會進行四、五個小時。

一想起望，穰治不禁看向茶几上的手機。

今天早上八點半，手機響了。那時，穰治已醒，但仍躺在床上。他吃了一驚，彈跳起來，確認來電號碼。上面顯示的是望的手機。

他猶豫了一下，把電源關掉。要是聽到望的聲音，一定會心生動搖。他打定主意永遠不再見面，但利用望仍備受良心譴責。

而且，他有不祥的預感。望不會在這種時間打電話給他，偏偏在今天這種日子打來，感覺不妙。望不可能看出什麼端倪，但他覺得一旦接起電話，精心設計的一切都會泡湯。

他等了一會才聽語音信箱。望留言要穰治與她聯絡。

她的聲音有些緊張，語氣也不像平常那樣黏糊。

一開啓簡訊匣，裡面也有相同內容的訊息。然而，望平常發的簡訊中，一定會有一、兩個表情符號，這次半個都沒有。

穰治認爲事有蹊蹺。

望有什麼事，他的確很在意。不過，他判斷絕不能與望聯絡。

手機一直是關機狀態，他很後悔沒及早這麼做。聽了望的留言，他莫名不安。

他再度走近窗邊，俯視醫院。接著，他舉起望遠鏡。

恰好有三輛車駛進停車場，其中兩輛是箱形車。他以望遠鏡追蹤車子的動向。三輛車停在不同的地方。車門開了，好幾個男人下車。從兩輛箱形車分別走出五個人。

穰治猜想，可能是警察。用望遠鏡雖然看不出來，但下車的那些人有獵犬的味道，環顧四周的動作、迅速走向醫院的腳步，在在令人感到肅穆嚴謹。

如果是警察，爲何今天這麼多便衣刑警？這陣子常看到穿制服的警官，卻沒發生過今天這樣的情況。

穰治思考著計畫曝光的可能性，但沒有這個道理。警方不可能查出有人想要島原總一郎的性命。

那些人有的走進醫院，有的在大門口散開。

穰治看著書桌。那裡放著一台筆記型電腦，只要輸入密碼，按下Enter鍵，便會啓動第一個動作。

穰治已在醫院裡裝上花了好幾個星期製作的裝置。如果其中一個被發現，整個計畫就無法順利進行。

他站在書桌前輸入密碼，出現詢問是否執行程式的對話框，按下Enter鍵表示Yes。

看看時鐘，才十一點半，手術還沒進入核心階段。

他搖搖頭，點選電腦螢幕上顯示的No。

40

島原總一郎的手術已開始。七尾在帝都大學醫院一樓的候診室，不斷掃視四周神色鬱鬱的人們。他的口袋裡有直井穰治的照片，但直井的長相早就深植腦海，不需要再看。

他向日本異位電子東京總公司查詢的結果，得知直井穰治請了特休，據說是一個星期前便提出申請。

有件事令人無法忽視。直井穰治這兩個星期便請了三天假。在醫院內針對這些日期調查，發現其中一天是島原總一郎住院當初所決定的手術日，後來由於恐嚇事件才延期至今。

直井穰治今天一定會採取行動。問題在於，究竟是什麼行動。

七尾在中央警署進行說明時，本間仍是滿臉怒氣，太陽穴暴出青筋，臉紅脖子粗。然而，聽著七尾的話，他的表情不斷改變。最後，他臉部肌肉緊繃，浮起青筋的太陽穴冒出了汗珠。

「你怎麼不早點報告？」本間呻吟般問：「既然你認爲是與島原社長有私怨的人搞的鬼，

為什麼不跟我說？」

對不起——七尾老實地道歉。

「無論如何我都想親自調查，加上沒有什麼把握，純粹是不滿意原本的調查方針而已。」

「你這傢伙！」本間一把抓住七尾的領口。

「可是，組長，如果不是七尾先生進行調查，就不會查出直井穰治了。」坂本插嘴調解。

「七尾先生要是和我一起行動，恐怕什麼都查不到。」

或許是同意了這個說法，本間鬆開手，響亮地「嘖」了一聲。

「你給我當心點，事後我會請示上面怎麼處分你。我一定會向上面報告。」

「沒關係。」七尾說：「倒是醫院那邊，得加派警力。」

「這我當然知道，不用你交代！」本間怒吼。

不久，有員警被派往帝都大學醫院，還有便衣刑警同行，七尾也在內。顯然在這種狀況下，本間無法支開他。

此刻，本間約莫在逼問眞瀨望，以爲能從她那裡問出直井穰治到底有何企圖。但七尾認爲，這恐怕是無謂之舉，直井並未向她透露任何事，想必是打算從此不再和她接觸，所以才沒接今天早上的電話。

當指針超過十二點，他站起來，走向大門。門口有兩名刑警，其中一人是坂本，正拿著照片和進出醫院的人進行比對。

「沒看到人。」坂本注意到七尾，這麼說道。

「不一定是從大門口進來。」
「醫院有另一個出入口吧？」
「夜間和急救專用的出入口，也有派人監視。」
「會不會早就潛進來了？」
「應該不至於。我到處巡視，也讓醫院的人看過照片，沒人看到他。」
「他是想妨礙島原的手術吧？不來醫院應該搞不出什麼花樣。」
「聽說，手術可能會續到晚上，時間還很多。」
「不知道直井在想什麼，即使來到醫院，不靠近手術室就無法加害島原，難道他想硬闖嗎？」
「我不認爲他會這麼做。」
七尾離開坂本，原本想拿出菸盒，又遲疑了。直井不曉得什麼時候會出現，現在不是到抽菸區的時候。
除了菸盒，他的手還碰到一樣東西，是一張便條紙。他向日本異位電子公司打聽時，將直井穰治的所屬單位記在上面。
電子計測機器開發課——
「電子計測……電子……電……」七尾喃喃自語，赫然驚覺一事，拿著便條紙跑了起來。
對於七尾的問題，事務局長笠木面露不解之色。
「用電設備……是嗎？這裡很多啊，幾乎所有的醫療行爲，都要有電才能進行。」

「那麼，最重要的部分在哪裡？我指的是一旦壞掉，醫院受害最嚴重的地方。」七尾問。

笠木環顧事務室。

「呃，這方面誰比較熟？」

「應該是中森先生吧？」他身旁的女職員回答。「他是負責設備和建築的。」

「哦，也對。中森去哪裡了？」

「不知道。我想應該是在醫院的某個地方吧。」

女職員悠哉的口氣，讓七尾一陣焦躁。

「請馬上聯絡他，要他到這裡來，情況非常緊急！」

「究竟是怎麼回事？」笠木皺眉，但那不是意識到危機的表情，使得七尾益發暴躁。

「犯人是電機方面的技術人員，很可能利用自身的專長。既然電力是醫院的生命線，他一定會從這裡著手。」

「從這裡著手？要做什麼？」

「所以，我才要請你們想想看。」七尾按捺著想大吼的衝動。

這時，一名戴眼鏡、年約四十歲的男子一臉惶恐地出現。

「中森先生嗎？」

「我是。」可能是七尾的眼神咄咄逼人，中森有些手足無措地後退。

七尾把剛才問過笠木的問題，再問一遍。中森雙手交抱胸前，一邊思考，一邊開口。

「應該是配電盤吧，也就是斷路器。那裡要是被動了手腳，供應各建築的電力都會遭到切斷。」

「其他呢？」

「再來就是主電腦吧。各種資訊都是透過ＬＡＮ來分享，要是主電腦遭殃，也就不能用了。」

「那些東西在哪裡？」

「隔壁房間。」

七尾叫來坂本，命他確認各樓層的配電盤和主電腦是否有異狀。

「手術室的配電盤要特別仔細檢查，那是犯人的首要目標。」

「是。」坂本小跑步離開事務室。

七尾面向笠木與中森。

「謝謝合作。要是想起什麼，請立刻和我聯絡。」說著，他準備離開。

「請問……」中森叫住他。

「什麼事？」

七尾一問，中森面帶遲疑地說：

「醫院外面的不用檢查嗎？」

「外面？」

「是啊，這時候不必考慮醫院外面的設備嗎？」

「你的意思是，除了醫院的設備之外的設備嗎？」

「不是的，設備是在院區裡。」

「院區裡……」七尾回到中森的面前，「那是什麼？」

41

春菜在沙灘上奔跑，泳衣上罩著白T恤，手裡提著裝了罐裝啤酒的塑膠袋。海風吹拂著她的秀髮，豔陽照耀著她的小麥色肌膚。

那是大學四年級的夏天，穰治和她在鵠沼海岸。他們第一次兜風。

「妳那樣晃，啤酒會噴出來。」

穰治躺在平鋪的塑膠布上說道。春菜站在他的身邊，他由下往上仰望，從T恤下襬看得到她的肚臍。

「好，那就來實驗一下！」

才說完，春菜就在他臉上拉開啤酒罐的拉環。果然，他的臉被噴出來的白色泡沫淋個正著。他連忙爬起來，春菜卻笑到翻倒。

幸福的預感包圍著兩人。穰治已找到工作，春菜也確定打工的出版社會繼續僱用她。從那時候起，她的夢想便是成爲一名自由作家。

他們在大學的滑雪社認識了兩年，交往了一年半，穰治根本沒想過要和她分手。雖然沒有明確的規畫，但他認爲這美好的關係持續幾年，之後自然就會結婚。想像兩人十年、二十年後的模樣，心頭便爲之一熱。

穰治再度往沙灘上躺下，春菜應該就在他的身邊。他閉眼伸出手，想確認春菜的所在。然而，他的手沒觸摸到任何東西，春菜不在身邊。

放眼沙灘，唯有足跡殘留。他沿著足跡走，卻看不到終點，也不知道自己要走向何方。

他轉身回頭，有一間公寓。望跪坐著，悲傷地抬頭看著他。

「穰治，你千萬不能那麼做。」

一驚之下，他醒了。他坐在椅子上，電視正播出白天的新聞節目。

他按了按眼頭，左右轉動脖子。剛才好像在回憶春菜時打起瞌睡。

他生自己的氣，怪自己怎會在這麼重要的時刻睡著，但又想起望曾告訴他，若是長期處於緊張狀態，神經過於疲累反而會想睡。她說，這是一種自衛本能。

他站起來，想去浴室洗把臉，順勢朝窗外望去。下一秒，他不禁睜大雙眼。接著，他拿起望遠鏡，靠近窗戶。

離醫院建築不遠處有一幢小屋，戴安全帽的警察聚集在小屋前，似乎試圖開門。

穰治看向鐘，十二點二十分，還不到計畫預計的時間。但要是他們打開那扇門，發現那個東西，會有什麼後果？

沒時間猶豫了。他站在電腦前，叫出程式，再打幾個字，螢幕上便出現對話框。

要選Yes，還是No？

望的聲音在腦海響起：穰治，你千萬不能那麼做……

他的手指往Enter鍵靠近。看看窗外，警察隨時都可能打開那扇門。

深呼吸之後，他按下Enter鍵。

42

那時候，七尾在不遠處觀望。員警們設法調查的，是建於院區內的受電盤室，據說裡面設置了兩座受電盤。不用說，這是從電力公司承接電力的設備。

員警打開門的瞬間，受電盤室在劇烈的爆炸聲中噴出灰煙，還冒出紅色火焰。開門的員警被爆炸威力彈開。

「退後，有爆裂物！」一名員警叫道。

接著，傳來第二次爆炸聲，受電設施被火焰與濃煙包圍。

與此同時，七尾身後響起人群的沓雜聲。一回頭，只見許多人走出醫院。

「請不要靠近！不要靠近！」七尾大喊，因爲有人靠上來想看起火的小屋。

坂本奔出醫院，看到七尾，便跑了過來。

「發生什麼事？」

「受電設施被炸了。醫院裡的情況怎樣？」

「停電了。除了一小部分，全是暗的。」

「跟組長聯絡，請求支援。」

「七尾先生呢？」

「我去看看手術室的情況。」

七尾走進醫院，發現候診室鬧哄哄。受到恐嚇事件的影響，前來就診的患者應該比平常少，但在七尾看來，醫院仍是人滿爲患。

顯然沒人知道發生什麼事。經過議論著好像發生火災的幾名女子身邊，七尾往後面走去。電梯停了。一名坐輪椅的男子因無法搭乘電梯而感到爲難，護理師叫住他，爲他帶路。看來似乎有停電時仍可使用的電梯。

七尾沿樓梯直奔而上，暗罵自己太大意，竟沒及早料到歹徒這次的犯行，不進手術室卻要妨礙手術，這是唯一的辦法。

他迅速抵達手術室所在的樓層，腦海突然湧現一個疑問，不禁停下腳步。

爲什麼受電設施會在那個時間點爆炸？

就在員警開門的那一刻。當下，他以爲機關便是如此設計，然而現在重新回想，爆炸並不是在開門的那一瞬間發生的，而是在開了門之後。如果是預先設定的機關，爆炸不是應該早一步發生嗎？

而且，在門上設機關沒有意義。因爲這麼做，無法知道何時會爆炸。站在犯人的立場，如果爆裂物不能在島原接受手術時引爆，不如讓別人先發現。

這麼說……

「七尾先生。」

他佇立在樓梯上思考，卻被上面傳來的聲音打斷。定睛一看，原來是一個姓野口的後輩刑警正在下樓，他本來應該在手術室附近監視。

「聽說，受電設施被炸了。下面怎麼樣？」

「沒有發生大混亂，上面呢？」

「護理師們多少有點慌，不過沒什麼大問題。這種醫院都有自備發電裝置，避免因停電受到影響。重要的機器現在好像都靠那個在運作。」

「那麼，手術室也沒問題吧？」

野口大力點頭。「他們說用的是不斷電裝置，可以繼續動手術，沒問題。」

「太好了。」至少能先放心。「你說的那個自備發電裝置在哪裡？」

「地下室。我想最好還是去查看一下，正準備過去。」

「叫專家來。」

「已聯絡過，應該在路上了。」

「好，那你快去。」

目送野口離開之後，七尾直接上樓。走廊很暗，但有緊急照明。一名護理師從標示著「加護病房」的房間走出來，找上另一名從護理站走出來的護理師，高聲問道：

「還沒聯絡上真瀨小姐？」

「她的手機似乎沒開。」

「這算什麼！」她的臉色很難看。

七尾走近她，看到她胸前的名牌寫著「菅沼」。

「請問，真瀨小姐怎麼了？」他邊說邊出示警察手冊。

菅沼護理師臉上閃過驚訝的神色，隨即恢復冷靜。

「因爲停電，到處都缺人手，想找她來支援。她今天本來是夜班。請問我可以離開了嗎？我很忙。」

「啊，不好意思。」

菅沼護理師快步通過走廊，再次走進加護病房。

七尾拿起手機，跑下樓，一路上和好幾個醫師、護理師擦肩而過，每個人都顯得很緊張。來到一樓便聽到廣播，說明受電盤遭到破壞，今天中止診療。候診室的人們議論紛紛地朝大門走去。

七尾撥開人群走到外面，消防車已抵達。受電盤雖然還在冒煙，但看來火熄了。

他撥打手機，對象是本間。

「是我。後來怎麼樣？」

「他們有自備發電裝置，所以手術繼續進行。組長，你在哪裡？」

「我在路上，正要過去。」

「眞瀨望呢？」

「在中央警署，還在問話。」

「組長，請放眞瀨望回醫院。我們不需要她了吧？」

「還不確定。你爲何這麼說？」

「因爲有人需要她。她是護理師，現在這家醫院需要她。拜託！」

本間沒回覆。七尾很不耐煩，不曉得他在猶豫什麼。

「組長！」

「知道了。」七尾總算聽到回覆。「我會跟中央警署聯絡，這樣總行了吧。」

「謝謝組長，還有一件事……」

「又有什麼事？」

「請派人調查醫院四周的建築物，直井穰治就在附近，他應該正在監視醫院。」

43

「這邊沒問題。」佐山沉著地說道。他已確認過麻醉器和生命徵象監視器。

「這邊也沒問題。」臨床工程師田村操作著人工心肺裝置，一邊說道。

安心的氣氛在手術室裡擴散開來。夕紀吐出一口氣，把視線拉回手術台。

島原的心臟裸露出來，胸骨已被電鋸縱向切開，肋骨被大大地撐開，蓋住心臟的心包膜也已切開。

從人工心肺裝置輸送血液的管子，插在右大腿的動脈與右鎖骨下動脈中，相反地，將全身各部位回流至心臟的血液，送進人工心肺裝置的管子，則插在右心房上。換句話說，島原的血液循環完全交由人工心肺裝置進行。

體溫已降至攝氏二十五度，心臟處於心室顫動狀態。

升主動脈與主動脈弓隆起，大小有如孩童的拳頭。這兩個部位本來應該只有兩公分，若不予處置，遲早會破裂。雖然在手術前的檢查早已得知，實際上親眼看見，夕紀仍爲其中的異狀驚訝不已。

以人工血管來替換這些隆起的血管，是這次手術的目的。

主動脈弓輸往大腦等處的血管共有三條分支，只要其中一條受傷，島原就會有生命危險。不僅要注意看得到的部分，也不可忽略心臟的內部。

夕紀想起了父親。

正當西園準備下刀時，發生異狀，室內的照明閃爍了一下。

第一個開口說「停電了」的是田村。

事實上，幾秒之內，好幾項電子儀器停止運作，但這些都不是至關緊要的儀器。

不久，有護理師進來說明狀況，解釋現在由於受電設施發生意外故障，無法接收外來電力，但已切換爲自備發電，因此主要設備應可順利運作。事實上，一度停止運作的電子儀器，這時候又能使用了。

田村解釋，人工心肺裝置和麻醉器不曾停頓，是因爲連接在不斷電的電源上。不斷電裝置塡補了自備發電裝置啓動前的這段空檔。

田村表示，無影燈也由不斷電電源供應，但切換時電壓會產生微妙的變化，可能是因此才感覺閃爍了一下。他也是第一次在手術中遇到停電。

西園命令他們稍作檢查，於是田村與佐山各自確認負責的儀器。

他們判斷沒有問題。

拿著電子手術刀的西園，默默對元宮、護理師及夕紀投以視線，確認他們的意思。
所有人都以目光示意，於是，手術繼續進行。
然而，夕紀感到十分不安。受電設施意外故障是怎麼回事？七尾的話再度在她的腦中響起。在島原總一郎手術時出事——這是巧合嗎？或者，終究是出於人爲設計？
此時，絕不能將心中的疑慮說出口，否則會使所有人不安。既然決定繼續動手術，就不該分心想別的事情，何況是擾亂執刀醫師的心神。
西園的手逐漸靠近患者的心臟。

44

鑑識課的老鳥片岡將一塊黑色塑膠碎片放在掌心，讓七尾等人看。
「這應該是手機零件。」
「手機？」本間問道。
「對，把手機做成引爆裝置。撥打這支手機，不會響鈴，卻能引爆，所以犯人可自由行動。我以前見過用呼叫器改裝的，現在呼叫器沒人用，就改用手機了。犯人的作案技術也會跟著科技日新月異。」
「很容易製作嗎？」
面對本間這個問題，片岡聳聳肩。
「外行人大概沒辦法吧。不過聽七尾說，犯人是電子儀器專家……」

「所以做得出來？」

「應該吧。依我看萊，反而是那個爆裂物做得比較吃力吧。」

「那不是炸藥嗎？」七尾問道。

「如果是炸藥，可不會這樣就算了。」片岡指指後面。

受電設施的小屋被燻得烏黑，但沒有崩塌。片岡說，只有受電盤前方遭到破壞，本體的損傷並不嚴重，但要讓受電盤恢復功能，至少也要半天的時間。

「可是，那時候的火勢好大。」七尾說出親眼目睹的狀況。

「應該是汽油，大概和爆裂物放在一起吧。」

「這麼說，爆裂物是……」

「我想是犯人自製的。」片岡回答。「目前尚未分析殘餘物質的成分，還不能確定。不過，把砂糖和氯酸鉀或過錳酸鉀之類的東西混合，就能做出小型炸藥了。依爆炸程度來看，應該差不多吧。」

「一般人弄得到這些材料嗎？」本間問道，顯然是一時無法相信，這一系列的犯行出於外行人之手。

「如果是製造業的工程師，應該有辦法取得，而且過錳酸鉀在藥房也買得到。」

傷腦筋……本間說著，臉色沉了下來，似乎沒料到一個外行人竟能做到這種程度。然而，七尾認為本間太後知後覺，由於親身經歷過那次發煙筒機關引發的騷動，從一開始他便認為犯人並非普通人。

有人出聲叫組長。七尾一回頭，看到同組的林姓年輕刑警快步走過來。
「找到直井的最新照片了，據說和員工證上的照片一樣。」
林從手上的牛皮紙袋，拿出一張照片給本間。
七尾也探頭去看。那是直井打領帶的照片。
「加洗了嗎？」本間問。
「拿去彩色影印了。」
「好，發給負責找人的同事。照片越新，越不會出錯。」
「給我一張。」七尾對林說，接過同一張照片。「我也去找人。」
目前已依照七尾的提案，派出幾名刑警到附近找人。
「不，你留在這裡。」本間說道。
「爲什麼？」七尾嘴角一撇。「不准我加入調查工作嗎？」
「不是。這次的案子你最了解，所以我要你待在旁邊給意見。」
七尾相當意外，盯著本間。
「可以嗎？」
「先把話說清楚，事後我一定會給你處分，別得意忘形。」
「我知道。」
「管理官馬上會到，把資料整理好。」
本間說著，要邁步向前時，手機響了。

「我是本間，怎麼了……什麼？確定嗎？……嗯，波拉飯店是嗎？」本間拿著手機，望向遠方。「嗯，從這裡就看得見。是嗎？知道了，我馬上派人過去支援，你們先穩住。」

本間掛掉電話，微微充血的眼睛看向七尾。

「找到直井投宿的飯店了。」

七尾不禁睜大眼，「真的嗎？」

「他恐怕做夢也沒想到，我們已查到他的所在之處。他是以本名投宿，我們給飯店的人看過照片，應該是本人沒錯。」

「以本名……」

「七尾，你先過去，等一下我也會叫坂本他們過去。在波拉飯店，你知道地點吧？就是那家飯店。」本間指向遠處一幢灰色建築物，上面掛著招牌，看來是一家商務飯店。

「了解！」七尾奔向最近的一輛警車。

他在離飯店數十公尺的地方下車，這個位置從飯店看不到。因爲直井穰治可能在飯店裡，同時監看醫院及周邊路況。

走進飯店正門，有一個小小穿堂。那裡有張熟面孔，是一個姓寺坂的後輩。他應該也是負責搜索。

「其他人呢？」七尾問道。

「在直井住的那個樓層，應該在走廊上待命。」

「直井在房裡嗎？」

「不知道，我們正在等候組長的指示。」

「坂本他們也會來，大概要等他們到才會進去逮人。指認直井的那個員工呢？」

「就是他。」寺坂指向櫃檯。

七尾走近櫃檯，出示警察手冊。那個臉形瘦長的服務生微微點頭，神色緊張。

「想請教一下這個人來投宿的情況。」七尾出示照片。

「剛才幾位也問過，我沒有特別深刻的印象，只是請他在卡片上登記名字而已。」

「他是什麼時候預約訂房的？」

「上個星期五。」

「有沒有指定房間類型之類的？」

「沒有，並無特別要求。客人住的是標準單人房。」

對於一個警察追捕的嫌犯是否該使用敬語，服務生似乎有些迷惑。

「昨晚來的時候，他有沒有帶什麼行李？」

「我記得客人好像帶著一個旅行袋，但不是很清楚……」

「他有沒有使用客房裡的電話？」

「關於這一點，其他刑警剛才也問過，所以我已確認客人並未使用電話。」

「是你帶他進房的嗎？」

「沒有，像我們這種飯店，大多是把鑰匙交給客人而已。」

「有沒有出入房間的跡象？」

「很抱歉，我沒有一直待在這裡，所以不太清楚。」

七尾點點頭，判斷無法期待這名員工能提供有用的情報。

坂本從大門進來了，還帶著幾名員警。外面一定也有布署。

「指令下來了，進去抓人。」

「好，走吧！」七尾向寺坂打了手勢，走向電梯。

直井住在五樓的客房。一抵達五樓走廊，便看到兩名刑警，他們表示直井的房間並無異狀。

坂本也帶著幾名員警上樓了。

「飯店大門和後門都堵住了。」

「好，這裡的安全門和樓梯也要有人看守。」

在各個妥當的地點安排好警力之後，七尾和坂本等人討論逮捕的步驟，決定由七尾敲門。

「組長指示，現在醫院裡可能還有爆裂物，要我們小心，慎防直井被逼急了引爆。」坂本說道。

「了解，不過應該沒問題，直井不是那種人。」

「你怎麼知道？」

「容易失控的人，想不出這次的作案手法。如果他是那種人，早就拿刀硬闖島原的病房了。」

「但願如此。」

「只能這樣想了——上吧！」

七尾和坂本等人一起靠近房間，悄悄做了一個深呼吸，敲了門。

裡面沒有回應。再敲一次，結果還是一樣。

「要進去嗎？」坂本小聲問，一邊出示鑰匙。那應該是飯店的總鑰。

七尾點點頭，坂本便將鑰匙插入鎖孔，直接把門推開。

繼坂本之後，七尾也踏進房間，但裡面沒人。

七尾打開一旁的浴室門，浴室裡也沒人。

電視開著，書桌上放著一台電腦，床上有一個旅行袋。

「逃走了？」坂本咬著嘴唇問道。

「不可能。他不可能發現我們的行動，即使發現了，應該也來不及逃。」寺坂說道。

「那麼，是碰巧外出……」坂本的眉頭深鎖。

「坂本，聯絡組長。要是直井出去了，計畫就得變更。我們在這裡埋伏，等他回來。」

「是。」坂本拿出手機。

七尾環顧室內。直井就是從這個房間監視醫院嗎？

從窗戶往外看，的確可將帝都大學醫院的院區看得一清二楚。如果用望遠鏡，一定萬無一失，也看得到受電設施。直奔很可能是看到警察試圖調查，才匆忙引爆。

可是……

七尾感到有些奇怪，總覺得哪裡不對勁。

45

穰治瞪著電腦螢幕，上面有三個字：DOOR、BAG、KEYBOARD，而DOOR旁邊已顯示ON。幾分鐘之前，電腦發出警示音的同時，出現這個畫面。

這只有一種情況，就是有人打開他在波拉飯店訂的房間的門。他在房間的門上裝了一個不顯眼的感應器，門一打開，感應器便會傳送訊號到房間裡的電腦。那台電腦已設定程式，一收到訊號，便使用內部設定的手機通知穰治眼前的這台電腦。

是誰打開了門？

搞不好是飯店的人員。他預約住兩天，入住時曾交代櫃檯的人員不必打掃房間，但可能沒連繫好。

穰治走近窗戶，拿起望遠鏡來看。這次焦點對準的不是醫院，而是更遠處的一家飯店。但望遠鏡無法觀察到每個房間的情況，也無法確認飯店四周是否有警車停駐。

他嘖了一聲。這時，電腦再度發出警示音，一看畫面，BAG的旁邊也出現了ON。

床上的袋子被打開了……

袋口也裝有感應器，拉鍊一拉開，便會傳出訊號。

飯店的人員不會擅自打開客人的行李。

錯不了，他很肯定闖進房間的是警察。他們得知直井穰治在波拉飯店投宿，便趕去那裡。

他思忖著警察是如何找到自己的。他想起望打來的那通電話，會是她說的嗎？可是，望對他的預謀應該一無所知啊。

穰治輕輕搖頭。警察怎麼查出來的，一點也不重要。籌畫這次行動時，他已做好被警察查出來的心理準備，也已想好對策，到時候該如何讓行動繼續下去。

那就是波拉飯店的陷阱。

警方一旦查出犯人就是穰治，必定會在醫院附近尋找。會盯上他，表示警方已看出他的犯罪目的是妨礙島原總一郎的手術。

穰治無從得知警方的調查進展，所以準備了波拉飯店，並用本名訂房。如果警方眞的在追捕他，辦案人員應該很快就會找到這條線索。相反地，如果那個房間始終沒被發現，表示警方還沒查到「直井穰治」這個名字。

他本人當然是希望是後者。截至目前爲止，他認爲自己沒出什麼大紕漏，因此相信後者的機率較高。

顯然他太天眞了。光就媒體的報導來看，調查小組追查的方向全然不同，卻步步逼近眞相。約莫已有調查人員發現，有馬汽車的瑕疵車受害者當中，有人沒獲得任何賠償，而且其被害情形也沒被報導出來。

穰治知道警方正在追捕自己，感到焦慮又失望。縱使他的目的順利達成，也會遭到通緝，遲早會被捕。他會以殺人罪被起訴嗎？萬一答案是肯定的，他就必須在監獄裡度過漫長歲月。一思及此，即使早有覺悟，絕望感還是席捲而來。

當然，他不會因此考慮中斷計畫。自從失去春菜，他懷抱著更沉痛的絕望活到現在。找到島原總一郎的住處時，他甚至考慮過要揹著爆裂物和島原同歸於盡。
穰治告訴自己，不要怕被逮捕，而且警方查出他的犯行，心裡的傷痛似乎減輕了幾分。
現在警方什麼都知道了……
神原春菜的死幾乎沒有媒體報導。春菜死得這麼冤枉，卻沒人替她主持公道，也沒有管道可讓穰治他們宣洩悲傷。島原總一郎沒負起任何責任，繼續在公司裡掌權，自以爲只要與受害者團體達成和解，一切就扯平了。社會大眾也厭倦抨擊有馬汽車。
然而，警方不是這樣。至少參與這次案件的警察，應該都知道有馬瑕疵車騷動的背後發生過什麼悲劇，才會查出犯人就是直井穰治這個平凡的上班族，也明白他的內心有多遺憾。
我眞沒用——穰治想著，自虐地笑了。怎會因此感到得救了呢……
這時候，電腦發出第三次警示音，KEYBOARD旁的ON出現了。他舔了舔嘴唇。
這表示有人觸碰放在波拉飯店房間的那台電腦的鍵盤。
穰治開始整裝。他不知道對方是基於什麼目的觸碰鍵盤，但對方遲早會發現電腦裡的監視程式。在那之前，他還有一點時間，因爲刑警應該還不知道波拉飯店的房間只是一個幌子。
穰治以望遠鏡觀察醫院的情況。警察頻繁地出入，但看得出他們的行動還是相當從容。醫院的自備發電系統應該正在運作，所以醫院裡並未亂成一團。
可惜，你們的悠閒時光就要結束了……
他叫出另一個程式，那是用來啓動裝設在醫院裡的第二套系統。
電腦詢問YES或NO。

他的手指向Enter鍵靠近。

46

「好像什麼都沒留下。」本來正在調查電腦的寺坂回過頭，對七尾等人說：「電子信箱裡沒有任何紀錄，也沒有文字檔。」

「這表示……？」七尾問道。

「我也不太懂電腦，所以不敢說什麼，不過，這表示直井沒用這台電腦處理普通事務。一般人都用電腦上網、收發電子郵件吧？還有文書處理之類的。」

「你是指，他完全沒有這些跡象？」換坂本發問。

「是的。請專家看一下硬碟就知道了，他一定用在什麼特殊的地方。」

寺坂感到不解，七尾則是無從發表意見，因爲他對電腦幾乎一竅不通。

「他會不會用這台電腦操控爆裂物？」七尾想起鑑識課的片岡的話，於是提出這個問題。

「也許會，」寺坂回答：「只是我沒辦法確定。」

七尾陷入沉默。他認爲直井會回到這個房間，因此和坂本及寺坂在此等候。其他刑警分別在飯店內外繼續監視。再怎麼想，他們的做法都不可能有錯。然而，不知爲何，他還是坐立難安，就是有種錯得很離譜的感覺。

「坂本，聯絡組長，找鑑識課的人過來看看。」

「找鑑識課？可是，要是被直井發現有警察出入這家飯店……」

「請他們不要洩漏身分。然後，請他們看看這台電腦，我總覺得有什麼重大意義。」

坂本分別注視著七尾和書桌上的電腦，點點頭。

「知道了。」

坂本打電話時，七尾再次環顧室內。直井昨晚似乎在這個房間過夜，床鋪有使用的痕跡，枕頭上留有毛髮。

剛才確認過，床上的旅行袋內沒什麼東西，只有看似在便利商店買的內褲、襪子及兩本雜誌。

直井離開房間，出門去了嗎？

他該不會不打算回來吧？這個不安在腦海閃過。受電設施遭到破壞時，他還在這裡，之後才離開，這應該是合理的推測。果眞如此，他爲什麼要離開？爲什麼沒留在這裡？

七尾走近窗戶，向外眺望。由於距離太遠，看不出醫院的狀況。

稍微壓低視線，他看到正面有棟大樓，屋頂一覽無遺，似乎是一家公司。

突然間，他的內心浮現疑問。

「寺坂，找飯店的人過來，最好是櫃檯那位。」七尾說道。

寺坂步出房門的同時，坂本也掛上了電話。

「我請懂電腦的人過來了。」

「醫院方面有沒有異狀？」

「目前沒有，手術似乎也進行得很順利。」

聽到這個消息，七尾反倒更不安。手術順利進行，表示剛才的爆破並未達到直井的目的。難道他不知道醫院有自備發電系統嗎？七尾認爲這是不可能的。直井透過眞瀨望獲得各種情報。在那之前，他一定詳細調查過醫院的供電系統了。

門開了，寺坂帶著飯店員工進來，正是櫃檯那位。

「你之前說，直井沒指定房間類型吧？」七尾立刻發問。

「是的，所以我才安排這個房間……」

「樓層方面呢？」

「樓層？」

「他也沒指定要幾樓以上的房間嗎？」

「是的，他沒指定。」

「這麼說，他會住進這個房間是巧合，也可能住進比這層樓更低的房間，對吧？」

「當然。」

「樓層最低的房間在幾樓？我是指有單人房的樓層。」

「這個……三樓。」

「三樓……」七尾從窗戶向下看。

坂本來到他的身旁，同樣往下看去。

「七尾先生，如果在三樓的房間，應該看不到醫院吧？」

「我也這麼認爲。」

「我到三樓確認一下。」

「不用了，沒有那個必要。」七尾離開窗邊，拳頭往旁邊的茶几一捶。

「七尾先生……」

「上當了。這個房間是幌子。直井在別的地方，打從一開始就不在這裡。他登記住房，把房間布置成有人使用的樣子後就離開，到另一個看得到醫院的地方。」

「不會吧，他爲什麼要這麼做……」

「他是個行事謹慎的人，而且無論如何都想完成這次犯行。他準備這個把戲，是以防萬一，即使被查出來，整個計畫也不會受阻。」

坂本拿出手機，大概是準備向本間報告。由於找到這個房間，四周的查訪工作便中斷了。如果這裡是幌子，必須再度動員調查。

七尾走向門口。

「七尾先生，你要去哪裡？」坂本問道。

「我要回醫院，麻煩你向組長報告一聲。」

七尾衝出房間，搭上電梯。他爲自己上當而懊惱，同時也爲直井的強烈復仇心感到驚訝。準備那個房間，表示直井不怕被捕。恐怕直到眞的被捕的那一刻，他都會千方百計要島原償命。

七尾拉住一名在飯店大廳待命的警察，要對方開車送他到醫院。沒時間解釋理由了。即將抵達醫院時，他的手機響起。

「我是坂本。」對方的聲音變了調。「犯人得逞了。」
「怎麼回事？」七尾的聲音也啞了。
「剛才自備發電系統停止，醫院陷入完全停電的狀態。」

47

當七尾趕到醫院時，護理師和持手電筒的警察正處於一片慌亂中。除了緊急逃生指示燈之外，所有的照明都失效了，現場只聽得見咒罵聲此起彼落。
有警察在後面的樓梯上上下下。七尾想起自備發電裝置位於地下室。
他走下通往地下室的樓梯，雖然有逃生指示燈，四周仍昏暗得看不清楚任何狀況。一名穿工作服的男子跑步超越了他。
「七尾。」呼喚他的聲音就在近前。只見本間拿著筆形手電筒站在那裡。
「組長，怎麼回事？」
本間搖搖頭。「還不清楚。現在只知道自備發電裝置被裝設機關。看守的員警也不曉得發生什麼事。」
「不是被炸壞的嗎？」
「沒有那種感覺，突然間就停電了。」
「受電設施被破壞之後，不是已派人去檢查其他地方嗎？」
「是派人去找類似的爆裂物，但要找出其他機關很難。總之，消防組和鑑識組正在檢查，在那之前，我們不能靠近。」說完，本間聳聳肩。「畢竟我們也看不出個所以然。」

「手術室的情況如何？」

「派人去問了，好像有幾組電子儀器沒辦法使用……」

一名男子走下樓梯，是事務局的中森。他戴著安全帽，視線游移不定，顯得很不可靠。

「上面的情況怎麼樣？」本間問道。

中森沒把握地偏著頭。

「我已請幾個護理師四處查看，現在就是人手不足……」

「手術室也停電了嗎？」七尾問道。

「重要的機器應該還在運作，像是人工心肺裝置，通常接在不斷電電源上。」

「那麼，手術可以繼續進行。」本間放心似地點點頭。

然而，中森搖搖頭。

「雖說是不斷電電源，也沒辦法一直供電，說穿了就是電池，恐怕撐不到手術結束……」

「那麼，該怎麼辦？」

話一出口，七尾心想也是白問。果不其然，中森無可奈何地垂下八字眉。

「我什麼都不知道……事務局長他們已在開會。」

七尾看到鑑識課的片岡表情嚴肅，快步從走廊另一端走來。

「麻煩過來一下。」

於是，七尾和本間一起往裡面走，中森跟在後面。

發電室的大門敞開。這扇門平常有上鎖嗎？大約多久檢查一次？最近是否有可疑分子出入？種種問題浮上七尾的腦海，但他沒開口發問，而是跟著片岡走進去。現在不是調查那些事的時候。

在一個轎車大小的方形箱子前，站著一名穿工作服的男子和幾名鑑識課人員，沒人在進行任何作業。

「這就是自備發電系統。」片岡指著那個箱子說，然後打開前面的操作板。「請看這裡。」

操作板底下，是密密麻麻的電線和小零件，其中一個空間有小鋁盒以膠帶固定。看來，這就是問題所在。

「這應該是犯人裝設的黑盒子。看來是從這裡發送訊號，啓動緊急停止的按鈕。這恐怕也是利用手機，不過不打開來看，還不能確定。」

「地下室也接收得到手機訊號嗎？」

「應該是PHS，醫院用這個當院內的聯絡工具。」

「不能重新啓動嗎？」

「我們按過啓動鈕，不過沒反應，也就是一直維持在停止鈕生效的狀態。」

「那麼，不是只要拿掉那個盒子就可以了嗎？」七尾問道。

片岡面有難色地點點頭。

「的確是這樣，可是犯人也不是傻瓜，事先已做好準備，防止我們這麼做。」

「意思是……？」

「從這個盒子裡拉出來的其中一條電線，一直延伸到燃料槽。現在還沒有完全確定，不過多半是裝設了炸藥。」

本間不禁睜大眼。「你怎麼知道？」

「這張紙就貼在盒子上，當然是犯人貼的。」片岡拿出一張紙條。

上面畫著電路圖。七尾完全不明白其中的含意，看來本間也一樣。

「這是炸彈引爆鈕的線路。」片岡說：「畫得相當淺顯易懂，應該是爲了讓我們看懂才故意這麼做。」

「什麼意思？」

「換句話說，」片岡舔舔嘴唇，繼續道：「要是拿下這個盒子或剪掉電線，裝在燃料槽的機關就會引爆炸藥。爆炸本身可能不具威力，但畢竟裝在燃料槽裡，一定會引發大火。」

「事情麻煩了。」本間皺著臉，「只好拜託防爆小組。」

「當然。只是，如果要拆除，至少今天一整天都無法供電。」

聽到片岡的話，本間的表情蒙上陰影。

「這樣啊。」

「由於不知道引爆的詳細結構，得先拍X光確認，再用液態氮冷卻才能拆除。裡面也可能裝有震動感應器，所以一切作業都必須在這裡進行。當然，也得將燃料槽裡的燃料移除。」

光是聽到這番話，七尾就覺得眼前一片漆黑。本間似乎也有同感，略微蹣跚地向後退。

「總之，先疏散房間裡的人吧。接下來該怎麼做，跟上面的人商量過才能決定。」說著，本間離開了現場。

七尾站在原地，並未移動腳步。

「有辦法解決嗎？」他問片岡。

「如果依照我剛才說的程序處理，應該沒問題吧。」

「可是，這樣無法恢復供電。」

「另一個辦法就是從別的地方找替代電源，只是會很花時間。因爲設定也需要不少時間。」

「知道了，謝謝。」

七尾感覺汗水從太陽穴流下來。該做些什麼？思緒完全亂了，焦躁幾乎快把他壓垮。

正要走出房間時，片岡叫住他。

「還有一種可能性。不過，前提是犯人保有良心。」

48

西園的刀法只能以神乎其技來形容，過程中當然沒有夕紀動手的機會，她完全爲那精密儀器般的動作懾服。不僅快速，而且準確又謹慎，將重要血管不傷分毫地分離，一到達目標部位便毫不猶豫地切斷，手法一如熟練的名匠。

正當眾人認爲大動脈瘤已全部切除時，再度發生異狀。這一次，照明又閃爍了一下，連接在一般電源的儀器都停止運作。

西園皺起眉頭。

「又來啦。」這句話是元宮說的。

然而，接下來的情況和先前不同。等了一會，一度停止的電子儀器本應重新開始運作，卻完全沒有復工的跡象。

夕紀正在協助止血。光是止血就讓她忙不過來，現在又因電力遲遲沒恢復而陷入慌亂。

「糟糕，」田村喃喃地說：「這次眞的停電了。自備發電好像也停了。」

「再這麼下去會怎樣？」元宮問。

「不斷電電源持續運作就還好，可是很快就會用完。到時候，連無影燈都會熄掉。」

「大約多久？」

「頂多二十分鐘吧，算十五分鐘比較保險。」

「教授……」元宮看著西園。

「繼續。」西園的手完全沒停下來。「只能繼續進行。田村，麻煩你想對策。」

「是，唔……」田村環顧室內，眨眼的次數變多了。「先延長不斷電電源的壽命。凡是備有電池的儀器，全部切換成電池。首先切換人工心肺，關掉冷熱水供應裝置。佐山先生，生命徵象監視器和麻醉器拔掉插頭後，還可使用一個小時。山本護理師，請把體溫維持裝置的插座，換成一般電源。」

「咦，這樣好嗎？」山本明子問：「現在停電啊。」

「那部機器很耗電。」

「按照田村的指示做。」西園頭也不抬地說：「關掉之後，病人體溫也不會立刻上升。」

山本明子回答「是」之後，依照指示更換插座。

西園準備縫合人工血管，但只剩下十五分鐘，實在不可能完成，何況島原的血管非常脆弱。

當然，到了這種地步，手術只能繼續進行。因為目前島原的心臟是不完整的。

手術室的大門開了，護理師探頭進來，似乎想說明現況。

「元宮，你去。」西園說道。

元宮點點頭，走出手術室。他的空缺自然由夕紀遞補。

「別緊張。」西園看著手邊說：「我們不可能永遠在周全的環境下動手術，不能受外在狀況的影響，要專注於眼前該做的事。」

「是。」夕紀回答。西園進行縫合的指尖仍如機器般正確運作。光看他的指尖，感覺不出他受到絲毫影響。

元宮回來了。西園停下雙手，示意他報告。

「自備發電系統停止了，目前正設法找替代電源，無法預測還需要多久時間。」

「照明呢？」

「我拜託護理師帶光源進來，預防最不理想的狀況。只不過，對於亮度不能抱太大的期待。」

西園默默地繼續手術。在夕紀看來，他似乎以行動表示，無論外在情況如何，眼前該做的事情只有這一件。

49

「你說電視？」本間皺著臉。

「還有廣播。直井可能在車上，或許會聽廣播。」七尾說道。

「你是想透過電視和廣播呼叫直井？」

「是的，希望他啓動醫院的自備發電系統。」

「慢著，確實是他弄停的，但他不見得能再啓動吧？還是，你要叫他來這裡啓動機器？」

七尾搖搖頭，示意身邊的片岡向本間說明。

「裝在操作板上的黑盒子，應該是以手機零件做成的，這一點我之前說過了。」片岡說，「透過那個零件發送訊號，啓動停止鈕，讓系統停止運作。」

「這你也說過了。」

「我的想法是，或許犯人可以解除。」

本間意外地看著片岡，又看著七尾。

「你是指……？」

「如果他的目的只是讓系統完全停止，那麼，就像炸壞受電設施一樣，只要以相同手法破壞自備發電系統即可。我認爲他沒這麼做，一定有某種理由。」

「什麼理由?」

「直井認爲有必要恢復供電。」七尾接過話,「他唯一的目的,就是妨礙島原的手術。換句話說,只要一達到目的,就會立刻重新啓動自備發電系統,畢竟醫院裡還有很多病人沒有電就活不成。」

本間皺眉,陷入沉默,似乎不知該如何取決。七尾心焦如焚。

「直井極力避免造成其他患者的困擾。我現在才明白他爲什麼要寫恐嚇信,因爲他希望盡量減少受波及的人,寫恐嚇信、點燃發煙筒,都是爲了讓島原以外的患者離開醫院。」

50

無影燈的光逐漸變弱,不到幾秒便完全熄滅。手術室被黑暗籠罩,只有幾個顯示器發出微弱的光。

所有人瞬間陷入沉默。西園本來在縫合人工血管,但他現在是什麼姿勢,連他身邊的夕紀也看不見。

「元宮,」是西園的聲音,「照明現在怎麼樣了?」

夕紀爲他幾乎沒有起伏的語氣感到驚訝,從他的話聲聽不出一絲焦躁。

「我剛才吩咐護理師準備,要我去問問嗎?」元宮的聲音有些變調。

「不用,現在最好別亂動。外面的人應該也明白這裡的狀況,只能等了。」

「知道了。」

「西園教授，」佐山出聲，「病人的體溫超過三十九度了。」

西園低沉地「嗯」了一聲。

「因爲空調停了。再這樣下去，要小心截癱(*1)。」

室溫持續上升，在場的人應該都感覺得到。夕紀也是滿身大汗。焦慮的氣氛在手術室蔓延，雖然沒人說出口，但大家都知道，情況刻不容緩。患者的體溫上升，將會面臨死亡。

要冷卻身體——想到這裡，夕紀的腦海浮現棺材的畫面。爲父親守靈時，她看過棺材內部，裡面鋪滿乾冰，微微飄起白色霧氣。

「教授。」夕紀鼓起勇氣開口。

「什麼事？」

「直接從管線外冷卻血液可行嗎？」

「……怎麼冷卻？」

「用冰塊，還有保冷劑之類的，雖然很像外行人的點子……」

在場的所有人都安靜下來。置身於黑暗中，夕紀看不見其他人的表情，深怕大家會因這個主意太幼稚而取笑她。

「田村。」西園喚道。

「是。」

「可行嗎？」

「理論上應該可行，雖然我沒做過。」

「試試看吧。山本護理師，請向外面聯絡，要他們送冰塊和保冷劑過來，也要把目的講清楚。」

山本明子回答「好的」，卻在幾十秒後才離開。因爲太暗，無法迅速行動，萬一牽動任何一部機器，都會造成無法挽回的後果。

「冰室。」

被西園點名，夕紀全身一僵。「是！」

「好主意，謝謝。」

「哪裡……倒是教授，您臉上的汗不要緊嗎？」

「雖然想請你們幫忙擦，但我現在動彈不得。」

「咦……」

「我兩手都握著血管，要是不小心一動，傷到血管就糟了。」

夕紀凝目細看，雖然看不見西園的手，但看得出他的雙手在島原的心臟附近。他不動如山，準備以這個姿勢度過眼下的狀況。

手術室的門打開了，進來幾名護理師，手裡都拿著手電筒。

*1 下肢全部或部分癱瘓，原因多半由脊髓疾病或外傷引起。

「大家圍住手術台，」其中一人下令，「照亮手術部位。」

護理師們移動到夕紀等人身邊。手術台上再度出現光線，但亮度遠遠不及無影燈。西園的手邊仍是暗的。

「不能再亮一點嗎？」元宮怒斥。

「已派其他人去找照明。」一名護理師回答。

「不能再拖下去了，動手吧。」西園開口，「冰室。」

「是。」

「把光對準我的手指，視線絕不能移開，一切就靠妳了。」

西園認眞注視著夕紀，看得出他似乎要傳達什麼——非關醫療的事情。她回答一聲「是」，從護理師手中接過手電筒，頓時感到口乾舌燥。

「元宮，麻煩你輔助。」

西園再度發出指示，門又打開了。

「保冷劑和冰塊來了。」進來的護理師說道。

51

牆上掛著好幾張最新暢銷歌曲的CD，旁邊貼著女歌手演唱的海報，還備有試聽的耳機。穰治戴起耳機，他當然沒有欣賞樂曲的閒情逸致，只是想製造一個待在原地也不顯得突兀的狀態。

穰治望向隔壁的家電賣場，那裡展示著大型液晶電視，畫面上正在播的，可說是熟悉的場景。

電視媒體的攝影機似乎架在帝都大學醫院前面，拍攝警察和職員來去的樣子。畫面不時切換到攝影棚內，由主播說明狀況。主播身旁坐著一個掛有犯罪心理學者頭銜的來賓，每當主播有問題丟過來，對方便煞有介事地開始解釋。

穰治心想，這跟挾持人質事件一樣。不同的是，犯人正在大型家電賣場看電視，不在醫院裡。鏡頭拍到一輛卡車。看到卡車貨台上搬運的東西，他不由得拿下耳機，離開ＣＤ賣場，走近電視。

一名外景女記者出現了。

「剛才，院方緊急調來移動式大型發電機，那是附近的婦產科醫院用來作爲緊急電源的裝置。只是，現在的問題是要安裝在哪裡。最好能搬到手術室所在的樓層，但由於發電機很重，不是人力所能搬動的。目前電梯停電，堆高機能到達的範圍又有限，院方正在討論是否要將電源設置於一樓，再以電纜線連接到手術室，不過無法預估需要多少時間才能裝設完畢。」

聽到外景記者的話，穰治咬著嘴唇，握緊拳頭。

他早就料到醫院會從別處調配發電機，但他推測應該需要更多時間。即使向別家醫院借調，光是搬動也是一大工程。然而，也有可供設置於一般診所庭院的緊急發電機，能夠搬動的應該是這種類型。

最令他在意的，是「以電纜線連接到手術室」這句話。換句話說，手術目前仍在進行。

離他中斷自備發電系統已過數十分鐘，想當然耳，手術室裡一定問題百出。無影燈熄滅、電池耗盡的機器會停止運作。即使如此，手術仍在進行，代表醫生們正以某些方法保住島原的性命。

究竟用什麼方法？穰治無法想像。現代醫療在各個層面上，應該是沒有電力便無法成立。不過，就算手術持續進行，並不代表島原能夠撿回一命，一定是醫生們無論處於多麼絕望的狀況，也不會放棄微乎其微的可能性。只要患者還有生命反應，醫生們不到最後都不會放棄吧。

既然調來緊急發電機，可見不這麼做島原就有生命危險。以電纜線連接，想必沒有口頭上說的那麼容易。

望跟他提過，「手術室就像太空船內部一樣」。

「不是有部電影叫《阿波羅13》嗎？劇情是太空船發生故障，太空人向ＮＡＳＡ的管制中心下達許多指令，想辦法返回地球。手術室就像太空船一樣，手術室外面的人，不能隨便出手幫忙。除了在空間上被隔離，更重要的是，不能讓外面的雜菌跑進去，就算要送一些小工具進去，也要經過仔細消毒。」

進手術室必須多麼小心謹慎，在望帶他參觀手術室時，他已親身體驗過。只不過是一台數位相機，望便疾言厲色地責備他。

小型電池應該要多少有多少，目前正在進行的電視轉播，也是因爲採訪車上配備專用電池。考慮到人命關天，應該中斷轉播，提供給醫院。沒這麼做，約莫是其中有種種障礙。同樣地，把電纜線拉進手術室也有危險。要讓電纜線通過，表示必須打開所有間隔。

實際執行時，唯一的辦法是將電纜線連接到手術室的配電盤。負責電力工程的工程師想必會如此建議。不過，穰治早在那裡設下機關，要立刻著手進行應該是不可能的。

不可能活得了——穰治寧願這麼相信，因爲他再也無法出手干預。

正當他準備離開電視機前時，主播說：

「現在接獲最新消息，警視廳要公開呼籲。請將畫面切換至現場。」

穰治的視線再次停留在螢幕上。畫面出現一個全然陌生的人物，約五十來歲，一身西裝，打著領帶，場景似乎在醫院外面。

「我們在此呼籲歹徒。帝都大學醫院的爆炸犯，警方已掌握你的姓名等資料，立刻中止計畫，讓自備發電系統恢復供電。目前的狀況再持續下去，萬一出現犧牲者，警方將以殺人罪或傷害罪將你起訴。不要再加重你的罪行，我們知道你手上握有恢復供電的方法。再重複一次，立刻讓自備發電系統恢復供電。」

穰治茫然佇立，完全沒料到警方會以這種方式向他喊話。

呼籲還沒結束。

「我們知道你是爲了危害特定人物的性命，才做出這次犯行。可是，這家醫院除了該人物之外，還有許多患者，其中有不少人的性命垂危，你要連累這些人嗎？如果你還有良心，立刻停止不法行爲。」

穰治離開現場，因爲四周的人紛紛聚集過來看電視轉播，感覺他們的視線似乎投射在自己身上。

你要連累這些人嗎？

這句話殘留在耳畔。構思這次的計畫時，他首先擔心的就是這一點，所以明知危險，仍再三寫恐嚇信，甚至不惜設置發煙筒。

他告訴自己，到今天還不離開醫院的患者們也有責任。他知道這是歪理，但如果不這麼想，心情會非常沮喪。

恢復自備發電系統，對他來說輕而易舉。將身邊的電腦連接手機，再執行某個程式即可。只要一個動作，系統便可恢復正常。

如果你還有良心……一點也沒錯，他還有良心，而且良心正折磨著他。

52

七尾在事務局看完轉播。管理官的表情略顯緊張，但他認為這是一次相當好的呼籲，沒有刺激到直井。

離開事務局時，七尾恰巧遇到本間。他大概一直待在管理官的身邊。

「但願那樣可以說服直井。」本間偏著頭說道。

「在那之前，還播出發電機運進來的畫面，希望能讓他以為計畫失敗，就此放棄。」

「那組發電機怎麼樣了？」

「好像有不少問題，聽說工程師想連接到手術室的配電盤上，但……」

「那邊也被裝了一個爆裂物吧?」本間撇了撇嘴角。

「還不曉得是眞是假。」

這是片岡告訴他的。片岡打開配電盤時，發現上面裝了一個黑盒子，與自備發電系統上找到的類似，但目前還不清楚構造，也可能是假的。

「防爆小組正在調查。就算是假的，拆除時也得疏散所有人，所以根本沒辦法在手術期間進行。」

本間發出沉吟。

「只能等直井主動聯絡嗎……」

「電機工程師正在調查電源能不能連接到別處。萬不得已，只好把電纜線拉進手術室，但院方不想這麼做，擔心手術室會受到雜菌污染。」

「到時候也管不了那麼多。」

本間皺眉時，眞瀨望從他身後經過。她已換上護理師服，七尾連忙追上去。

七尾出聲叫喚，她停下腳步。一看到七尾，她的表情變得僵硬。

「今天早上眞抱歉。妳可以回來上班了啊?」

「因爲醫院人手不夠……」

七尾不打算說是自己勸本間讓她回來的。

「警察問了妳很多直井的事嗎?」

「問了很多……可是，我眞的什麼都不知道，根本不知道他在想這些……」

「我了解，警方應該不會再盤問妳，只不過，有事想請妳幫忙。」
「什麼事？」望的眼神中浮現怯色。
「想請妳勸勸他……勸直井。剛才，我們上司已在電視上喊過話，他恐怕不會把警察的話聽進去。如果是妳，應該會不一樣。」
望凝視著七尾，搖搖頭。
「我不想上電視。」
「用其他方法也可以。」
「對不起，我很忙。而且，他才不會聽我的話。因爲……我又不是他的女友。」
望說了聲「失陪了」，便快步離開。

53

手術正要邁入最後的高潮，人工血管的替換幾乎快完成了。夕紀渾身大汗，因爲緊張與疲勞，連站著都感到吃力。即使如此，她還是集中精神，完成最後的工作。
「好極了，剩下的由我來。」西園說著，和元宮對看一眼，點點頭。
夕紀在口罩下放心地吐出一口氣。然而，他們還沒度過所有的難關。雖然使用電池的照明器具已送進手術室，亮度方面幾乎沒問題，但各種儀器的電池壽命即將耗盡。
「人工心肺的電池快用完了，我要改用手動。」手術室裡響起田村的聲音。
西園正專注於手上的工作，所以元宮轉頭看向田村，輕輕點頭。

田村迅速固定幾條管子，將操作面板上的手動轉盤往逆時針方向轉動。

「請維持儲血槽的血液量。」西園突然開口。雖然手上忙個不停，他仍將田村他們的對話聽在耳裡。

「知道了。」田村回答。

人工心肺裝置的手動轉盤其實相當沉重。夕紀以前在預習課程時操作過，才轉動三分鐘就使不上力。此刻，必須以一分鐘百轉的速度不停地轉動，因此田村無法兼顧其他機器，由另一名姓吉岡的臨床工程師來支援。只是，人手再多，沒有可使用的機器也是枉然。

室溫持續上升，因爲室內不僅沒有空調，還使用大量會發熱的光源。人數比平常多也是原因之一。

護理師頻繁地爲西園拭汗，還是趕不上流汗的速度，只見他頻頻眨眼，臉上的疲色漸趨明顯。要在這種情況下進行難度本來就很高的手術，自然會消耗大量體力和精神。

「西園教授，不要緊嗎？」元宮擔心地問。

「我沒事。現在血液溫度多少？」

「二十九度。」佐山立刻回答。

直到剛才，還持續以保冷劑和冰塊冷卻血液循環裝置的管子。使用人工心肺裝置時，必須以低壓讓血液流向頭部，氧氣的供給量自然會減少。爲了將耗氧量降到最低，才需要降低體溫。然而，現在不必再冷卻了。

「田村，加溫器不能用吧？」

對於西園的這個問題，田村回答「不能」，語氣聽起來很遺憾。

人工血管的替換完成了，接下來是分段減少體外循環的血液量。只不過，之前爲了保護腦部而降低血液溫度，現在卻必須提高到接近體溫。因爲，即使將冷卻的血液直接送回心臟，心臟也不會跳動，才會需要血液加溫器這樣的儀器，但在沒有電力的情況下，機器完全無法使用。

「剛才爲了冷卻用上冰塊和保冷劑，」西園出聲，「現在得加溫了……」

「來問問團隊的新星吧。」元宮看著夕紀，「好了，這次該怎麼辦？」

「請人送暖暖包進來吧。」夕紀回答：「用暖暖包從外面提高加溫器的溫度如何？」

「暖暖包？這樣溫度會上升嗎？」元宮喃喃說道。

「不知道。可是，現在不是什麼都不能做嗎？我們應該考慮的，是不需要用電即可派上用場的方法。」

「我請外面的人準備暖暖包。」

一名護理師不等西園指示，便走出手術室。

54

七尾在加護病房的門前停步。

「請不要占用太多時間，因爲我們今天特別忙。」名叫菅沼庸子的護理師皺眉說道。

「我知道，不好意思……」

「還有，請不要觸碰任何地方。現在沒空調、不通風，空氣已髒得要命。」
「我會小心的。」
七尾依照菅沼庸子的指示，在入口處消毒雙手。他消毒時，對方以手打開門。那扇門平常應該是自動門。
一走進去，七尾意外地感到一股悶熱。在沒有空調的閉密空間，或許這是理所當然的情況。
集中治療用的病床排成一列，目前只有其中一床在使用，就是最靠裡面的那張。醫師和好幾名護理師圍住那張床。七尾當然不知道他們在做什麼，但從他們身上散發的緊張氣氛，便能判斷情況並不樂觀。眞瀨望的身影也在其中。
七尾得知患者是名叫中塚芳惠的女士，昨晚病情惡化，動過緊急手術後被送進來，現在仍高燒不退，沒有意識。
菅沼庸子走近眞瀨望，向她耳語。一看到七尾，望毫不掩飾地皺眉，朝他走來。
「請問還有什麼事嗎？」
「不好意思，可以再聽我解釋嗎？」
「很抱歉，我沒有時間。我得照顧這位患者……因爲人工呼吸器和顯示器都停擺了。」
「就是因爲這樣，才要拜託妳。沒有其他辦法了。」
「電源怎麼樣了？」
「很多專家正在討論各種方法，可是沒辦法立刻解決。勸他中止計畫是最快的方法。」

「他」指的是誰，望應該明白。

「跟我說這些也沒用啊……」望低下頭。

「妳不希望他變成重刑犯吧？如果現在停手，不會構成殺人罪或傷害罪。當然，一定是有罪的，但會是輕罪，而且他的動機也值得同情。可是，一旦出現犧牲者，就沒這麼簡單了。要是妳有心救他，請協助我們，同時也是救妳的患者，拜託。」七尾鞠躬請求。

「別這樣，請把頭抬起來。」

聽到她泫然欲泣的聲音，七尾抬起頭來。只見她的眼眶泛紅了。

「我剛才不是說過嗎？我對他根本不重要，他是爲了讓這次行動成功才接近我。只要是這家醫院的護理師，誰都可以。我說的話，他怎麼可能會聽！請不要讓我覺得自己更可悲了。」

「直井對妳是有感情的。」

「請不要安慰我。」

「這不是安慰。」

「那不是很奇怪嗎？他做出這種事，是爲了替死去的女友報仇吧？那不就表示他到現在還忘不了那個女友？他心裡根本就沒有我，難道不是嗎？」

她破嗓了好幾次，語氣激動，像是一直壓抑的心情爆發出來。圍在患者身邊的醫師和護理師紛紛往這裡看。

望回過頭，朝他們小聲地說「對不起」。

「反正我辦不到，那麼做根本沒有意義。」

七尾搖搖頭。

「直井非常爲妳著想，這是千眞萬確的。事實上，我們已搜索過他的住處，完全沒找到任何一件與妳有關，或暗示你們關係的物品。妳知道這代表什麼嗎？」

望訝異地看著七尾。

「就是他的心裡完全沒有我啊……」

「交往了好幾個月，要完全不留痕跡是不可能的。妳沒去過他的住處嗎？」

「去過幾次……」

「他屋裡還留著和前女友有關的物品嗎？」

望厭煩地搖搖頭，「我沒注意。」

「對吧！可是，現在他的住處卻擺滿顯示他和前女友關係的東西，例如一起拍的照片，刻意強調他沒有任何交往中的女友。妳明白嗎？他害怕這次的行動會造成妳的困擾，極力想隱瞞你們的關係。如果是毫不在意的對象，他不會這麼用心。」

「就算這樣……」

「他覺得對不起妳。當然，最初他會接近妳，大概只是認爲這次的行動可以利用妳。但在你們的交往過程中，他還是對妳產生特別的感情。所以，我才來拜託妳，請妳說服他。我說過好幾次，這件事只有妳辦得到。」

「要我上電視嗎？」

「不，沒必要。我們不希望造成太大的負擔，只要寫信就行。」

「寫信？」

「我們會請其他人念出來，妳只要寫信就好。」

「既然如此，你們隨便寫不就好了？不一定要我寫。」

「不，非妳不可。直井不是笨蛋，光是念信八成打動不了他。可是，如果看到妳親筆寫的字，他會心生動搖。」

拜託妳——七尾再次鞠躬。

眞瀨望陷入沉默，七尾不禁懷抱希望。

「對不起。」

然而，聽到的卻不是期待的回答，七尾望著她。

「我還是不想跟他扯上關係，他一定也不願再想起我了。我的信只會讓他感到厭煩。所以，很抱歉，恕我拒絕。」

「眞瀨小姐……」

「我還有很多事要做。」說著，望朝其他人所在的病床走去。

七尾搖搖頭，離開加護病房，全身因無力感而沉重不堪。

直井穰治遲早會被捕。一旦警方發出通緝，只是時間問題。可是，如果不在這一刻逮捕他就沒有意義了。

一名護理師跑上樓，提著一個白色袋子。另一名護理師從護理站跑過來。

「暖暖包買回來了？」

「買回來了！店裡有的我全買了，大概有三十個。」

「立刻拿到手術室！」

拿著袋子的護理師回了一聲「是」，在走廊上奔跑起來。

七尾不明白暖暖包有什麼用途，但醫護人員在沒有電力的情況下，拚命想保住島原的性命，這一點是毋庸置疑的。

我幫不上任何忙嗎——七尾感到無比焦躁。

正當他準備下樓時，察覺背後有人。眞瀨望露出苦惱的神情，站在那裡。

「請問……」

七尾面向她，「什麼事？」

「一定要寫信嗎？」

「咦？」

「想勸他，一定要寫信才可以嗎？」

55

咖啡杯見底了，穰治看了看手表，才過了十分鐘。他嘆一口氣，第一次感覺時間過得這麼慢。

他完全不知道帝都大學醫院目前的狀況。他沒靠近有電視的場所，也避開聽得到人群談話的地方。確認過四周沒人，他才走進這家咖啡店。

島原的手術現在怎麼樣了……

在沒有電力的情況下，醫生們究竟怎麼動手術的？人工心肺裝置的電池應該早就沒電，其他儀器也會陸續停擺。在這種狀況下，還能做些什麼？

警方已知道犯案者，也就是直井穰治的目的，應該曉得他的動機，難道沒有轉告醫院嗎？如果有，醫護人員對這次的事件會怎麼想？看著手術台上的島原，不會認爲他自作自受嗎？

想到這裡，穰治搖搖頭。他們不會有多餘的心思去想這些，只是盡力達成自身的使命。正因知道他們會這麼做，穰治才選擇以如此迂迴的方式下手。

那位高階警官透過電視喊話的聲音在耳畔響起。

「這家醫院除了該人物之外，還有許多患者，其中有不少人的性命垂危，你要連累這些人嗎？」

這是眞的嗎？還是警察爲了說服穰治編出來的謊言？經過一連串的恐嚇騷動，大多數患者應該早就離開。他不相信重病患者仍留在醫院裡。

穰治從身旁的包包拿出手機，原本想打開電源，卻又停下動作。這支手機不是爲了這次犯行準備的，而是他平常用的手機。

反正警方一定會在這支電話留下同樣的留言，也會發送簡訊吧。他倒是有些好奇內容，或許會有一些在電視上無法公開的資訊。

猶豫的結果，他打開了電源，並準備隨時關機，以防發生什麼不利的狀況。

令人意外的是，沒有任何簡訊，反倒有一通留言。他嚥了一口唾沫，聽取留言。

電話裡傳來的，是很熟悉、現在聽起來最讓他難過的聲音。

（那個……是我，望。抱歉，打電話給你。警察說這次的事情是你做的，我很不想相信。可是，如果是眞的，我想拜託你一件事。嗯……我現下在醫院，有一個情況很危急的患者，因爲人工呼吸器不能用，眞的有生命危險。那個人不是島原先生，是跟他一點關係都沒有的老太太，請你救救她。拜託你，讓醫院恢復電力。對不起，也許穰治不是眞心喜歡我，但我喜歡穰治，所以，我不希望穰治的溫柔也是假的。求求你答應我，求求你……）

這就是全部的留言。穰治聽完之後，關掉手機的電源。

早知道不該聽的。

果然，一如他所擔心的，醫院裡還有重病患者。望提到人工呼吸器，恐怕是病患在加護病房裡接受治療。

而且，由望來通知的事實，也教穰治心頭一緊。

從警方那裡得知實情，她有什麼感覺?穰治無法想像她會有多震驚。即使如此，她還是在醫院，不顧自己傷心，設法拯救患者。

她打電話給穰治，勢必需要相當程度的決心。她得把自己被騙的事實擺在一邊，拋開自尊，強忍怒氣，才能打這通電話。她不惜這麼做，可見患者的病情有多嚴重。

望的面孔浮現在眼前。那是一張淚濕的臉，在穰治的腦海裡，想抹也抹不掉。

他站起來，走出咖啡店。提著裝有電腦的包包，漫無目的地走在路上，望的留言不斷在他腦中重播。

(我不希望穰治的溫柔也是假的……)

心好痛。早就料到這次的事件一定會遭到望的怨恨，但在他的內心深處，的確存著一絲僥倖，認爲她應該會理解自己的心情。

然而，望負責照料的患者有生命危險，就另當別論了。如果那名患者因此而死，從那一刻起，她絕對不會原諒穰治。因爲這麼一來，穰治在她心目中不僅是一個玩弄感情的惡棍，更是奪走患者寶貴性命的重刑犯。

一輛警車停在路口。穰治一驚，連忙走到馬路的另一側，這時，他注意到一件事。

那段留言未必出自望本身的意願，也可能是在警方的請託下，打了那通電話。因爲穰治沒回應電視上的呼籲，警方便利用望，這是極有可能的。

那麼，望所說的就不一定是眞的。搞不好沒有病危的患者，連她在醫院裡也是假的。

沒錯，一定是陷阱——穰治決定這麼想。否則，望怎麼可能會打電話給他？他應該是望現在最不想理會的人。

「我才不會上當。」他喃喃地說道。

56

從那扇窗戶可將帝都大學醫院一覽無遺，被炸壞的受電設施狀況也一清二楚。若使用望遠鏡，看清出入人員的面孔也不是問題。

房間還沒打掃過，因爲住在這裡的客人還沒退房。從昨晚起，這個人預約了兩個晚上，但他恐怕不會再回到這裡。他預付五萬圓的住宿費，比實際費用多，大概不打算要回多餘的差額吧。

七尾再次環顧室內，沒發現任何線索。鑑識人員在採集指紋，但事到如今，那已派不上用場。飯店的人看過照片，證實住這個房間的人就是直井穰治。

這個房間是在三十分鐘前找到的。儘管七尾猜想無法從中得到任何線索，但還是來了。他認爲來到這裡，或許能了解直井穰治是以怎樣的心態犯罪。

坂本進來了。

「直井昨晚辦好手續之後，就一直待在房間裡，也沒有使用飯店的電話。」

「行李呢？」

「他只提著一個類似大公事包的袋子，身穿深色外套。」說完，坂本搖搖頭。「這不能算是線索。」

七尾點點頭，視線再次移向窗外。

他們從直井作爲掩護的飯店房間找出幾個感應器。透過感應器，刑警進房、翻動行李、觸碰電腦等等行動，直井全都瞭若指掌。這是什麼系統結構，七尾毫無頭緒，但直井的決心是毋庸置疑的。

如此堅定的男子，會不會在此刻回心轉意？

眞瀨望不想透過電視送信，卻表示願意打電話給直井穰治。然而他的手機不通，只好在語音信箱留言。

今天一整天，望的手機都由警方保管。一方面是直井穰治可能會打來，再者她上班時也無法使用手機。當然，即使她的手機響了，警方也不能在未經她同意的情況下接聽。

七尾派人取回她的手機，請她打給直井。一如預期，對方關機，於是她在語音信箱留言。留言內容是她自己構思的，一旁的七尾聽著，也感受到她內心的酸楚，不由得爲她心痛。

直井會聽她的留言嗎？一般情況下，七尾不認爲他會開機。不過，凡事都有萬一，現在也只能仰賴這個萬一了。

「我要回醫院，這裡拜託你了。」七尾說完，便離開飯店。

正當他奔向醫院時，後面駛來的一輛計程車超越他之後，便停了下來。後車門打開，一名中年女子探出頭。

「七尾先生。」

一時之間，七尾沒認出對方，但記憶很快復甦。

「夫人……好久不見。」

那是冰室百合惠。她是七尾的恩師的妻子，冰室夕紀的母親。

「如果你要趕去醫院，請上車。」

「啊，不好意思，謝謝。」他坐進計程車。「夫人也要到醫院？」

「是的，我女兒在手術室裡。」

她指的是冰室夕紀。

「夕紀小姐嗎？從我負責這個案子起，就見過令嬡好幾次。」

百合惠吃驚地望著他，「是嗎？」
「她眞了不起，現下也在手術室裡努力。」
「我好擔心，怎麼偏偏選在今天這個大日子……」
「您是指……？」
百合惠沒作聲，似乎有所遲疑。但不久便開口：
「今天的手術對那孩子有重要的意義。她從小一直放在心裡的疑問能不能找到解答，就看今天的手術了。」
「那個疑問，是不是和冰室警部補去世有關？」
聽到七尾這麼問，百合惠緩緩點頭。
七尾推測和西園醫生有關。連接在西園和夕紀之間的線，果然複雜地糾結在一起。
他認爲這不是外人能隨便介入的問題，於是閉上嘴巴，看向前方。
他們在醫院前下車，準備走進院區時，年輕的制服警員走來。
「裡面很危險，一般民眾請……」
七尾不等他說完便打斷：
「這位女士沒關係，她是在裡面動手術的醫生的家人，由我負責。」
他向百合惠說了聲「走吧」，便邁開腳步。
「手術結束前，請在候診室等，那裡比較安全。」
眞是麻煩你了，百合惠低頭致意。

走過醫院大門時，七尾放在上衣內袋的手機響起，但不是他熟悉的鈴聲，他不用特別的來電鈴聲。響的是眞瀨望的手機。「有電話喔。」百合惠說道。

是啊，七尾回答。他看著液晶螢幕，吞了一口口水。

是他——雖然沒顯示號碼，但七尾確信是他。七尾一邊跑上樓，一邊按下通話鍵。

57

電話接通了，彼端傳來的「喂」是一個男聲。雖然一如所料，但穰治還是問：

「眞瀨望小姐呢？」

「她在工作。」電話裡的男聲回答之後，立刻問：「你是直井穰治吧？」對方可能是邊說邊走動，呼吸很急促。

穰治不作聲，準備掛斷。他打給望，是認爲這樣至少可以表示對望的請求有所回應。

「不要掛。」對方似乎看穿了他的心思。「這不是陷阱，沒有電話追蹤。」

「手機經常會被追蹤，在基地台留下紀錄。」

「我沒有要去找那些紀錄。眞瀨小姐會打給你，是出於自願。她把手機寄放在我這裡，是因爲在忙。」

「你是誰？」

「我是警視廳的七尾。沒人在監聽，相信我。」

這種事實在令人難以相信，但不知爲何，穰治無法掛斷。

「手術怎麼樣了?」穰治問道。

「醫生們正在努力。」

「都停電了……」

「照理說應該是束手無策,其他醫生都很驚訝,不知道他們是如何進行手術的。本來島原先生應該早就死了,如同你計算的一樣,但在醫師團隊的努力下,或許能撐過來。」

穰治忘了呼吸。島原或許會得救——聽到這個消息,一股難以言喻的焦慮席捲而來。

「直井,夠了吧?」七尾說:「你還想要什麼?」

「我的目的尚未達成。」

「是嗎?假如你的目的是報仇,不是已夠了嗎?我認爲再繼續下去,反倒失去意義。」

「島原不是還活著嗎?」

「正因他活著,你現在停手才有意義。如果島原先生眞的死了,會有什麼改變?你會心滿意足嗎?死去的女友會復活嗎?而且,島原先生根本不會知道這次的事件。你希望這樣嗎?你沒有話要跟島原先生說嗎?你不是有事要讓他明白嗎?」

「跟那種人說什麼都是白費唇舌。」

「是嗎?萬一島原先生熬過來了,一定會有人把這次的事件告訴他吧?你認爲他會毫無感覺嗎?」

「當然會有感覺,就是恨我。」

「不,我不這麼認爲。的確,一開始可能會有那種反應,越是了解內情,越不該痛恨你。

在保障人們生命安全的意義上，不管是汽車公司的領導者或醫生，人們都要求他們負起同等的責任。島原先生當然也會思考自己是否回應了這樣的要求。當他知道自己的性命受到威脅的原因，知道醫護人員是基於怎樣的使命感保住他的性命，只要他不是笨蛋，必定會反省。你難道不想聽聽他怎麼說嗎？」

穰治不知不覺握緊了手機。

這個七尾刑警的話具有強烈的說服力，更何況，穰治本身對於在那種情況下依然不放棄手術的醫護人員，逐漸產生敬意。你應該以他們爲模範——他很想對島原這麼說。

可是，那個人一定不懂得反省。如果他懂，就不會眼看著有人犧牲，仍大剌剌地霸占領導人的寶座。

「很抱歉，我不打算中止計畫。」穰治說道。

「直井！」

「你的話十分有道理，但這些話應該跟島原說，在他進手術室之前。」

「等等！」

穰治的手指往手機的按鍵移動。當他的指尖正要施力時，電話裡傳來一聲「穰治」。是望的聲音。

「穰治，聽得見嗎？穰治，是我。」

那拚命挽留的呼喚動搖了他的心，他無法不回答。

「望……是我。」他應道，「對不起。」

望沒回答，他想再開口時，她說話了。
「我沒關係。」
「望……」
「我不恨穰治，也不覺得你騙了我。因爲我很快樂啊！我們之間這樣就好，我不會怪你的。」
抱歉，穰治再次低語。
「可是，希望你答應我，救救我的患者。她是無辜的，要是她因穰治而死，我實在無法接受。我眞的看不下去了。穰治，拜託，爲了我，請你答應我最後一個請求。也許你對我不是眞心的，可是我們到昨天都還是戀人啊！」
她哭了。穰治聽著她的聲音，心口無可扼抑地發燙。翻騰的情感，麻痺了他的大腦，連臉都僵硬了。
拜託，求求你——望再三說道。聽著她的哀求，穰治也濕了眼眶。
「好吧。」他回答。「叫剛才那個刑警來聽電話。」
「我拜託的事，你肯答應？」
「嗯……」
「謝謝你。」
「嗯……」
經過短暫的間隔，一個男聲說「我是七尾」。

「五分鐘後啓動自備發電裝置，只要按下按鈕就可以了。」
「五分鐘後嗎？」
「對，我會在五分鐘內解除停止訊號。」
「一言爲定？」
「我不會說謊的。」
說完，穰治掛斷電話。不久，手機再度響起，他索性關機。
他坐在小公園的長椅上，看著無人使用的遊樂器材。
從身旁的包包裡拿出電腦，連接另一支手機，開機，啓動程式。
春菜——穰治在心中呼喚逝去的戀人。
對不起，我終究只有這點能耐……

58

爲數可觀的暖暖包緊緊裹住加溫器，一名護理師不斷將氧氣瓶的氧氣噴向暖暖包，這麼做可促使暖暖包發熱。這也是夕紀的主意。冬天在寒冷的值班室小睡時，爲了讓暖暖包快速發熱，她經常朝暖暖包吹氣。這番工夫沒有白費，患者的血液勉強回溫。

在所有人屏氣注視中，血液回流至心臟的程序開始了。使用心臟麻痺保護液讓心臟停止時，心臟本身會變得很脆弱。血液回流的二十分鐘內，幾乎所有病例的心臟都無法完全運作。麻醉科醫師佐山已著手準備強心劑。

夕紀注視著島原的心臟，暗暗祈禱，然而心臟卻動也不動。血液已回流五分鐘。手術室內的空氣凍結了。

「不行。」西園低聲說：「夕紀，準備電擊器。」

「是。」

夕紀著手準備用具。電擊器的電池是內藏式的，她將電擊器交給西園，一邊反芻他的話。夕紀——西園的確是這麼叫她的。當然，這是第一次。

西園實施電擊，但島原的心臟仍未恢復跳動。

「血液溫度還是太低了。」元宮呻吟般說道。

「不要放棄！」西園的聲音插進來。「一切仍有希望！」

夕紀心頭震了一下。第一次聽到西園如此激動的聲音。

心臟附近有鮮血飛濺，噴到西園右眼下方。夕紀看到了，即使在那一瞬間，他的眼睛連眨都不眨一下。

夕紀設法止血，但完全不知道錯綜複雜的血管從哪裡出血，而且燈光太暗。結果西園說：

「我知道出血點在哪裡，待會再止血。」

夕紀回答「是」，把手縮回來。

「西園醫師，讓我來吧！」佐山說道。

「不，我來。這顆心臟是我停的，我要讓它動起來。」接著，西園再次操作電擊器。

爲什麼我會有那種想法呢？夕紀看著西園自問。

爲什麼會認爲父親手術失敗，是西園故意的呢？

不管有什麼原因，這位醫生都不可能故意讓手術失敗。在這種情況下，何時放棄手術都不會遭到非議，西園卻仍想盡辦法拯救患者。不慌不忙，在極有限的可能性中，不斷尋找患者的生還之道。這本來就是一場極度消耗體力和精神的大手術，西園的疲累應該已到達頂點，但他堅持要把事情做完，要以自身的力量救活患者。

夕紀發現自己雖然以醫師爲目標，並以住院醫師的身分從事這份工作，其實什麼都不懂。醫師的能力有限，因爲醫師不是神，無法控制人類的生命。他們唯一能做的，便是盡情發揮自己的能力。

所謂的醫療疏失，來自於能力不足。

有能力的人，不可能故意不發揮能力，他們辦不到。這不是道德問題，因爲醫師只有兩種選擇，不是盡全力，便是什麼都不做。

世上當然有各種不同的醫師，將來夕紀也許會遇到完全不同類型的醫師。

然而，這位醫師——夕紀望著西園認眞的側臉。

這位醫師是個笨醫師。如果他不想發揮所有力量，或者他不想救患者，打從一開始就不會執起手術刀吧。

當時的西園，是想救健介才執起手術刀——夕紀確信。

「教授，心臟……」佐山看著顯示器說道。

島原的心臟微微顫動一下，夕紀也確實看到了。不久，心臟開始微弱地跳動。

西園吐出一大一口氣。

「佐山醫師，施打強心劑。」

「開始施打了。」佐山回答。

「好，冰室，替剛才那個部位止血。」

「是。」

就在夕紀強有力地回答之後，昏暗的手術室突然明亮起來。夕紀驚訝地環視四周，手持照明的護理師們也疑惑地互望。

無影燈的光照亮了手術台上的島原，他的開刀部位都是鮮血。看著太過鮮明的顏色，夕紀感覺眼睛有些刺痛。

「光……回來了。」西園喃喃說道。

「本來不會動的計測器動了，恢復供電了。」佐山睜大雙眼。

「得救了。田村，把血液加溫。」

「好的！」

西園看著夕紀，夕紀也凝視著他，眨了眨眼。他輕輕點頭。

59

他在電器行前停下腳步。擺在店面的電視機播放著晚間新聞，螢幕上是主播的臉，下方出現「帝都大學醫院恢復供電」的跑馬燈。

男主播做出稍微放心的表情，開始說話：

「先前被裝設爆裂物、供電系統受阻的帝都大學醫院，自備發電裝置已在不久前恢復運作。根據警方的消息，是犯人主動與警方聯絡，表示要重新設定裝在自備發電機的遙控裝置，指示警方啓動發電機。由相關人員按下啓動鈕之後，發電機已順利運作，目前可正常供給醫院所需的電力。警方並未明確表示是否掌握犯人的下落，但從目前準備通緝的行動看來，遲早會公布嫌犯的姓名等等資料。」

穰治離開電視機前，右手提的包包好重。雖然裝著約兩公斤的電腦，但一直到剛才他都沒有這種感覺。原來是因爲那台電腦已無用武之地。

看來醫院的電力已恢復。原本不確定能否順利進行遙控，這下可以放心了。

穰治漫無目的地遊蕩。他不能回自己住處，當然也不能到望那裡。

就算逃亡，終究會被捕。剛才主播說，警方已準備通緝。

他順路走進附近的一家百貨公司，搭電梯直達最高樓層，突然想起一件事，於是爬樓梯到頂樓。頂樓空蕩蕩的，沒有半個人影，他想起夏季這裡會開設露天啤酒屋。

他走近欄杆，俯瞰馬路，心想：帝都大學醫院在哪裡？

60

醫院籠罩著一種忙亂的氣氛，或許以恢復生氣來形容比較恰當。醫生和護理師們正忙著巡視住院患者和各種儀器的狀況。

七尾在一樓的候診室。候診室裡有一排排座椅，除了他以外，還坐著一對看似夫妻的中年男女。他感到奇怪，他們在等什麼？醫院雖然恢復供電，但今天應該不收病人吧。

危機已解除，警力也減半。爆裂物的拆除工作安排在明天一早進行，目前暫時疏散所有人員。

七尾回想剛才與直井穰治的互動。最後，對方被眞瀨望的哀求打動，但根據七尾的推測，穰治原本就心生迷惘，否則不會打給望。

接獲七尾的報告後，鑑識課的片岡等人立刻趕往地下室，啓動自備發電系統。只是，本間對於七尾的行動似乎有所不滿，因爲他沒設法拖延與直井穰治通話的時間。

「只要查出手機的發訊地區，就能動員附近的警察，搞不好能逮到直井。」本間撇著嘴角，話裡帶刺。

七尾沒心思反駁，老實地道歉。那通電話以說服直井穰治爲優先，必須盡快勸他放棄犯行，拖延時間等於延長醫院停電的狀況。本間當然不會不明白，他只是因破案的功勞被七尾搶走而吃味罷了。

七尾聽到有人呼叫「森本先生、森本太太」，那是眞瀨望的聲音，於是他抬起頭。坐在不遠處的那對中年男女站起來，他們似乎是中塚芳惠的家屬。

眞瀨望快步走向兩人。

「中塚女士的病情已穩定，再過一會，兩位就能進去看她。只是，今晚要讓她繼續睡，所以她還不能講話。」

「沒關係。」應該是丈夫的男子回答。「我們純粹是想看看媽沒事的樣子，對吧？」

女子點點頭。

「那麼，請到樓上的休息室稍等，我會再去通知兩位。」

兩人回答「好的」，便走向電梯間。

眞瀨望有些猶豫地看向七尾，他也站起來。

「剛才謝謝妳，多虧有妳幫忙。」他低頭道謝。

「請不用道謝，身爲一個護理師，我只是想幫點忙。」

「中塚女士……我沒記錯吧？她脫離險境了嗎？」

眞瀨望吐出一口氣，點點頭。

「一時之間還以爲會怎麼樣，後來人工呼吸器可以使用，總算度過難關。」

「眞是太好了。」

她的嘴角露出一絲笑意，抬頭看著七尾。

「刑警先生……」

「請說。」

「要是他被捕了，罪名還是……」

說到這裡，眞瀨望盯著七尾的後方，一雙圓眼睜得好大，胸口像吸了一大口氣似地隆起，臉上的表情僵住。

七尾懷著某種預感，緩緩回頭。

一個瘦長的黑影從大門走進來，日光燈照亮他的臉。那是一張七尾熟悉的臉，因爲他已在照片上看過不下數十次。

對方筆直朝七尾他們走來，目光似乎只對著眞瀨望一個人。

然後，他在相距幾公尺的地方停下腳步。那雙陰鬱的眼睛，只朝七尾一瞥，隨即回到眞瀨望的身上。

七尾準備走過去，又改變主意，回頭看著眞瀨望。

「去吧！」

「可以嗎？」她紅了眼眶。

「一下子沒關係。」七尾說道。

眞瀨望生硬地踏出腳步，接著便加快速度。

七尾的眼角餘光捕捉到直井穰治接住她，緊緊擁抱她的那一幕。

61

人工心肺裝置停止了，當然是在田村的操作下停止的。島原的心臟收縮力已恢復，在逐漸減少人工心肺輸送的血液後，最後所有的血液循環都交由心臟負責。下令田村停止人工心肺裝置的，正是西園。

使用人工心肺裝置期間，注入肝素以避免血液在管子裡凝固，但在停止人工心肺之後，反而成爲妨礙，因爲這將使手術部位難以止血。爲此，要用硫酸魚精蛋白中和肝素，以利止血。確認止血之後才能進行縫合，即使如此，心臟附近仍有積血，所以縫合胸部時，會插上兩根導管，並且在心臟接上電線，使電線露出體外。這是爲了預防稍後若心臟發生異狀，可以電流刺激心臟。這個步驟不光是大動脈瘤手術，幾乎在所有心臟手術中都是必須的。此時，整個手術室充滿一種好不容易度過難關的安心感。

鋸開的胸骨以鋼絲固定，最後縫合皮膚。元宮說要接手，西園卻搖搖頭。夕紀感受得到他要親自完成這場手術的決心。

西園抬起頭，視線掃過在場眾人。

「縫合完畢，大家辛苦了。」

所有人一同行禮，齊聲說「大家辛苦了」。

手術室的門大大敞開，在醫師與護理師合力下，島原被移上推床，夕紀也一起幫忙。島原雙眼緊閉。進行心臟手術後，患者會在麻醉狀態下直接被送進加護病房，佐山在一旁繼續操作人工呼吸器。

推車以護理師爲主力，開始移動。接下來必須移往加護病房，觀察術後情況。

元宮往更衣室走去，夕紀跟在他的身後，西園卻沒移動。夕紀覺得奇怪，一回頭，只見他蹲在地上。

「教授……」夕紀趕到西園身邊，「您還好嗎？」

元宮也注意到了，停下腳步看著兩人。

「教授，怎麼了？」他擔心地發問。

西園搖搖手，露出苦笑。

「沒什麼大不了，只是有點累。畢竟是第一次在停電時進行手術。」

實際情況與他的話背道而馳。他無法馬上站起來，肩膀起伏著，用力喘氣，臉色也很差。很顯然地，極度的緊張使他身體的循環系統發生異狀。

「您最好別動。」夕紀說道。

「我沒事。你們去加護病房吧，我隨後就到。」

「可是……」

「冰室，」元宮對夕紀說：「加護病房那邊由我來，妳先陪著教授。我去聯絡山內醫師，請他立刻過來。」

「麻煩了。」夕紀回答。

元宮離開後，西園依然蹲著。他閉上眼睛，一次又一次緩緩地呼吸。

「不要緊嗎？」夕紀再次問道。

「不用擔心，好一點了。」他自嘲似地微微一笑。「心臟血管外科的醫生，怎能在手術之後倒下呢？」

夕紀想起之前曾聽說他有先天性的心臟病。

「您還是躺一下吧。」

「躺手術台？」西園靠著牆在地板上坐下，長嘆一口氣，搖搖頭。「沒想到這樣就累壞了，我也老了。」

「沒這回事，剛才的手術只有西園教授才辦得到。」夕紀說：「太精采了，我好感動。」

「是嗎？」西園凝視著她，「妳真的這麼想？」

「是的。」夕紀點點頭。

「是嗎？那就好。」西園垂下視線，然後又抬起頭。「主動脈弓真性動脈瘤……對妳而言，這個病名應該有很重要的意義。」

「是的，和家父的病名相同。」

「執刀醫師也一樣。」西園說：「所以，我才想讓妳看看。而且，既然要讓妳看，手術無論如何都要成功。」

「所以才要我當助手……」

西園點點頭。

「我早就知道妳會懷疑，尤其是我跟妳母親變成現在這樣的關係，妳的懷疑想必會加深。

得知妳以醫師為目標時，猜測就變成確信。」

夕紀垂下頭。西園說的是事實，她無力反駁。

「難怪妳會懷疑。」西園說：「我對妳父親的手術很有自信，以為一定會成功，沒想到卻以那樣的結果收場，被責怪也是當然的。由於發生預料不到的意外，最後才會失敗，但當時要妳理解是不可能的。其實，除了手術以外，我有幾件事想跟妳說。」

「手術以外的事？」

西園點點頭。

「妳父親第一次來看診時，我吃了一驚。因為對我而言，他是一個難忘的人。」

夕紀立刻明白他指的是什麼。

「是西園教授兒子的事吧。」她輕聲說道。

「對。追捕我那死於車禍的兒子的人，就是妳的父親。不過，冰室先生似乎沒發現。我很煩惱，不曉得自己是否該擔任他的主治醫師。」

「您果然恨家父……」

聽夕紀這麼說，西園大大搖頭。

「我不恨冰室先生。我兒子會死，是他自作自受，或者該怪把他養成那樣的父母，冰室先生只是做了一個警察該做的事而已。只是，我不清楚冰室先生會怎麼想。如果他知道主治醫師就是那個死於車禍的不良少年的父親，也許會不放心把身體託付給我。基於這個想法，我認為不該當他的主治醫師。事實上，我下定決心向冰室先生坦白，當然也說明了其中的理由。」

咦！夕紀忍不住驚呼一聲。

「您向家父說了？」

「說了。令人驚訝的是，原來冰室先生也認出我，正在考慮什麼時候開口。於是，我們談了很多，不光是手術的事，從一開始……從我兒子身亡的那場車禍開始談。冰室先生表示，雖然不認爲自己有錯，但如果我恨他，也是人之常情。所以，萬一我心裡有任何排斥，不想擔任他的主治醫師也沒關係。我反過來問他，對於由我來執刀，他沒有任何排斥嗎？」

「家父怎麼說？」

「他說，其實一直覺得一顆心懸在半空中，不知道西園這個主治醫師對他有什麼看法，由西園來動手術，他也曾感到不安。不過，他表示和我談過之後，這些想法已消失。」

「消失？」

「他說，一切都交給我。我記得他是這麼說的。」西園的眼神望向遠方，繼續道：「我相信西園醫生是會盡力達成使命的人。這樣的人，無論在什麼情況下，都不會放棄自身的使命……」

聽到這句話的瞬間，夕紀心中吹過一陣風。這陣風將所有曾爲她帶來陰影的烏雲一掃而空。

「使命，是家父喜歡的字眼。」

西園點點頭。

「應該是吧。聽到冰室先生這麼說，我很高興。只是，就算我們之間達成共識，旁人也未必能接受。於是，我決定把事情告訴他的太太……也就是妳的母親。妳還記得嗎？就是我第一次見到妳的那天。」

經西園提起，一幕場景在她腦海鮮明地重現。在車站前的咖啡廳裡，百合惠和西園碰面。百合惠看到她走進咖啡店，露出狼狽的神情。

「原來那時候，你們在談這件事？」

「妳母親說一切都交給我。既然丈夫同意了，她也沒意見。」

「原來如此……」

西園微微一笑。

「還有一件事，希望妳能相信。的確，現在我很愛妳母親，但我是在冰室先生去世之後，過了很久才產生這樣的感情。那時候，我只想著要如何補償妳們母女，也許我不應該讓這份感情發展爲男女之情，不過，至少我能保證，爲妳父親動手術時，不管是我或妳母親，心裡都沒有那種念頭。」

「既然如此，您爲什麼不早點告訴我？」

「我是很想告訴妳啊，因爲我早就知道妳起了疑心。可是，不管怎麼解釋，妳恐怕都不會認同，我也不認爲妳會完全相信，畢竟我是那個讓妳失去父親的人。」

夕紀無法反駁西園的話。她的確這麼想，再怎麼用言語說明，即使當時假裝接受，心裡也一定不會相信，更不會原諒西園吧。

「我考慮過和她分手。」西園說：「因爲妳對她的懷疑，使她痛苦萬分。可是我們討論的結果，認爲這不是根本的解決之道，對妳也沒有好處。如果我退縮逃避，妳永遠不會發現那是個誤會，心裡永遠都有個傷口，認爲父親遭人殺害，而母親背棄了自己。坦白講，我非常苦惱。所以，聽到妳要當醫生時，我想這可能是唯一的機會。」

「機會？」

「用言語無法讓妳知道我是個怎樣的醫師，而我又是以怎樣的心態執行妳父親的手術。唯有讓妳看到我的手術，才能讓妳明白。如果這樣還不行，就眞的束手無策了。今天的手術，對我、對妳母親，以及對妳，都是一場左右命運的手術。」

夕紀深吸一口氣，知道該有所表示，卻想不出合適的話語。西園在昏暗的環境中拚命動手術的模樣在眼前重現。原來，那同時也是他想傳遞的訊息。

「對不起……」夕紀好不容易擠出一句話。「對不起，我不該懷疑。」

西園露齒一笑。

「誤會冰釋了？」

是的，夕紀回答。

「我想成爲跟教授一樣的醫師，我很尊敬教授。」

西園難爲情地轉開目光，拍了一下膝蓋。

「到加護病房去吧！元宮還在等。」

說著，正要站起來的時候，西園發出呻吟，按住胸口再次蹲下。

「請不要動！」

夕紀通過更衣室，穿著手術服便跑到走廊。只見山內快步走來，菅沼庸子跟在他身後。

「西園教授的狹心症發作了！」夕紀大喊。

山內衝進手術室，菅沼庸子奔向護理站求援。

夕紀也準備返回手術室。就在這時候，她的眼角餘光掃到一個人影，正是百合惠。她不安地站在那裡。

「他……不要緊吧？」

夕紀點點頭，凝視著母親說：

「不要擔心，我會救他的。我絕對不會讓第二個父親死去。」

（全文完）

解說

遊走於紅線邊緣，書寫主動脈內流動的醫者靈魂

藍霄

＊本文涉及小說情節，未讀正文者請勿閱讀

寫作推理小說，也可以當作一種職業？

這個問題，我始終在追尋肯定的答案。

雖然歐美、日本推理作家似乎早給了相當明確的答案，但是，實在難以想像推理作家生活到底是何種風貌，「職業推理作家」終究是一個令我感到深度懷疑的名詞。

我到底在懷疑什麼？

這兩、三年來，變換身分安靜地當個推理小說讀者的我，在閱讀中追尋，一位專業的推理作家所該具有足以說服讀者的理由。

漸漸地，我從東野圭吾身上，從他的作品中，找到了說服我這個讀者的理由。

籠統來說，或許閱讀某些推理作家，可以選擇性閱讀其代表作品即可；然而，有些推理作家，不一一追逐其作品，無從細膩地感受其腦力與筆力所激盪出來的千變魅力。

對我而言，東野圭吾就是這樣的作家。

二〇〇八年四月中旬，在東京街頭的我，翻閱著東野圭吾的最新刊《流星之絆》，我是這樣想著。

剛讀完《使命與心的極限》的我，還是這麼想著。

原來，這些年來，也只有東野圭吾的作品，讀後的餘味總會勾動我內心對於作者下一部作品閱讀的企盼。

*

「就職業而言，小說家是一種辛苦的職業。首先，請問問你自己是不是腦中總是湧現十個、二十個，甚至更多故事或點子的人？如果是，也許可以嘗試去成爲一個小說家，但如果你是因爲被問到才要開始想點子，那還是當作興趣，或是乾脆放棄比較好。」

這是二〇〇五年林依俐小姐刊載在《名偵探的守則》的東野圭吾訪談後記當中的一段話，同年差不多時間，劉黎兒小姐也正好有一場「人性偵探東野圭吾」的採訪，東野圭吾對於不斷向各種新領域挑戰的寫作，講了頗有意思的一段話：「最大的理由是，如果反覆一直寫類似的東西，我自己會生厭。另外，我對許多事物都有興趣，所以有時會想寫自己感興趣的主題……」

從江戶川亂步獎得獎作《放學後》開始，到二〇〇六年大放異彩的《嫌疑犯X的獻身》，東野圭吾的作品對於台灣讀者早已不陌生，身爲忠實讀者的我也無意去一一比較每部作品的差異與風格的演變。然而，從校園推理起家的寫實本格能手到現今所謂的千變寫手，東野圭吾的寫作脈絡，透過作家親口說出的訪談紀錄，眞切地把作家內心反映在作品與創作行動的獨特性畫龍點睛般揭露出來。

推理作家要能推陳出新寫出新作品，新作品又能立即引發讀者閱讀的期待感，這種推理作家與讀者之間透過文字的隱約互動獲致的滿足，就是我認爲一位專業的推理作家，所該具有足以說服讀者的才華。

東野圭吾認爲他寫的是所謂的「娛樂小說」，亦即新近作品不再強求創作狹義的本格解謎定義的推理小說，甚至對於本身的寫作究竟是不是推理小說，也不是那麼在意。換句話說，東野圭吾不再把作品的詭計一類的遊戲性列爲首要條件。然而，我的看法是，整體小說的結構與情節安排推進的節奏感，卻是再怎麼變化，依然保有推理小說才有的閱讀趣味性與懸疑張力，加上強調謎團的營造放大與揭曉結局的驚奇感。

謎團的糾雜好似毛線團，往往抽絲剝繭才會裸露事件的核心，而這核心通常不脫作者早就設定的各個領域的相關主題。本書登場人物並不多，文字的敘述也少有大篇幅複雜的內心描寫，然而，隨著閱讀的過程，卻可以營造出躍然紙上的情感，透過人物的串場把戲劇性推往最後的高潮與驚奇。東野圭吾設計這類的謎團，多半與人性的糾葛與血肉情感的議題有關，自有寫實的震撼力。

本作《使命與心的極限》也是歸屬於這類作品，只是這次東野圭吾嘗試的是醫學推理的領域。

雖然醫學的成分在各種形式的推理小說始終扮演著一定比重，東野本身也寫了幾部與醫學關係密切的推理小說，《宿命》、《變身》、《分身》、《單戀》到本作《使命與心的極限》，都是以醫學人文觀點來評斷，相當傑出的醫學推理。

既然是側重醫學的推理小說，對於牽涉醫學的環節如何寫得令人信服，引用的專業知識如何避免謬誤，其實是寫作這類推理小說過程必然面對的難題。一般來說，以寫實的手法來處理醫學的部分是比較貼切的寫法，既然是寫實的手法，伴隨社會意識的探討與議題的設定，讀者通常會比較容易進入小說的情境。東野圭吾的寫作手法，原本就適合書寫這類跨足各個領域的揉合之作，這與我喜愛的土屋隆夫的小說有某種味道的神似，我個人相當喜愛這類「讀起來不困難卻言之有物」的推理小說。

我們來回顧一下整部小說設定的骨幹：

患有動脈瘤的警察求診於心血管疾患手術的權威醫師，然而，他卻是多年前追逐醫師兒子而致車禍身亡的關係者，後來的動脈瘤手術也由於某些因素而宣告失敗。警察死於手術，執刀醫師當然也成爲關係者，只是，後來醫師與他的太太竟然接續發展出男女情愫。警察的女兒因父親之死而立志成爲心血管外科醫師，指導的教授正是這位當年讓父親手術失敗的主刀醫師……

這幾個主要登場人物的關係設定，直覺上原本就嫌大膽，畢竟這樣的設定剛好游走在某種難以言喻的醫學倫理紅線。

醫師、病人、家屬三者，這樣的設計即使不是禁忌，但是主刀醫師與手術失敗的家屬有男女關係與師生關係的發展，粗略來說總覺得不太妥當，這樣挑逗讀者直覺的疑惑，在小說開始立即牽引出整部小說懸疑的故事線謎團。

作者直截了當，把想要探討的主題，在情境設計上作出最極端的衝擊設定。

推理小說中描述的犯罪與殺人，往往是在情感與理智的極度失衡下才有的舉動，但是，動機的描述、直指人心的人性問題，何嘗不是在極端的情境設定之下，才算是眞正的考驗？

本書設定動脈瘤、狹心症……其實都是棘手的急症。所謂的急症，就是存有難以預期掌控的醫療風險。醫學專科各自存有急症，也各有風險與挑戰，很殘酷的是，急症與病人性命總是直接相關。這樣的生命價值的衝擊，小說中點出了，不管是醫療還是犯罪，不管是無心之過還是蓄意，往往不僅是病人本身，而是周遭家屬得共同面對的。

小說中透過人物之口，東野不經意地點出了醫師、病人與家屬之間的倫理關係，以醫師的觀點來看病人，以病人的觀點來看醫師。

但是抽離職業的要素，醫師還是人，當然也會有情感上的缺點。情感缺點的障礙在面臨人性關卡的選擇時，選擇的取向是否會超出醫學專業的訓練？

東野圭吾提出了他的質疑，一如在其他小說處理犯罪行爲加害者與受害者角度的質疑。

「我將不容許有任何宗教、國籍、種族、政治或地位考慮介入我的職責和病人之間。我對人類的生命，自受胎時起，始終寄予最高的尊敬；即使在威脅之下，我將不運用我的醫學知識去違反人道。」

這是醫師誓詞中的一段話。

「原來小說結局是這樣。」

嚴肅的人生課題，東野圭吾卻以娛樂小說的方式達成了。

《使命與心的極限》，題目的標舉有何含意，或許讀者一下子不太明白，但是讀完之後，也差不多可以了解作者隱喻的是什麼？

本文作者介紹

藍霄，推理作家、推理小說的耽讀者。

國家圖書館出版品預行編目資料

使命與心的極限／東野圭吾著；劉姿君譯. -- 初版. - 台北市：獨步文化：家庭傳媒城邦分公司發行，2022〔民111〕
面；　公分. --（東野圭吾作品集；14）
譯自：使命と魂のリミット
ISBN 978-626-7073-37-7（平裝）
ISBN 978-626-7073-38-4（EPUB）

861.57　　111000663

東野圭吾作品集14　使命與心的極限

原著書名／使命と魂のリミット
原出版社／新潮社
作者／東野圭吾
翻譯／劉姿君
責任編輯／王曉瑩（初版）、陳盈竹（二版）
行銷業務部／徐慧芬、陳紫晴
編輯總監／劉麗真
總經理／陳逸瑛
榮譽社長／詹宏志
發行人／涂玉雲
出版／獨步文化
城邦文化事業股份有限公司
104台北市中山區民生東路二段141號5樓
電話：(02) 2500-7696　傳真：(02) 2500-1967
發行／英屬蓋曼群島商家庭傳媒股份有限公司
城邦分公司
104台北市中山區民生東路二段141號2樓
讀者服務專線：(02) 2500-7718; 2500-7719
24小時傳真服務：(02) 2500-1990; 2500-1991
服務時間：週一至週五上午09：30-12：00; 下午13：30-17：00
讀者服務信箱E-mail：service@readingclub.com.tw
劃撥帳號／19863813
戶名／書虫股份有限公司
香港發行所／城邦（香港）出版集團有限公司
香港灣仔駱克道193號東超商業中心1樓
電話：(852) 25086231　傳真：(852) 25789337
E-mail: hkcite@biznetvigator.com
馬新發行所／城邦（馬新）出版集團【Cite (M) Sdn Bhd.】
41, Jalan Radin Anum, Bandar Baru Sri Petaling,
57000 Kuala Lumpur, Malaysia.
電話：(603)90578822　傳真：(603)90576622
E-mail:cite@cite.com.my
排版／游淑萍
封面設計／高偉哲
印刷／中原造像股份有限公司
□2008年6月初版
□2023年3月9日二版三刷
售價／430元

Printed in Taiwan

獨步文化
APEX PRESS

廣　告　回　函
北區郵政管理登記證
台北廣字第000791號
郵資已付，免貼郵票

104台北市民生東路二段 141 號 2 樓

英屬蓋曼群島商家庭傳媒股份有限公司

城邦分公司

請沿虛線對摺，謝謝！

獨步文化
APEX PRESS

書號：1UE014X	書名：使命與心的極限	編碼：

請於此處用膠水黏貼

獨步文化 APEX PRESS

讀者回函卡

謝謝您購買我們出版的書籍！

請費心填寫此回函卡，我們將不定期寄上城邦集團最新的出版訊息。

姓名：______________________ 性別：□男 □女

生日：西元________年________月________日

地址：______________________________

聯絡電話：______________ 傳真：______________

E-mail：______________________________

學歷：□1.小學 □2.國中 □3.高中 □4.大專 □5.研究所以上

職業：□1.學生 □2.軍公教 □3.服務 □4.金融 □5.製造 □6.資訊

□7.傳播 □8.自由業 □9.農漁牧 □10.家管 □11.退休

□12.其他______________________________

您從何種方式得知本書消息？

□1.書店 □2.網路 □3.報紙 □4.雜誌 □5.廣播 □6.電視

□7.親友推薦 □8.其他______________________________

您通常以何種方式購書？

□1.書店 □2.網路 □3.傳真訂購 □4.郵局劃撥 □5.其他

您喜歡閱讀哪些類別的書籍？

□1.財經商業 □2.自然科學 □3.歷史 □4.法律 □5.文學

□6.休閒旅遊 □7.小說 □8.人物傳記 □9.生活、勵志 □10.其他

對我們的建議：______________________________

____

____

為提供訂購、行銷、客戶管理或其他合於營業登記項目或章程所定業務需要之目的，家庭傳媒集團（即英屬蓋曼群島商家庭傳媒股份有限公司城邦分公司、城邦文化事業股份有限公司、書虫股份有限公司、墨刻出版股份有限公司、城邦原創股份有限公司），於本集團之營運期間及地區內，將以mail、傳真、電話、簡訊、郵寄或其他公告方式利用您提供之資料（資料類別：C001、C002、C003、C011等）。利用對象除本集團外，亦可能包括相關服務的協力機構。如您有依個資法第三條或其他需服務之處，得洽詢本公司服務信箱cite_apexpress@cite.com.tw請求協助。相關資料不提供亦不影響您的權益。

□我已詳讀權利義務之相關條款，並同意遵守。

請於此處用膠水黏貼

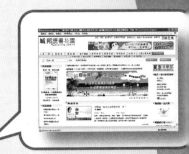

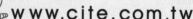

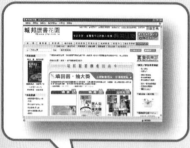